밤의
첼로

이응준

연작소설

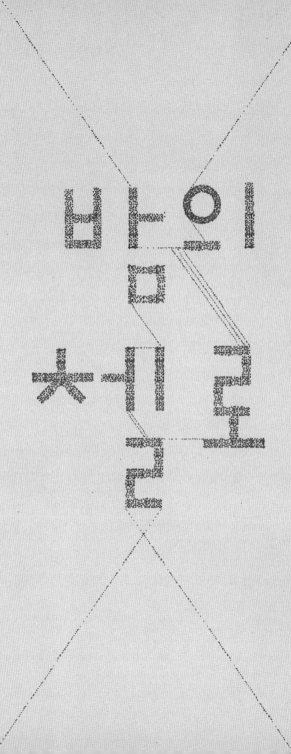

밤의 첼로

민음사

"몸은 불어 터져 온갖 더러운 것들이 흘러나오고
악취가 진동해 아무도 가까이하려 하지 않는다.
살아서는 서로 사랑했음에도 죽으면 거들떠보지도 않는다.
너희들은 보지 못했는가?"
"보았습니다."

— 『오고장구경(五苦章句經)』에서

# 차례

밤의
첼로

# 1

늑대가 죽었다는 소식에 명식은 그레고르 수목원으로 갔다. 병운은 상심이 큰 나머지 더는 소상히 설명하기를 꺼렸다. 추격자들 가운데 노련한 포수가 있었던 모양이다. 늑대는 단 한 발을 머리에 맞아 쓰러졌다 한다. 그나마 고통이 덜했을 테니 병운은 차라리 그것을 다행으로 여기고 있었다.

늑대가 죽었다. 온몸이 새하얗고 눈동자가 파란 불꽃처럼 이글거리는 북극늑대였다. 어미젖도 채 못 뗀 털 뭉치를 우연히 맡아 다섯 해 가까이 정성껏 기른 병운은 슬픔을 넘어서는 불가사의 앞에서 몹시 혼란스러워하고 있었다. 늑대가 3미터 높이의 철책으로 둘러싸인 서른 평 우리 안에서 홀연 사라진 뒤 그러한 변을 당했기 때문이다. 아무리 샅샅이 살피고 되짚어 봐도 늑대가 빠져나갔을 만한 가두리의 틈이라든가 관리상의 부주의는 전혀 발견되지 않았다. 그야말로 귀신이 곡할 노릇이었다.

해바라기밭 한복판에서 늑대와 마주쳐 덜덜 떨며 경찰에 신고한 운동권 출신 국회의원 아저씨는 작동법도 잘 모르는 고가의 수동 카메라로 재벌 계열 미술관 관장인 내연녀의 칙칙한 누드를 연신 찍어 대는 중이었다. 빤히 쳐다보다 이내 버드나무군락지 쪽으로 점점 멀어져 가더라는 늑대의 뒷모습이 엉겁결에 흑백사진 한 장으로 흐릿하게 남았다. 병운의 손에 자라서 사람을 해칠 만한 야성이 애초에 모자란 늑대였다. 공포란 대개 무지와 확신에 공히 연루돼 있는 법. 민주주의를 팔아먹는 데 이골이 난 국회의원 나리는 제 앞에서 갸웃거리는 한 마리 늑대에 관해 무지하였기에 이 세계의 늑대들 전부가 무조건 사람을 해치리라 확신했던 것이다.

늑대가 죽었다. 과묵한 나무들 틈에서 혼자 살아가고 있는 벗의 늑대가, 눈보라를 삼켜 오로라를 피 흘리는 북극늑대가, 아무런 원한도 주고받은 적 없는 자의 총탄에 죽었다. 명식은 병운을 위로해 주고 싶었으나 도리어 그가 술잔을 건네며 물었다.

"그 여자, 회복될 가망이…… 없는 거야?"

마치 아무에게도 위로받고 싶지 않다는 듯 명식이 대답했다.

"죽었어. 지난주에."

## 2

벼락과 천둥이 쳤다. 하늘은 축축이 젖어 있지만 비를 뿌리지는 않았다. 명식은 여닫이 창문을 닫았다. 한 달 전쯤, 그렇게 그는 자신이 연극 담당 기자로 일하는 P신문사 별관 6층 사무실 창가에 하릴없이 서 있었다. 비번이 많은 월요일인지라 비교적 분위기가 한산했다.

명식은 도쿄 지유가오카에서 카불 실크 카펫 상점을 운영하는 아랍 청년 이스마일에게 장문의 이메일을 띄우고 나서 루마니아 전위극 운동에 관한 기사를 마무리하던 참이었다. 이혼소송이 여러 모로 난항을 거듭해 업무에 제대로 집중치 못한 지가 꽤 되었는데, 아내와의 결별 자체보다는 그로 인해 흐트러진 마음을 주변에 들키지 않으려는 게 명식으로선 더 심한 곤혹이었다. 책상 위 전화기가 계속 울려 대도 멍하니 내려다보고만 있곤 하는 것은 필경 그 소치였을 것이다. 수화기 속 목소리는 자신을 배인경의 어머니라고 소개했다.

……인경…… 배인경…… 누구라도 제 얼굴을 갈라 놓은 흉터를 외면하기란 쉽지 않을 것이다. 거울을 마주하게 될 적마다 뼈아프게 자각할 테니까. 명식에게 인경은 그러한 존재였다. 예상치 못한 거울들은 일상 도처에서 불쑥불쑥 새삼스러웠다. 시간의 치유력을 과장하는 잠언들이 명식은 다만 역겨울 뿐이었다.

……전신 근육의 대부분이 마비된 인경은 휠체어에 앉아 있다. 3년째다. 그나마 눈꺼풀을 깜빡여 글자판의 단어를 고르는 것으로 의사표시를 하는 지경이다. 인경이 당신을 만나고 싶어 한다. 잠시라도 함께 야외로 나갔으면 하는 게 유일한 소원이라 한다. 염치없고 난감한 부탁인 줄은 잘 알고 있다. 하지만 지금의 인경은 당신에게 상처를 주었던 예전의 그 인경이 아니다. 부디 가엾이 여기고 도와줄 수 없겠는가. 인경의 상태가 빠르게 악화되고 있다…….

명식은 망연자실했다. 멀리 떨어져 있는 두 개의 수화기 사이에는 어둠만이 먹먹했다. 이윽고 침묵의 장막을 젖힌 쪽은 인경의 어머니였다.

"종교를 가지고 있나요?"

순간 명식은 그녀가 자비를 구하고 있는 것만 같아 낯이 뜨거워졌다. 어쩌면 그것은 사실인지도 몰랐다. 명식의 입에서는 통증 같은 대답이 비어져 나왔다.

"저는…… 아무도 믿지 못합니다……."

명식은 딱 한 번 본 적이 있는 인경의 어머니를 회상했다. 벌써 20년 전. 막상 곱씹자니 완전 딴 세상이었다. 해외여행 자유화가 처음으로 이루어졌다. 현역 장교 몇이 군의 중립을 촉구하는 명예 선언을 했다. 검찰이 장세동 전 안기부장을 직권남용 혐의로 구속하고 5공 비리 수사 결과를 발표했다. 대학생 100여 명이 화염병을 던지며 광주 미문화원을 습격했다. 북한의 체코 유학생 두 명이 남한으로 망명했다. 문익환 목사가 베이징을 경유하여 평양에 도착, 김일성과 면담했다. 부산 동의대학교에서 농성 진압 경관 일곱 명이 불에 타 죽었다. 국가보안법 위반 혐의로 수배 중이던 조선대생 이철규의 주검이 광주시 강가에 버려져 있었다. 전대협 1기가 출범했다. 전교조가 결성됐다. 한국외국어대생 임수경이 전대협 대표로 평양 세계 청년 학생 축전에 참가코자 밀입북했다. 중앙대학교 안성캠퍼스 학생회장 이내창이 거문도에서 변사체로 발견됐다. 그해 12월 31일, 전두환 전 대통령이 국회에 출석해 광주 학살과 5공 비리를 전면 부인했다······. 인경은 홀어머니와 단둘이 평창동 언덕배기의 한 저택에서 살고 있었다. 태양이 곤죽으로 끓어올랐지만 정원 후박나무 잎사귀들이 거실 창을 절반쯤 가리고 있어서 스물네 살의 명식이 숙여 앉은 가죽 소파에는 그늘이 드리워져 있었다. 인경은 제 엄마를 눈꼽만큼도 닮지 않았구나, 우선 드는 생각은 그것이었다. 인경은 몇 년 전 아버지가 미국 어디선가 차 사고로 사망했다고 얼버무렸지만 남편에게서 버림받은 저 여자는 인경의 친모가 아닐 거야, 그런 밑도 끝도 없이 고약한 억측을 명식은 그때 왜 했던 것일까?

이제 수화기 저편 어둠 속에는 그 시절 주부치곤 괴상타 싶게 키가 컸던 미모의 중년 여인 대신, 메말라 버린 덤불 같은 노파가 신산한 삶에 멍든 숨을 가만가만 고르고 있을 터였다. 이것 역시 고약한 억측일까? 그녀가 파주의 어느 아파트 주소를 띄엄띄엄 불러 줄 때 명식은 지독한 몰락의 냄새를 맡았다. 그리고…… 자비? 가당치도 않았다. 그것은 시달리다 못해 미궁이 되어 버린 감정이었다. 오래전 제 애인의 전부를 무너뜨리고 떠났던 한 여자가 오늘 그 남자를 느닷없이, 뻔뻔하게, 엉뚱한 이유로 찾고 있다. 한데 여자의 육신은 극도로 절망스러운 상태라 한다. 남자는 변종된 미움의 본색을 확인하기가 두려워 불안하다. 그거였다.

명식은 노트북 화면 속 루마니아 전위극 운동 위에서 깜빡거리는 커서를 물끄러미 보고 있었다. 천둥이 쳤다. 여닫이창 밖 하늘이 금빛으로 갈라지면서 폭우가 쏟아지기 시작했다. 귀밑머리가 희끗한 윤명식의 가슴속으로 스물네 살의 배인경이 읊어 주던 그 난해한 시구가 안개 속의 안개처럼 번지고 있었다.


## 3


인경이 눈을 감았다. 인경은 술에 취하면 두 눈을 지그시 감고 그 쉰 행이 넘는 독일 시를 원어로 거뜬히 암송해 내곤 했다. 그녀는 자신과 자신을 둘러싼 모든 것들에 대해 오만했다. 자신과 자신을 둘러싼 모든 것들에 대해 오만하다는 것은 자신과 자신이 속한 모든 것들에 대해 오만하다는 것과는 차원이 다르다. 불타는 집과 불 켜진 집이 다른 것처럼.

인경은 고등학교 졸업 당시 이미 학부 전공자 이상의 독일어 실력을 갖추고 있었다. 뿐만 아니라 영어는 물론이고 종종 의외의 상황에서 알맞게 튀어나오는 프랑스어, 스페인어, 일본어, 중국어 등등 때문에 주위에서 대단하다는 반응을 보이면 그녀는 그저 뇌에다 남의 나라 말 복사하는 게 취미라고 간단히 정리해 버렸다. 잘난 척이 재수가 없다는 둥 제까짓 게 천재라도 돼서 저러겠느냐는 둥 아무리 비뚤어져서 받아들인다 한들 솔직한 사실이 재수가 없다는 이유로 변할 리는 없었다. 요컨대 재수 없게도 인경은 정말 뇌에다 남의 나라 말 복사하는 게 취미인 천재였던 것이다.

그렇듯 영명한 아가씨 배인경은 게다가 외모까지 매력적이었는데 결국은 합쳐져 묘하게 어두웠다. 감정이 사막과 바다를 자주 오가는 그녀는 늘 은밀한 불안에 시달리는 어린애 같았다.

적지 않은 이들이 그러한 인경에게서 전혜린이 연상된다고들 수군거렸으나 순진 무식파 화학공학도 윤명식은 소심한 주제에 차마 어디에도 대놓고 물어보진 못하고(인터넷 검색이 개발되기 이전 세기인지라) 전혜린이 누구인지 몰라 한동안 답답해 미칠 지경이었다. 그는 인경을 사랑하고 있었던 것이다.

여차여차 속병 아닌 속병을 끓인 끝에 명탐정 윤명식이 찾아낸 피의자 전혜린은 과연 그의 놀라운 육감대로 여자가 맞았다!

전혜린은 1960년대에 활약한 문인이었다. 그녀는 1934년 평안남도 순천에서 조선총독부 고급 관리 전봉덕의 8남매 중 장녀로 태어났다. 스물아홉 살 때 일본 고등문관 사법 고시와 행정 고시에 동시 합격한 부친 못지않게 전혜린 역시 수재라는 수식어를 내내 달고 다녔다. 그녀는 경기여중·고를 졸업하고 서울대학교 법학과 재학 중 홀연 독일로 유학을 떠나 그곳에서 한국인 유학생과 결혼해 딸 하나를 낳는다. 뮌헨 대학교 독문학과를 졸업한 다음 귀국해서는 성균관대학교 독문학과 교수가 되었으며 헤르만 헤세, 하인리히 뵐, 에리히 케스트너, 루이제 린저, 프랑수아즈 사강, 이미륵 등의 작품들을 번역했다. 이혼한 전혜린은 제자와 사랑에 빠지기도 하였으나 1965년 1월 11일 분명치 않은 정황에서 스스로 목숨을 끊었다. 그녀의 나이 겨우 서른한 살이었다. 유고로 출간된 수필집『그리고 아무 말도 하지 않았다』와 일기를 모은『이 모든 괴로움을 또 다시』는 큰 반향을 몰고 왔다.

전혜린의 이력 앞에서 명식은 인경이 전혜린을 닮았다는 소리가 듣기 싫어졌다. 모호한 불길함이었다. 명식은 전혜린이 이해되지 않았고 배인경도 이해할 수가 없었다. 알 수 없는 것에 어쩔 수 없이 매혹된다는 것. 그것은 발밑의 검은 구멍 속으로 한없이 빨려드는 기분을 불러일으킨다. 대신 명식은 이런 식으로 방어기제를 작동시켰다. 어떤 사람을 두고 오래전에 자살한 누구와 비슷하다고 평하는 행위는 막말보다 못한 횡포다. 나는 기호로 이루어진 공식과 그 계산만을 믿는다. 변덕스러운 인간의 마음을 새겨 넣은 책은 쓰레기에 불과하다. 나중에 그 마음이 변하면 어쩌려고 현재의 어리석음을 글로 남긴단 말인가. 명식은 그런 어리석은 마음에 시달리는 해맑은 젊은이였다. 그는 20년쯤 뒤의 자신이 책 한 권 쓰고 싶은 욕심에 시달리는 우울한 중년이 돼 있으리라고는 상상조차 할 수 없었던 것이다.

엉뚱하게도 명식은 인경이 원어로 암송하는 독일 시의 뉘앙스에서 딱딱한 감자를 떠올리고 있었다. 순간, 시가 끝났다. 인경이 감았던 눈을 뜨며 긴 한숨을 내쉬었다. 명식에게는 그 긴 한숨까지가 그 긴 독일 시의 일부처럼 여겨졌다. 명식은 인경의 눈동자를 차마 똑바로 쳐다볼 수가 없었다. 그녀를 이해하지 못하고 있는 자신이 두려웠기 때문이다. 인경은 명식의 곁에 있지만 명식으로서는 감히 범접할 수 없는 외딴 세계에 집중하고 있었다. 그것이 그녀의 존재감이었고 그것이 명식의 괴로움이었다. 인경이 말했다.

"예술가는 유치해지거나 위대해지기 전에는 대중과 만날 수 없는 거야. 전자는 너무 빤한 길이어서 알아보기가 어렵고 후자는 너무 캄캄한 길이어서 사라져 버리기 쉽지. 헨리케는 위대한 예술의 길을 간 거야. 그 길이 너무 어두워서, 그 길을 끌어안고 횃불처럼 불타 버린 거야."

인경이 열광하는 그 시는 과거 서독의 여류 시인 안나 헨리케의 「밤의 첼로」였다.

……누구에게나 제 생애에서 가장 혹독한 밤이 꼭 한 번은 찾아

오고 그러면 그는 홀로 눈보라 치는 광야에서 뜨거운 무쇠 난로를 끌어안듯이 신의 이름을 부른다. 신은 기쁨이 아니다. 신은 슬픔도 아니다. 그저 아직 살아 있는 자가 죽음을 앞에 두고 부르는 조용한 노래일 뿐. 가장 절망스러운 밤의 밑바닥에서 신의 얼굴을 보고자 기도하는 인간은 신이 연주하는 첼로 소리를 듣게 된다. 단 한 번은, 꼭 한 번은, 듣게 된다. 신이 흘리는 눈물보다 더 아름다운 저 첼로 소리를.

시에 있어 표현 말고 내용이 더 중요하겠냐마는, 명식은 「밤의 첼로」의 결말이 따뜻한 것인지 차가운 것인지, 그러니까 한 인간의 가장 절망스러운 순간에 신이 첼로를 연주한다는 그 설정이 과연 위로의 손길인지 아니면 심판의 무늬인지가 아리송했다. 하지만 명식은 인경에게 전혜린이 누구냐고 묻지 못했듯 「밤의 첼로」의 결말이 신의 위로인지 심판인지에 대해서도 묻지 않았다. 그녀가 좋아하는 것을 이해하지 못하고 있는 자신을 그녀에게 들키기 싫었던 것이다.

인경은 시 「밤의 첼로」에만이 아니라 시인 안나 헨리케의 마지막에도 열광했다. 인경의 주장대로라면 헨리케는 자살한 게 아니라 위대한 예술의 어두운 길을 가다 그 길을 끌어안고 햇불처럼 산화한 거겠지만.

뮌헨에 거주하던 스물일곱 살의 안나 헨리케는 1968년 5월 동갑

내기 동성 애인 도리스 레아와 함께 파리로 가 학생과 노동자 들의 반체제 시위에 가담하던 중 28일 늦은 밤 아무런 까닭 없이 불쑥 인파 속에 애인을 버려둔 채 홀로 한 허름한 모텔 객실로 숨어들어 목을 매 자살했다. 유서는커녕 그녀가 그랬어야만 했을 정황은 어디에서도 발견되지 않았으며 그 어떤 추측도 가능하지 않았다.

"신이 연주하는 첼로 소리를 들었을까?"

"……."

인경은 다시금 희한한 말을 내뱉었고, 명식은 자괴감만 더욱 깊어질 뿐이었다. 그러니까 뭐냐 하면, 늦은 밤 아무런 까닭 없이 불쑥 인파 속에 제 애인을 버려둔 채 홀로 한 허름한 모텔 객실로 숨어들어 목을 매 자살한 과거 서독의 스물일곱 살 시인 안나 헨리케는 예술의 위대한 길을 외로이 끌어안으며 캄캄한 어둠 속에서 횃불이 다 타 버리듯 숨이 끊어지는 바로 그 비장한 순간에 과연 신이 연주하는 신의 눈물보다 더 아름다운 첼로 소리를 들었겠는가를 명식에게 묻고 있는 거였다, 인경은.

"명식아."

"어."

"걱정 마라."

인경은 왜 그토록 평범하다 못해 밋밋하고 지루하기 짝이 없는 명식을 애인으로 선택했던 것일까? 그것도 어찌 되었든 장장 7년 남짓이나. 훗날 명식은 흘러간 청춘의 거의 모든 것들을 후회하면서 유독 그 대목이 궁금했다.

무엇에도 도전하지 않는다는 것, 무기력하다는 것 ─ 아버지. 명식은 아버지를 내심 경멸했었다. 평범하다 못해 밋밋하고 지루하기 짝이 없다 ─ 그것은 아버지로부터 유전된 모습이었던 것이다. 따라서 명식이 아버지를 내심 경멸한다는 것은 명식이 스스로를 남몰래 경멸하고 있다는 것과 똑같은 의미였다.

작은 자전거포를 운영하던 아버지의 유일한 행복은 방바닥에 배를 깔고 누워 해외 여행서를 읽는 거였다. 한번은 명식이 고등학교 2학년 때던가 왜 틈만 나면 병적으로 그러고 있는 건지 단도직입적으로 묻자 그러는 게 제일 값싸게 세계를 일주하는 방법이 아니겠냐며 무슨 불온한 비밀이라도 털어놓는 양 속닥거렸더랬다. 명식의 눈에 아버지는 대체로 조촐했고 더 나아가 종종 초라하였다. 그는 평생 세계 일주는커녕 전국 일주를 할 만한 여력조차 없는 사내였다. 일찍 사별한 아내에 대한 슬픔도 외아들에 대한 애정도 별로 없어 보였다. 그에게 세상만사는 송두리째 무덤덤한 것 같았다. 작년 겨울 폐암 말기 선고를 받고서는 개인 병원에서 통증을 가라앉히는 치료만 일관하다가 태풍이 몰아치는 새벽녘 홀로 잠잠히 유명을 달리했다. 임종을 지켜 주지 못한 아버지의 시신은 그의 인생처럼 편협해 보이는 낡은 침대 위에 오래전 부러진 나뭇가지같이 웅크려 있었다. 그리고 머리맡에는 수없이 읽어 옆이 닳은 해외 여행서 몇 권이 가지런히 놓여 있었다.

"무, 무슨 걱정?"

"정말 몰라?"

"……."

"신이 연주하는 첼로. 그 소리."

"……."

때늦은 병역을 마치고 사회의 문턱 앞에서 서성대던 명식과는 정반대로 인경은 졸업을 하자마자 국내 최대 증권사에 들어갔다. 기이한 반전의 시작이었다. 우리의 전혜린 배인경은 완전히 다른 사람이 되어 그 방면의 성공 가도를 달렸다. 완전히 다른 사람, 그 자체가 명식의 모자란 생각이었다. 명식은 예술에 경도해 독일 시를 원어로 암송하던 인경보다 주식의 면밀한 동향을 텔레비전 뉴스 막판에 나와 떠들어 대는 인경이 훨씬 더 이해되지 않았다. 매혹의 맹목은 일그러지고 명식은 인경이 아팠다. 화려해진 그녀의 주변에는 그녀와 비교가 안 될 만큼 화려한 사람들이 우글거렸고 평범하다 못해 밋밋하고 지루하기 짝이 없는 명식은 빠르게 소외돼 갔다. 많은 시간이 지나서야 명식은 비로소 알 수 있었다. 그녀에게 필요한 것은 서독의 여류 시인도 여의도의 증권가도 아니었다는 것을. 그녀는 스스로를 자극하고 고양시켜 주는 온갖 현실들을 갈구했다. 자신이 대단하다고 느끼게 만들어 주는 것들. 그런 것들 중에 하나가 가령 문학에서 자본주의로 껍데기를 바꾼 것뿐이었다. 미친 안나 헨리케도, 그녀의 어이없는 자살도, 유치찬란한 「밤의 첼로」도,

한 인간의 가장 절망스러운 순간에 첼로를 연주한다는 그 빌어먹을 신도, 결국엔 배인경의 까칠한 욕망이 피우는 마리화나에 불과하다는 것을 명식은 오랜 뒤에야 깨달았다. 고로 완전히 다른 인경이란 애초부터 모순이었다. 예술에 경도해 독일 시를 원어로 암송하던 인경과 주식의 면밀한 동향을 텔레비전 뉴스 막판에 나와 떠들어 대는 인경은 당연히 하나였던 것이다. 그러니 기이한 반전의 시작, 그 과정과 파국은 흔하디흔한 변심이요 배신이었는지도 몰랐다. 오직 분명한 건 명식에게는 인경이 유일한 행복이었다는 점이다. 아버지에게 해외 여행서가 그러했듯이. 이제 명식의 영혼은 그림자가 되었다. 잔인한 우스갯소리지만, 만약 그 독일 시가 노래한 바대로라면 명식은 신의 첼로 연주를 들었어야 했다. 하지만 명식과 절망 사이에 신이 없으니 신의 첼로 연주 나부랭이가 있을 리 또한 만무했다. 음독한 명식은 그의 청춘처럼 편협해 보이는 병실 침대 위에서 이틀 만에 깨어났다. 평범하다 못해 밋밋하고 지루하기 짝이 없는 아버지와 감성이 풍부한 신부님풍으로 생겨 먹은 젊은 의사 안병운이 연옥에서 막 되돌아온 윤명식을 난감한 세상만사처럼 내려다보고 있었다. 그날 그것이 장차 둘도 없는 벗 병운과 명식의 첫 만남이었다.

"너같이 둔한 애는 신이 연주하는 첼로 소리 들을 일 절대 없으니까 걱정 말라고."

"……그래."

스물네 살의 명식은 깔깔거리는 인경의 웃음소리가 어지러워 잠시 두 눈을 감았다.


4


  여기 한 이스라엘 여인이 있다. 우울증이 가혹해 자살 시도를 여러 차례 했다. 그러다 어느 날 독거미에 물려 10분 정도 심장이 멈췄다가 끈질긴 응급처치 끝에 기적적으로 소생되었다. 중요한 건 목숨만 되찾은 게 아니라 그 사건 이후로 우울증이 말끔히 사라졌다는 것이다. 별 희한한 일도 다 있군. 그제 병운은 조간신문을 접으며 그렇게 생각했다.
  "그 여자, 회복될 가망이…… 없는 거야?"
  마치 아무에게도 위로받고 싶지 않다는 듯 명식이 대답했다.
  "죽었어. 지난주에."
  명식에게 건넸던 병운의 술잔이 돌아왔다.
  죽음. 병운은 자신을 뒤흔들고 갔던 첫 번째 죽음을 떠올렸다. 햇살이 어두운 방의 커튼 틈으로 직사각형을 만들고 있었다. 여덟 살 소년 안병운은 폐결핵으로 죽은 이모의 얼굴을 덮은 흰 천을 살짝 들어올렸다. 항상 병운을 정성껏 돌봐 주던 스물한 살 꽃다운 이모. 본래 피부가 곱고 흰 편인 데다 핏기 없는 폐결핵의 시신은 눈사람처럼 매끈한 순백에 가까웠다. 그 위에서 햇살의 사금파리들이 잘게 부서져 내렸다. 죽음은 아름답구나. 병운은 일종의 미학적 충격을 받았다. 깜짝 놀란 어머니가 다시 이모의 얼굴에 흰 천을 덮고 병운을 방에서 끌고 나갔지만 병운은 온종일 하늘을 올려다보며 얼이 나가 있었다. 알 수 없는 것에 어쩔 수 없이 매혹된다는 것. 그것은 높은 곳으로 한없이 끌려 올라가는 듯한 기분을 불러일으킨다.

두 번째로 병운을 뒤흔들고 간 죽음은 인간의 죽음이 아니었다. 코끼리가 코끼리 무덤에 가서 죽는다는 이야기는 사실이 아니다. 그건 악질 밀렵꾼들이 코끼리들을 지나치게 살상해 엄청난 양의 상아를 얻었을 적에 코끼리 무덤을 발견해서라고 비열하게 둘러댄 데서 유래되고 체계화된 오해다. 병운은 의대 예과 시절 유네스코를 통해 아프리카 오지로 의료봉사를 다녀왔다. 거기서 그는 일상 같은 죽음들을 만났다. 죄 없는 아이들이 죽어 갔고 죄 없는 아이들의 부모들이 죽어 갔다. 병운은 막사를 나와 지프 쪽으로 혼자 걸어가는 중이었다. 그때 아주 멀지는 않은 곳에서 수컷 코끼리 한 마리가 갑자기 허물어지듯 쓰러졌다. 거대한 코끼리가 석양을 등진 초원 한복판에서 순식간에 무너져 죽는 장면은 마치 이 세계 전체가 주저앉아 버리는 느낌이었다. 그 수컷 코끼리의 짝인 암컷 코끼리가 어디선가 나타나 긴 코를 높이 쳐들며 크게 울부짖었다.

그리고 병운의 삶을 뿌리까지 뒤흔들고 간 세 번째 죽음. 소녀는 심장 수술을 기다리며 담당 의사인 병운과 친하게 지내고 있었다. 병운은 죽은 이모가 병운을 돌보았던 것 이상으로 소녀를 아꼈고 소녀는 병운이 죽은 이모를 따랐던 것처럼 병운을 좋아했다. 그러나 모든 악연은 차 한잔 식지도 않는 사이에 얄궂게 결정되는가 보다. 병운이 수술 중 사고를 일으켜 소녀가 죽게 된 것이다. 병운은 소녀의 부모로부터 의사 면허까지 위태로운 수준의 고소를 당했으나 정작 병운에게는 사랑하는 작은 친구를 제 손으로 죽였다는 자책 말고는 그 어떤 것도 안중에 없었다. 병운은 서둘러 순순히 과오를 인정하고 형기를 마친 뒤 조부의 그레고르 수목원으로 낙향해 오늘에 이르렀다.

묵언하는 나무들과 중세의 안개 속에서 과거를 잊고자 안간힘을 쓰던 병운은 어미젖도 채 못 뗀 늑대 한 마리를 어느 날 우연히 맡게 되었다. 처음에는 그냥 털 뭉치 같았는데 늑대는 금세 강하고 고귀해졌다. 털갈이를 하더니 온몸이 새하얗고 눈동자가 파란 불꽃처럼 이글거리는 북극늑대가 되었던 것이다. 다섯 해 동안 녀석은 병운의 유일한 행복이 돼 주었다. 북극늑대를 보고 있으면 품위 있는 실존의 기상이 전해져 부서진 내면이 회복되는 듯했다. 단 한 마디 말도 주고받지 못하는 짐승과 인간 사이였으나 사실 그것은 갇혀 있는 신 같은 짐승과 상처 입은 짐승처럼 가련한 인간의 교류였다. 그러나 그 북극늑대마저도 우리를 빠져나간 지 이틀이 안 되어 추격자의 총탄에 죽고 말았던 것이다.

지금 병운은 자신을 버렸던 옛 애인의 죽음 앞에 혼란스러워하는 친구를 앞에 두고 늑대를 둘러싼 불가사의 때문에 그보다 더 혼란스러워하고 있었다. 늑대가 3미터 높이의 철책으로 둘러싸인 서른 평 우리 안에서 홀연 사라진 뒤 그러한 변을 당했기 때문이다. 아무리 샅샅이 살피고 되짚어 봐도 늑대가 빠져나갔을 만한 가두리의 틈이라든가 관리상의 부주의는 전혀 발견되지 않았다. 그야말로 귀신이 곡할 노릇이었다.

병운이 말했다.

"할아버지가 돌아가셔서, 이젠 문제에 부딪혔을 때 물어볼 곳이 없어."

그레고르 수목원의 주인이었던 병운의 조부는 한국전쟁 당시 인민군 장교였다. 평안북도 정주 출신의 그는 독일 유학까지 다녀온 엘리트 중의 엘리트였다. 일본의 식민 통치 아래서 조선의 야심 있는 청년들은 독일을 동경했다. 의학과 자연과학은 물론 모든 예술 부문에서도 독일은 꿈속의 꿈같은 나라였으나 열혈 공산주의자였던 병운의 조부는 미련 없이 귀국해 김일성 군대의 장교가 되어 이남으로 밀고 내려온다. 그 와중에서 그는 많은 국군과 양민 들을 죽였지만 그것은 계급해방과 민족의 통일을 위한 불가피한 희생이라고 믿어 의심치 않았다. 역사라는 것은 한낱 개인으로서는 이해할 수 없는 부분들이 많지만 그 이해할 수 없는 부분들이 나약한 개인을 매혹시켜 한없이 맹목적이고 극단적이게 한다고 그는 술회했다.

아무튼, 그렇게 파죽지세로 밀어붙이던 전세가 갑자기 역전돼 조부가 이끄는 소대는 퇴각 중 본대에서 이탈해 어딘가에 고립되었는데 한 농가에서 농부들과 짐수레를 끄는 소 한 마리를 보게 된다. 농부들을 전원 칼로 죽이고 소를 빼앗은 소대원들 앞에서 조부는 소의 정수리에 권총을 들이댔다. 사람 고기라도 먹어야 할 판에 소를 잡지 않으면 안 되는 상황에서 지휘관으로서 직접 대수롭지 않게 방아쇠를 당겼는데…….

"느낌이 이상하더라는 거야. 소의 눈을 봤을 때, 아무런 원한이 없는 소를 죽일 때, 그때, 할아버지는 확, 깨달아 버린 거야. 이 세상에는 그 어떤 법칙도 있을 수가 없구나. 이데올로기도, 민족도, 국가도, 계급도, 살인자인 나도, 다 허깨비구나. 아이러니지. 인간을 죽이면서도 뻔뻔했던 자가 기껏 소 한 마리 총으로 쏴 죽이다가 종교적 체험을 하다니. 할아버지는 신이 무엇인지 단박에 알아 버렸대."

그 밤 농부들의 시체 옆에서 부하들이 아귀처럼 소를 불에 구워 뜯어먹을 적에도 조부는 멀찌감치 떨어져 귀신처럼 달라붙은 이상한 감정에 시달려야 했다. 그리고 부하들이 모두 잠든 뒤 죽은 농부의 옷으로 갈아입고는 홀로 남으로 남으로 내려갔다는 것이다.

명식이 병운에게 물었다.

"신이 뭔데?"

"어처구니없음."

"뭐?"

"할아버지는 그걸 깨달았대. 어처구니없음. 그것이 신이다. 따라서 역사에 선함이라든가 진보 따위는 없다. 혼돈이다. 신은 혼돈의 중심일 뿐이다."

"……어처구니가 없군."

"내가 사고를 치고 여기 내려와 힘들어하고 있을 적에 처음이자 마지막으로 들은 얘기야. 난 그때 할아버지가 인민군이었다는 사실도 처음 알았어. 손자 하나 살려 보자고 평생 무덤까지 가져가려 했던 자신의 어두운 치부를 드러낸 거였지. 할아버지가 그러셨어. 너는 마음이 너무 약하다. 너는 세계를 몰라. 나는 그것을 바꾸려고 했지. 하지만 그건 환각이었어. 그러니 너도 받아들여라. 네가 할 수 있는 것은 아무것도 없어. 심지어는 죽고 죽이는 것도 아무 이유가 없는 거야. 네 잘못이 아니다. 네가 저지른 게 아니다. 그냥 그런 일이 저절로 일어난 거야. ……하지만 후회가 막급해."

"아직도 그 아이 얘기냐? 할아버지 말씀이 옳아. 잊어."

"아니. 늑대를 차라리 동물원으로 보낼 걸 그랬다. 거기서는 최소한 총에 맞아 죽지는 않았을 테니까.

병운은 왼쪽 손등의 흉터를 보여 주었다.

"녀석이 딱 한 번 나를 문 적이 있었어. 심각한 것은 아니었고. 우리를 수리한 뒤 다시 가두려고 할 때였지. 몇 바늘 꿰맸는데 말이야. 이렇게 흔적이 남았으니 어떻게 기억에서 지워질 수가 있을까. 할아버지나 손자나 하는 짓이 똑같다. 양민을 학살하고도 멀쩡하던 위인이 소 한 마리 죽이면서 왈칵 변하고 아이를 실수로 죽여 놓고도 잘만 살아가는 전직 의사란 놈이 늑대 한 마리 죽은 걸로 슬퍼하고."

"도망친 게 아니야, 그놈은."

"……"

"자살한 거지. 인간이 아닌 늑대가 말이야."

명식이 잔을 비우고는 자리에서 일어났다. 병운은 머릿속이 하얗게 바래져 버렸다.


# 5

명식은 인경이 앉은 휠체어를 밀고 천천히 그레고르 수목원의 여기저기를 거닐었다. 저 멀리서 잠시 지켜보던 병운은 숙소 안으로 들어갔다.

……이 여자가 정말 내가 미워했던 그 여자란 말인가. 인경은 미라와 다를 바 없었다. 그것은 그 어떤 부정적인 감정도 스며들 만한 구석이 전혀 없는 육신의 잔해였다.

인경이 어머니와 살고 있는 파주의 아파트는 비좁고 초라하기 그지없었다. 예전의 그 으리으리한 저택을 돌이켜 보았을 때 그건 지독한 몰락이 맞았다. 노파가 된 인경의 어머니는 명식의 기억에서처럼 기괴하리만치 크진 않았다. 그럼 그때는 왜 그렇게 느꼈던 것일까? 염색을 안 한 인경의 어머니는 그간 고생이 심했는지 완전 백발이었다. 예전에는 그렇게 하나도 인경과 닮지 않았다고 생각했는데 참 이상한 것은 늙은 어머니 속에 젊은 딸의 모습이 숨어 있다는 거였다.

명식은 자신의 차 트렁크에 휠체어를 싣고 인경을 안아 차에 태운 뒤 그레고르 수목원으로 왔다. 인경은 꽉 끌어안으면 마른 나뭇잎처럼 바삭 부서질 것만 같았다. 인경은 눈만 깜빡일 수 있었다. 떠날 때 인경의 어머니로부터 글자판을 받았으나 그것을 쓸 일은 없다. 둘은 다시 헤어질 때까지 결국 한마디도 나누지 않았으니까.

명식은 인간의 마음이란 게 그렇게 줏대 없는 것인 줄 처음 알았다. 이것이 자비인가? 아니었다. 그것은 아무것도 따질 수 없는 혼란이었다. 비극 앞에서의 혼란, 판단의 혼란이었다. 명식은 무장해제되었고 거대한 혼돈 속에서 산책자가 되었다. 인경의 어머니, 그 노파의 말이 맞았다. 지금의 인경은 당신에게 상처를 주었던 예전의 그 인경이 아니라던 그 말.

날씨는 더할 나위 없이 맑고 포근했다. 표정을 지을 수 없는 인경이지만 명식은 인경이 행복하고 있다는 것을 충분히 느낄 수 있었다. 명식은 생각했다. 휠체어를 세우고 인경에게 질문을 해야 하는 것은 아닐까?

인경이 속으로 명식에게 말했다. 미안해. 나는 내 인생이 내 뜻대로 될 줄 알았어. 근데 그게 아니더라. 미안해. 하지만 마음 한구석엔 항상 네가 있었어. 그리고 그게 싫지 않았어. 나는 나를 실현하고 싶었어. 아주 크게. 내가 잘될 줄 알았어. 정말 우습게, 아무렇지도 않게 불행이 찾아오는 것이 인생이라는 걸 몰랐어. 이렇게 되고 나니까 이제는 세상일들이 다 한 줌 재야. 그럴 필요도 없었는데 왜 그랬을까. 아무것도 아닌데.

사실 명식은 인경을 몰래 여러 번 지켜보았다. 너무 행복해 보여서, 다른 사람들과 어울리는 모습이 너무 행복해 보여서, 그냥 먼발치에서 숨어 있다 발길을 돌렸다. 명식은 아무도 믿을 수가 없었다. 그런 사람이 돼 버렸다. 그 분노는 너무 심해서 만약 신이 앞에 있다면 불태워 버렸을 것이다.

명식이 속으로 물었다.

왜 나를 선택했던 거야?

인경이 명식은 듣지 못하는 마음으로 말했다.

나는 네가 좋았어. 그건 진심이었어. 믿지 않겠지만. 불행하게 되면 많은 소리를 듣게 돼. 그때는 네가 소중한 줄 몰랐어. 내가 특별한 인생을 살게 될 줄 알았어. 내가 조건을 만들면 그 조건대로 세상이 굴러갈 줄 알았어. 한 치 앞도 모르는 게 삶인지 몰랐어. 너에게 상처를 줬어. 나는 내가 대단하고 삶이 대단한 줄 알았어. 미안해. 정말 미안해.

어느새 둘은 늑대 우리 앞까지 가게 되었다. 인경이 속으로 말했다.

멈춰 줘.

마치 그 소리를 들은 것처럼 명식이 멈췄다.

늑대구나. ……하얀 늑대.

인경의 마음을 따라 북극늑대가 철창 가까이 와 인경을 쳐다봤다. 인경의 힘없는 눈동자가 파란 불꽃 같은 눈동자와 마주쳤다. 기묘한 정적이 흘렀다.

인경이 늑대에게 눈으로 말했다.

여기서 나가. 너는 나처럼 몸 안에 갇혀 있지 말고 멀리 가 버려. 자유롭게.

늑대의 눈동자 속에서 북극의 눈보라가 치고 오로라가 회오리를 일으켰다.

명식은 인경의 손을 잡듯 휠체어의 손잡이를 꼭 잡았다. 인경과 북극늑대와 명식은 한참 그 모습 그대로 하나처럼 보였다.


명식은 인경을 집에 데려다 주고 돌아와서는 모호한 불안감 속에서 오래 뒤척이다 잠들었다. 꿈에 아버지가 나타났다. 무표정한 아버지는 옆구리에 두터운 해외 여행서를 끼고 있었다. 뜻밖에 아버지와 재회하자 명식은 아버지에 대한 상념이 줄을 이었다. 명식은 아버지가 갑갑한 현실을 박차고 어디론가 멀리 떠나고픈 욕망을 은

밀히 삭힐 줄 알았던 책임감 있고 지혜로운 가장이었다는 사실 앞
에 숙연해졌다. 명식은 아버지의 그 노고를 몰라줬던 게 너무 미안
했다. 아버지는 울타리 안에 갇혀 있던 북극늑대와 크게 다르지 않
았다. 그는 고달픈 생활의 감옥에 갇혀 마음으로만, 상상으로만 자
유를 누렸다. 그러나 또한 그는 병운의 북극늑대와는 달랐다. 그는
오로라 속으로 눈보라 속으로, 불쑥 사라져 버리지 않았다. 하나밖
에 없는 아들의 곁을 지켜 주려고.

아버지. 이젠…… 기침 안 하네요?

아버지가 명식을 향해 환하게 웃더니 자전거를 타고 하늘을 날
며 바다를 건너 세계를 일주하고 있었다. 명식은 잠 속에서 눈물이
맺혔다.


# 6


명식은 점심 식사를 거르고 서점에 들러 전혜린의 수필들을 뒤적
여 보았다. 전혜린은 서울대학교 법학과 입학시험 수학 점수가 0점이
었고 과락이 있을 시 불합격 처리되는 것이 당시 학칙이었으나 다
른 과목들의 성적이 워낙 출중해 사정 위원회를 거쳐 구제되었다고
한다. 훗날 그녀는 독일에서 헤르만 헤세와도 서신을 주고받았다.
대단하지 않은가! 헤르만 헤세라니! 그러나 명식이 생각건대 전혜

린의 잡문들은 조악한 신경증으로 가득 차 있고 기실 남긴 책이라고는 번역과 수필밖에는 없다. 만약 그녀가 시와 소설을 쓸 수 있었다면 난해한 우울을 끝끝내 이기고 이 세상을 끌어안지 않았을까? 그녀는 이상 속 자신과 현실 속 자신과의 격차가 자존심 상했던 것은 아닐까? 천재성이란 지옥의 밑바닥에서조차 핑계를 댈 수 없는 것이다. 천재가 아닌데 천재로 포장되었으니 그녀는 얼마나 외롭고 힘들었을 것인가. 그녀는 두뇌가 탁월한 사람이었고 감수성과 자의식으로 무장된 사람이었고 열정적인 사람이었으나 그럼에도 불구하고 창작자는 결코 아니었다. 창작자는 때론 바보나 미치광이처럼 보이지만 어쨌거나 창조한다. 신이 인간이란 모순덩어리 괴물을 창조한 유일한 맥락도 바로 그것일 게다. 그녀는 스스로를 승화시킬 방도가 없어 차라리 생의 절벽 위에서 몸을 던졌다. 병운의 북극늑대가 울타리 안에서 홀연 사라져 버린 것처럼 그녀는 이 세계로부터 단호히 사라졌다.

전혜린을 그런 식으로 냉정하게 애도한 윤명식은 이혼소송 중인 아내에게 전화를 걸었다. 내가 당신의 사랑을 짓밟았다. 내게 있는 상처로 남몰래 괴로워하면서 그 상처를 부당하게 당신에게로 돌렸다. 다른 사람의 그림자로 당신의 청춘을 희생시켰다. 그 어리석음과 죄를 나머지 삶 내내 후회할 것이다. 당신이 요구한 것들은 다 줄 것이다. 우리의 인연을 이렇게 망쳐 버려서 미안하다. 당신의 가장 큰 고통이 되어서 미안하다. 아내는 아무 말이 없었다. 명식은 전화를 끊었다. 정신을 차려 보니 그는 핸드폰을 왼손에 꼭 쥔 채 횡단보도 한복판 인과 속에 우두커니 서 있었다. 그는 1968년 5월 의 늦은 밤 불쑥 인과 속에 애인을 버려둔 채 허름한 모텔 객실에서 목을 맨 그녀를 알 것도 같았다.

P신문사 별관 6층 사무실 창가 자리로 돌아온 명식은 노트북을 열고 루마니아 전위극 운동에 관한 기사를 데스크로 넘겼다. 그리 고 도쿄 지유가오카에서 카불 실크 카펫 상점을 운영하는 이스마 일에게 자기도 모르는 사이, 이메일을 쓰고 있었다.

……이스마일. 카뮈는 어머니를 너무나 사랑했습니다. 제1차 세 계대전에서 남편을 잃은 그녀는 귀머거리였습니다. 『이방인』에서 뫼 르소는 말합니다. 물론 나는 어머니를 사랑했었지만 그러나 그런 것 은 아무 의미도 없는 거다, 건전한 사람은 누구나 다소간 사랑하는 사람들의 죽음을 바랐던 경험이 있는 법이다, 라고요. 비약이고 억 측일 수 있다는 걸 알면서도 나는 어쩐지 이 말이 이 세계의 지독한 아웃사이더 뫼르소의 말이 아니라 『이방인』의 작가 카뮈 자신의 말 인 것만 같은 인상을 지울 수가 없습니다. 만에 하나 아주 틀린 소 리가 아니라면, 사람에게는 사랑하기 때문에 미워하고 미워하기 때 문에 사랑하는 이율배반의 양가감정이 존재하는지도 모릅니다. 누 군가를 오래 미워하고 있다면 그 누군가를 오래 사랑하고 있는 건지 도 모릅니다. 아브라함의 자손 이스마일. 당신의 하나뿐인 형은 무

엇을 그토록 사랑하며 미워하였기에 단 하나뿐인 목숨을 내던져 불사른 것일까요? 나는 이 세상의 그 무엇도 극단적으로 미워하거나 극단적으로 사랑할 가치가 없는 것 같습니다. 왜냐하면 우리는 아무것도 확신할 수가 없기 때문입니다. 사랑도 사랑만이 아니고 미움조차 미움만이 아니라면 대체 우리가 무엇을 믿고 살아갈 수 있단 말입니까. 나는 누군가를 오래 극단적으로 사랑하여 오래 극단적으로 미워했던 것이 부질없어 지금 죽음보다 더 고통스럽습니다. 그래서 나는 형을 잃어 큰 슬픔을 겪고 있는 당신을 위로해 줄 수가 없습니다. 왜냐하면 당신의 슬픔은 슬픔만이 아닐 것이고 나의 위로 역시 위로만이 아닐 것이기 때문입니다. 나는 잘 모르겠습니다. 자신의 적이 확실했던 그가 그런 식으로 자신의 생을 처분한 것이 과연 옳은 일인지. 나는 이 세상 모든 것들이 끔찍하기도 하고 우스꽝스럽기도 합니다. 그리고 이것이 혼란인지 환멸인지조차 의심스럽습니다. 나는 나의 진심을 의심할 뿐만 아니라 인간의 진심을 의심합니다. 나는 신의 이름으로 타인을 죽이며 죽은 당신의 형에게 묻고 싶습니다. 당신은 신을 사랑했습니까? 이런 질문을 하는 까닭은 어쩐지 당신의 형이 신을 사랑한 만큼 신을 미워했다는 생각이 들기 때문입니다. 이스마일. 나는 부디 신이 애초에 없기를 기도합니다. 내가 지금 이토록 신을 미워하는데 그것이 그만큼 신을 사랑해서 그러는 것이 되어서는 안 되기 때문입니다. 신이 있건 없건 간에 나는 잔인한 신을 도저히 용서할 수가 없습니다. 당신의 형은 그의 신과 함께 사라졌습니다. 그뿐입니다. 당신의 형이 신과 함께 죽인 자들도 그러합니다. 신이 있건 없건 간에, 있다가 없어진 것뿐입니다. 그리고 아직 살아 있는 우리에겐 환멸을 닮은 혼란만이 남았습니다. 당신에게 위로를 보내지 못해 미안합니다. 내게 누군가를 위로할 자격이 없어서 미안합니다.

다 쓰고 나서 명식은 눈을 감았다. 어둠이 지나가고 나서 사방이 밝아 오더니 명식은 모래사막 한가운데 서 있었다. 화성의 표면 같은 붉은 모래의 바다는 극단적으로 황폐하여 아무것도 욕망할 수가 없었다. 아무것도 미워하거나 사랑할 수가 없었다. 그래서 극단적으로 아름다웠다. 명식은 눈을 떴다. 그리고 이메일을 발송하지 않은 채 삭제했다.


# 7


명식이 떠난 뒤 병운은 그레고르 수목원 외곽을 취기에 젖어 배회했다. 저녁의 숲은 새소리와 안개를 품고 있었다. 병운은 해바라기밭 한복판에 우두커니 서서 한 장의 흑백사진을 들여다보았다. 겁에 질린 국회의원이 작동법도 제대로 모르는 수동 카메라로 엉겁결에 찍은 그 흐릿한 사각형 안에서 늑대의 뒷모습은 버드나무군락지를 향해 점점 멀어져 가고 있었다. 그러고 나서 이틀이 채 지나지 않아 그 늑대는 노련한 포수가 쏜 단 한 발의 탄환을 머리에 맞아 쓰러지게 된다. 병운은 어떠한 법칙으로도 장담할 수 없는, 어떠한 진심으로도 설득할 수 없는, 어떠한 겸손으로도 평화로울 수 없는 이 세상이 끔찍했다. 중세의 수도사 같은 나무들 사이에서 아무도 원망할 수 없는 실패를 속죄하며 살아가고 있는 자신에게마저 누군가 갑자기 찾아와 작지만 아주 소중한 존재를 빼앗아 버릴 수 있다는 사실에 숨이 막혔다. 아무런 원망도 주고받은 적 없는 자들끼리 무작위로 죽이고 죽을 수 있다는 것. 병운은 제 깊고 긴 은둔이 결국은 삶에 대한 가장 큰 오만이었음을 나무들에게 고해했다.

숙소로 돌아온 병운은 곤한 잠에 빠져들었다. 그리고 꿈속에서 늑대를 만났다. 온몸이 새하얗고 눈동자가 파란 불꽃처럼 이글거리는, 눈보라를 삼켜 오로라를 피 흘리는 북극늑대였다. 병운이 말했다.

지켜 주지 못해서 미안해.

늑대가 조용히 다가와 병운의 왼손 손등을 꾹 물었다. 병운은 조금도 아프지가 않았다. 늑대는 버드나무군락지 저편 안개 속의 안개처럼 사라졌다. 깨어났을 때 병운은 온몸이 가벼워 온갖 번뇌가 증발해 버렸음을, 모래 바다 같은 허무도 더는 요동치지 않는다는 것을 알았다. 그것은 독거미에 물려 숨이 멎었다 다시 살아났을 때 우울증에서 벗어난 어느 이스라엘 여인의 경우처럼 영적인 단계를 딛고 올라선 물리적 체험이었다. 병운은 왼손 손등에 나 있는 늑대의 이빨 자국이 4년 전 현실의 것인지 방금 전 꿈속의 것인지 가물가물했지만 그것을 만져 볼 엄두가 나지 않았다. 다만 병운은 슬픔에서 해방되었다. 기쁨에서도 해방되었다. 신은 기쁨이 아니다. 신은 슬픔도 아니다. 그래서 신은 아름답다. 이해할 수 없는 것은 아름답기 때문이다. 삶은 아름답다. 이해할 수 없기 때문이다. 사랑이라는 것도 이해할 수 없어서 사랑하기 시작하는 것이다. 이제 병운의 슬픔과 기쁨은 탁자 위에 놓여 있던 빈 접시를 누가 가져간 것처럼 없어졌다. 있지 않게 되었다. 북극늑대도 그날 3미터 높이의 철책으로 둘러싸인 우리 안에서 이렇게 사라진 거였구나. 눈보라처럼. 오로라처럼. 병운은 아무도 믿어 주지 않을 깨달음을 그렇게 깨달았다. 진정 사라지는 것은 그것만 사라지는 것이 아니라 그것에 관한 질문들도 전부 데리고 사라지는 것뿐이라고.

병운은 다시 누워 눈을 감았다. 그리고 이 세계는 너무 어둡다는 생각을 하면서, 그는 인생이라는 집에 촛불을 밝혔다.

인생은 불타는 집과 같다. 명식은 문득 그러한 생각에 사로잡혔다. 죽음의 잔영들이 납골당의 회벽과 유리창에 어른거리고 있었다. 왼편 가슴에 통증을 느낀 명식은 밖으로 비틀비틀 빠져나와 빗물 젖은 화단 앞에 겨우 주저앉았다. 어느새 하늘은 거짓말처럼 개어 태양이 쨍쨍 빛나고 있었다. 왼편 가슴의 통증이 뻐근함으로 가라앉기까지 명식은 더 이상 아무 생각도 하지 않으려 이를 악다물었다. 그러나 지옥 같은 생각은 그 모양새를 달리하며 끊이질 않았다.

명식은 비닐우산을 쓰레기통에 버리고는 완만히 경사진 언덕길을 터벅터벅 내려갔다. 그때. 저기 아래서 중년 부인이 앉은 휠체어 하나가 아지랑이와 함께 천천히 올라오고 있었다. 누구를 추모하러 온 것일까? 항암 치료로 도진 탈모를 가리기 위해 하얀 뜨개실 모자를 눌러쓴 중년 부인은 살포시 안은 하얀 백합 꽃다발 안으로 얼굴을 묻고 있었다. 어쩌면 그녀는 조만간 자신의 죽음이 보관될 몇 뼘의 공간을 미리 살펴보러 온 건지도 몰랐다. 휠체어를 밀어 주는 청년은 표정이 지워져 있었다. 중년 부인은 삶의 아름다운 향기 한 자락이라도 놓치기 싫어서 차마 꽃다발 속에서 고개를 마저 들지는 못하였다.

……집은 재가 되리라. 그러한 괴로움 속에서 명식은 물끄러미 중년 부인과 눈이 마주쳤다. 그날 북극늑대와 인경이 마주 보았던 것처럼. 중년 부인은 다시금 하얀 백합 꽃다발 안으로 자신의 전 생애를 묻었다. 전날 밤 명식은 꿈에서 인경을 만났다. 그녀는 스물네 살의 푸르른 모습 그대로였다. 명식만이 지금의 윤명식이었다. 인경은 눈을 감은 채 그 독일 시를 암송하다가 한숨을 내뱉듯 멈추고는 가만히 눈을 떴다. 그리고 명식을 향해 환하게 웃었다. 명식은 그것이 너무 가슴 아파서 깨어났다. 어둠 속에서 그는 덫에 발이 잘린 짐승처럼 벌벌 떨었다. 앞으로는 그 어떤 기쁨이나 슬픔도 온전치

못할 것 같아서. 명식은 그레고르 수목원에서 인경과 아무런 말도 나누지 못한 것 때문에 신을 저주했다. 그리고 불과 몇 분 뒤 그녀가 숨을 거두었다는 전화를 그녀의 어머니로부터 받게 된다. 청년이 밀어 주는 휠체어에 앉은 중년 부인이 명식의 곁을 스쳐 지나갔다. 명식은 인경의 유골함이 안치돼 있는 납골당을 뒤돌아봤다. 이제 그녀는 이 세상 어디에도 없지 않은가. 명식은 도저히 그 사실을 견디고 살아갈 자신이 없어서 두 손으로 얼굴을 감쌌다. 태양은 곧 죽이 되어 끓어올랐지만 그는 제 생애에서 가장 혹독한 밤 한가운데 홀로 서서 누군가 연주하는 첼로 소리를 듣고 있었다.

물고기
그림자

선생님. 사람이요, 정말로 절망스러우면 자살도 못한대요. 자살도 힘이 있어야 할 수 있는 거라니까요. 그래? 힘이 없어서 자살도 못할 지경이면, 그럼 어떻게 되는데? 미쳐 버리는 거죠, 뭐. 사람이 미칠 땐 그래서 미치는 거래요. 왜 이런 말을 하냐면 말이죠, 오늘 내가요, 정말로 절망스러운데 자살할 힘조차 없어서 미쳐 버린 어느 여자를 연기했거든요. 아, 정말정말 세상에서 제일 불쌍한 여자 역할을……. 선생님. 나는요, 나는, 금 간 얼굴이라구요. 금 간 얼굴? 네. 금 간 얼굴요. 목남은 어둠 속에서 은희와 이야기를 나누고 있었다. 단 한 번도 그는 어둠 속이 아닌 다른 어떤 곳에서 그녀의 목소리를 들어 본 적이 없었다. 왜냐하면 목남은, 어둠 속에서 모든 것들을 보는 맹인이니까. 내가 텔레비전에서 연기할 적에 내 눈가에는 모자이크 처리가 되잖아요. 그러니까 금 간 얼굴인 거죠. 헤헤헤. 은희가 웃는 것처럼 울고 있는 것을 목남은 어둠 속에서 빤히 쳐다보고 있었다. 상처받은 영혼이 감지되면 목남은 자연스레 이러한 상상을 하곤 했다. 원래 인간은 물고기처럼 바다에서 살았다. 훗날 땅 위로 올라온 인간은 바다에서의 기억을 완전히 잃어버렸다. 대신 인간의 내면에는 물고기 모양의 그림자가 남았는데, 이 물고기 그림자는 자기의 주인이 극도의 고통에 처하게 되면 견디다 못해 멀리 떠나가 버린다. 그리고 언제든 그 극심한 고통이 자기 주인을 다 지나가고 나서야 비로소 되돌아온다. 그런데 그때 만약 그 사람의 육신이 어떤 식으로든 환란을 이겨 내지 못하고 죽거나 그래서 사라져 버리면 물고기 그림자는 온 세상을 바다 삼아 정처 없이 헤엄치며 돌아다닌다. 눈 밝은 이들이 간혹 가다가 오래된 돌담이나 가로수 곁에서 물고기 문양으로 어른대는 그림자들과 물끄러미 마주하게 되는 것은 바로 그러한 까닭인 것이다. 은희는 절망이란 소란스러운 충격이 아니라 뼛속 깊은 조용한 피로와도 같은 게 아닐까 하는 생각을 했다. 은희는 정말로 절망하고 있었다. 불륜이라든가 원조 교제 등의 자극적인 내용을 연출해 마치 실제처럼 가공한 페이크 다큐, 대중의 관음증을 진짜 같은 가짜의 형식으로 충족시켜 주는 이 사악한 드라마 속에서 은희는 금 간 얼굴이 되어 세상에서 제일 불쌍한 어느 여인을 연기해야만 하는 것이다. 선생님. 화려한 여배우가 아니라도 좋아요, 나는 진짜 배우가, 아니 그냥 진짜가 되고 싶을 뿐인데요, 그게 너무 큰 욕심인가요? 오늘 내가 연기한 그 여자는 정말 내가 아닐까요? 왜 난 진짜처럼 보이기 위해 가짜로 얼굴이 가려져야 하는 걸까요? 목남은 은희가 혹시 눈물을 흘리는 게 아닌가 싶어서 얼굴을 만져 보려다가 그건 너무 무책임한 위로일 것이기에 관두었다. 목남은 은희의 얼굴을 만져 본 적이 없었다. 은희의 진짜 얼굴은 어떻게 생겼을까? 그제까지 목남이 어둠 속에서 보아 온 은희의 얼굴은 온통 칼집투성이였다. 어둠 속에서 보는 수많은 사람들의 얼굴들이 얼마나 끔찍한 흉터로 뒤덮여 있는지 앞이 보이는 사람들은 절대 모를 거라고 목남은 생각했다. 은희가 목남의 어깨에 금 간 얼굴을 기대어 왔다. 창밖에는 천둥이 치고 비가 내리기 시작했다. 하늘은 바다가 되고 있었다. 누군가가 목남에게 물었다. 당신은 누구입니까? 나는 어리석은 사람입니다. 그러나 지독한 슬픔에 숨을 못 쉬는 당신을 차마 버려두고 갈 수 없는 그런 사람입니다. 순간. 목남은 은희의 가냘픈 몸 안에서 물고기 그림자 하나가 쑤욱 빠져나와 어둠의 바다로 천천히 헤엄쳐 멀어지는 것을 바라보고 있었다. 그는 한없이 불안해져서, 저 물고기 그림자가 언제든 되돌아왔을 때 이 상처받은 여인의 몸이 없으면 어떡하나 싶어서, 그녀의 진짜 얼굴을 살며시 더듬어 눈물을 닦아 주었다.

낯선
감정의 연습

# 1

자화상을 그린다는 것은 두렵고 슬픈 행위다. 적어도 자기 이외의 어떤 것들을 그리는 일보다는 확실히 그렇다.

내 첫 자화상은 수채화였다. 열다섯 살 적에는 아직 기름 물감을 사용할 줄 몰랐다. 무슨 까닭에서였는지, 이후 나는 홀로 있는 내 모습을 5년마다 한 번씩 스스로 유화에 담았다. 따라서 두 번째 자화상은 스무 살, 세 번째 자화상은 스물다섯 살에 그려졌다. 이런 식이라면 서른 살에 네 번째 자화상이 생겼어야 했겠지만 나는 스물여덟 살 가을부터 서른한 살 가을까지 중병을 앓아 도저히 붓을 들 수가 없었다.

그 밖에도 만사가 최악이었다. 양친이 탑승한 여객기가 꽘 상공에서 추락해 폭발했다. 내 애인이 내 둘도 없는 친구와의 사이에서 임신했다고 고백하기에 헤어졌다. 딸처럼 기르던 요크셔테리어가 암에 걸려 죽어서 정원 후박나무 아래 묻어 주었다. 병원에 누워 있는 동안 도둑이 집 안을 온통 쑥대밭으로 만들어 놨다.

아무튼. 저간의 환란들을 거쳐 내 네 번째 자화상은 서른두 살 봄에 그려졌다. 그리고 바야흐로 나는 나의 다섯 번째 자화상이자 서른일곱 살의 자화상을 그리려 한다. 언제 누구의 자화상이든지, 그것은 그의 마지막 자화상이 될 수가 있다. 일인칭이란 늘 이리 나약하고 비장하다. 내가 죽어도 타인은 나를 그릴 수 있지만, 죽은 나는 더 이상 나를 그릴 수 없는 것이다.

"딸기는 참 이상한 과일이에요."

"……."

"씨가 밖으로 나와 있잖아."

욱경이 쟁반 위의 딸기를 손으로 집어 반쯤 베어 먹은 다음 그렇게 말했다. 흰 테가 둘린 딸기의 붉은 속살이 그녀의 엄지와 검지 사이에서 선명했다.

"멀쩡한 포크를 놔두고."

"이러는 게 더 맛있어."

"잠깐."

"왜?"

"어휴, 여자가."

"아야."

나는 욱경의 정수리 부분에 솟아 있는 한 가닥의 흰머리를 뽑아 줬다.

"사막엔 뭐하러 갔었는데?"

"신혼여행."

"이런. 유부녀야?"

"만곡이 얘기 안 했나 봐? 이혼한 지 한참 됐어요."

한때 나와 내 측근들 사이에서는 실없이 호(號)를 지어 부르며 노는 게 유행이었다. 몇 주가 지나지 않아 저마다의 그럴싸한 딴 이름은 술자리 장난쯤으로 취급받다가 자연스레 잊혀졌으되 오직 권진규 형만은 어느 순간부터 정말 만곡 선생이 되어 버렸다. 게으를 만(慢), 가락 곡(曲). 이젠 그의 성명이 만곡인 줄 착각하는 이들이 적잖은 지경이다.

"그랬니……."

만곡은 시인이라는 무직이 직업이다. 20대 내내 출판사에서 근무했던 경험을 살려 국회의원을 꿈꾸는 졸부들의 자서전 따위를 가끔 제작해 주기도 한다지만 그것이 그의 신비롭기조차 한 생계에 별 보탬이 되는 것 같지는 않다. 벌거벗은 우리 곁에 놓여 있던 딸기들은 그러한 만곡이 전날 사 들고 왔던 거였다.

"만곡 아저씨, 귀여운 측면이 있어. 의외로 입이 무겁단 말이야."

"귀찮아서 그러는 거야. 그 인간은."

꼭꼭 닫은 창문마다에 커튼까지 쳐 놓은 화실은 5월이라지만 후덥지근했다. 서로 마주 끌어안은 욱경과 내가 흘리는 땀방울들이 나무 바닥을 흥건히 적시고 있었다.

"딸도 있어요."

"……."

"화가라면서 손재주가 저래서야, 깎아 놓은 꼴 하고는."

욱경이 내 왼쪽 어깨에 걸치고 있던 턱을 들어 탁자 위에 널려 있는 연필들을 가리키며 핀잔을 주었다. 나는 그녀가 알지 못하는 이유로 해서 피식, 웃을 수밖에 없었다.

"괜찮아. 난 화가가 아니니까."

지난 세밑 나는 종종 들르는 화방에서 5B연필 열 자루를 구입했는데 며칠 후 심을 들여다보니까 전부 5H연필이었다. 도로 가져가 환불이 아니라 5B연필로 바꾸고 싶다고 했지만 비쩍 마른 여점원은 이를 냉정하게 거절했다. 나는 고작 값싼 필기구 약간 때문에 모르는 사람과 실랑이를 벌이기가 싫어 그냥 화방을 나와 혼자 반주로 소주를 반병쯤 마시고 집에 돌아와서 잤다.

"벌써 여섯 살이에요."

"……."

"미쳐서 결혼을 너무 일찍 했어. ……아빠가 키워요."

"애를 외할아버지가 키워?"

"전남편이."

나는 욱경의 몸속에 스며 있던 내 어두운 일부를 빼내었다. 허리까지 출렁이던 머리를 단발로 잘라 낸 그녀는 장거리 육상 선수의 느낌을 자아냈다. 서른 살인 욱경은 기껏해야 20대 중반쯤으로 보인다.

욱경이 욕실의 문고리를 돌리며 외쳤다.

"타조 또 타고 싶어!"

쥘 베른의 『15소년 표류기』에는 바다를 표류하다가 무인도에 도착한 소년들이 야생 타조 길들이기에 번번이 실패하는 장면이 나온다. 『80일간의 세계일주』, 『해저 2만리』, 『지구 속 여행』, 『지구에서 달까지』, 『기구를 타고 5주간』, 『마티아스 산도르프』, 『달나라 탐험』……. 첫 자화상을 그리던 무렵의 나는 쥘 베른에 푹 빠져 있었다. 항일 독립투사를 많이 배출했다는 사립 중학교 교실 창가 맨 뒷자리에 앉아 공책에 종잡을 수 없는 헛것들을 스케치하던 나는 튀지 않는 열등생이었다. 나는 훗날 만화가가 되고 싶었고, 그보다 먼저 자퇴생이 되고 싶었다.

나는 팬티 바람으로 침대에 드러누워, 소갈비보다 부드럽던 타조 스테이크를 떠올렸다. 경기도 화성시 장안면 독정리 소재의 타조 사파리. 그곳에는 타조 400여 마리와 20미터의 U자형 타조 경주로가 있다. 타조는 수컷의 키가 3미터, 몸무게가 200킬로그램에 이르는 데다 튼튼한 다리를 가져 성인이라도 너끈히 태울 수가 있고 사납다가도 일단 눈가리개를 씌우면 이내 얌전해진다. 이를 이용해 놈들을 말처럼 부리는 것이다. 등에 올라 양 날개 밑부분을 각각 움켜잡은 뒤 도우미가 눈가리개를 벗겨 주면 타조는 성큼성큼 두 울타리 사이를 따라 뛰기 시작한다.

— 와, 이러다 날아가는 거 아냐? 나랑 획 — 날아가 버리는 거 아냐?

욱경은 기이하다 싶게 겁 없이 타조를 몰며 즐거워했다. 닭조차 만지길 꺼리는 나는 그런 그녀를 구경할 뿐이었으나 어쩐지 타조라는 존재 자체에는 마음이 끌렸다. 편두통에 시달리던 내가 의사로부터 뇌종양 선고를 받은 지 열흘째 되는 일요일이었다.

타조 사파리 안내인의 설명에 의하면, 타조는 혀가 없어 소리를 내지는 못하지만 시력이 25에 달해 4킬로미터 밖의 물체도 뚜렷하게 구별해 냄은 물론이요, 목이 180도 회전한다. 타조가 공룡의 시대로부터 여태 종을 유지할 수 있었던 것은, 먼 곳의 천적이 접근하기 전에 미리 시속 80킬로미터로 도망쳐 버리는 재주 덕이라는 것이다. 또 타조는 버릴 게 거의 없는 동물이다. 뼈와 고기에 천연 호르몬이 다량 함유되어 있어 회춘의 보신제로 꼽히며 오일은 피부 미용 비누로, 깃털은 정전기가 없고 먼지 흡인력이 탁월해 반도체 기판의 청소 도구로 쓰인다.

옷을 다 차려입고 간단한 화장까지 마친 욱경은 내가 사 준 타조알 목걸이 ─ 타조알 조각들에 구멍을 뚫어 가죽끈으로 꿴 ─ 를 타조처럼 긴 목에 걸었다.

"타조 있잖아요, 날지 못하는 새도 새라고 할 수가 있는 건가?"

"있지. 날지 못하는 새니까."

"그래?"

"날지 못하는 돼지가 아니잖아."

"그러네. 날지 못하는 새도 새는 맞네. 눈먼 사람도 사람이니."

"……"

"가만. 그럼, 날 수 있는 돼지는 새야?"

나는 골치 아픈 논리 놀음의 해답 대신 침대 곁에서 검은 하이힐 한 짝을 주워 욱경에게로 던져 줬다.

"넌 남에게 했던 말들 중에 가장 후회스러웠던 게 뭐였어?"

"……"

"……"

"글쎄요."

"……"

"……아저씨, 지금 그 질문, 타조나 돼지랑은 상관없는 거지?"

"응."

"……"

"……"

"아까 내가 이혼녀에 딸까지 있다고 그래서 그래요? 그게 우리 사이에 문제가 되나? 찝찝해?"

"관두자."

"좋아. 관둬."

"야. 그 관두자가 아니라."

다음 날 새벽 3시경 만취해 전화를 걸어올 욱경은, 나와 이상한 과일과 오해를 남겨 두고 검은 하이힐을 또각거리며 화실을 나가 버렸다.

커튼을 젖히자 창에 노을이 묻어 있었다. 시간은 빨리 흐르는데 인생은 지루하였다.


## 2


내 네 번째 자화상은 가관이다. 그렇지 않아도 고집스러워 보이는 콧대와 광대뼈는 피골이 상접해 더욱 각이 섰다. 빳빳하고 검푸른 수염 틈에서 메말라 터져 버린 얇은 입술이 앞니를 드러낸 채 웃는 것도 울고 있는 것도 아니다. 헝클어질 대로 헝클어진 곱슬머리는 캄캄한 바탕에 비를 내리며 이글거리고 핏발 선 커다란 두 눈은 전방에 있는 무언가에 경악한 나머지 초점이 바수어져 있다. 서른두 살의 어느 봄날에 스스로를 저렇게 그렸다면 그는 필시 많은 것들을 미워할 수밖에 없었을 것이다. 그리고 그 미워하는 것들 중에 제일 미워하는 것은 자기 자신이었을 것이다.

알량한 자의식을 치장하려 엄살떠는 게 결코 아니라, 사치스러운 화실을 가지고 있지만 나는 화가가 아니다. 전시회와 수상 경력이 백지상태라는 것도 그 흔한 이유가 될 수 있겠으나 본시 내겐 화가로서의 천분과 열정이 부족하다. 미술대학 회화과에서 서양화를 전공했던 내가 지금껏 순수한 의지에 들떠 그린 그림이라곤 자화상 네 점이 전부인 것이다. 오히려 나는 비열한 경제 감각이 탁월해, 이북 출신의 부모가 물려준 재산을 주식과 부동산 투자로 십수 배나 불렸다. 연필 하나 예쁘게 깎지 못하는 나는 화가가 아니다. 날지 못하는 새는, 사실 새가 아니다.

"……몽골 고원을 통일한 칭기즈칸은 중원 정벌을 결심했어. 금나라는 조상의 철천지원수이기도 했지. 몽골의 법에서는 복수가 의무이자 운명이야. 하지만 벌판을 말 달리며 칼과 활로 싸우는 몽골 군대에게는 성곽 공략의 노하우가 전무했어요. 칭기즈칸은 장고 끝에 서하(西夏)를 떠올렸어. 중국 문명으로부터 지대한 영향을 받은 서하인들은 한자에서 파생된 문자로 유교, 불교, 도교 서적 들을 번역하고 수준 높은 관료제를 시행했지. 또 무엇보다, 상설 시장을 거느린 도시와 군사 요새를 보유하고 있었어. 칭기즈칸은 서하를 치는 것으로서 금나라와의 전쟁에 대한 훈련과 궁리를 하고 싶었던 거야. 몽골 군대는 고비 사막을 가로질러 마침내 서하 국경에 당도했어. UFO를 향해 엽총을 겨눈 기분이 아마 그럴까? 난생처음 직면한 성벽 앞에서 몽골의 전사들은 당황했지. 이때 칭기즈칸이 기발한 아이디어를 냈어. 서하의 왕에게 고양이 천 마리와 제비 천 마리를 조공으로 바치면 철군하겠노라고 통고한 거야. 성안에 고립된 서하인들로서는 엉뚱하지만 반가운 제의였지. 가축이나 재물이 아니라 기껏해야 고양이와 제비 따위를 내놓으라니. 그들은 서둘러 성안에 있는 고양이 천 마리와 제비 천 마리를 잡아 몽골 군대에게 넘겼어."

"고양이, ……제비 천 마리?"

"칭기즈칸의 군대는 고양이 천 마리와 제비 천 마리의 꼬리마다에 솜뭉치를 매달아 불을 붙인 뒤 풀어 줬어. 제비와 고양이 들은 강풍에 날리는 불꽃이 되어 성안의 보금자리를 찾아갔지. 얼마 안 있어 성벽 너머로 거대한 연기의 구름이 솟아오르기 시작했어. 불꽃 고양이 천 마리와 불꽃 제비 천 마리가 땅과 하늘에서 날뛰며 성안을 불바다로 만들어 버렸던 거야. 몽골 군대는 서하의 군대가 불을 끄느라 정신이 없는 동안 성을 함락했어. 가령, 이게 시야."

"형은, ……음."

"……뭐?"

"시는 자폐적 장르로 전락해 버린 거 아닌가?"

"시가 많이 읽히는 시대는 불행한 시대야."

"이 시대가 행복해?"

"혼돈의 시대이긴 해도 최소한 폭정의 시대는 아니지. 혼돈이 폭정만큼 무섭다는 건 자명하고, 과연 어느 쪽이 더 인간에게 고결할

기회를 제공하는지는 아리송하지만. ……폭정의 시대에 시가 빛나는 건 당연해. 거대 자본과 첨단 기술을 요구하는 장르들은 도리어 그런 까다로운 조건들 때문에 검열당하고 통제되기가 쉽거든."

"……."

"나라와 나라 사이에 비행기가 다니는 걸 방해해 봐."

"왜 그래야 되는데?"

"중요 국제공항을 한 열댓 개쯤 폭파시키는 거야. 9·11 테러를 감안한다면 절대 일어날 수 없는 일도 아니지. 안 그래?"

"그야, 그렇지."

"이번엔 자동차들을 못 다니게 해 봐."

"……."

"별안간, 비교할 수 없을 정도로 어려워지지?"

"……."

"자전거는? 자전거를 못 다니게 하는 거는?"

"……."

"영화감독에게 영화 못 만들 게 하기는 간단해. 감옥에 처넣어 버리는 거지 뭐. 소설가는? 가두고 나서 펜과 종이로부터도 완벽히 차단해야겠지. 근데 시인까지 오게 되면 문제가 엄청 복잡해진다. 시인을 감금하고 펜과 종이를 뺏어 봐. 그럼 시인은 부러뜨린 칫솔의 뾰족한 끝으로 우유팩 안쪽에다가 꾹꾹 눌러 시를 쓴 다음 그걸 면회 온 친구에게 전하질 않나, 9년 3개월간 수감됐던 시인 김남주가 그랬던 거 아니냐. 좌우간 무슨 수를 써서라도 철창 밖 세상에 제 독한 시를 퍼뜨린다구. 영화가 비행기라면 소설은 자동차, 시는 자전거지. 시의 가벼운 몸이 요술을 부려 환란 중에 스스로를 구원하는 거야."

"칫솔을 뺏고 팩 우유를 배급 안 하면?"

"다른 못 말리는 방법을 또 강구하겠지. 그래도 정말 안 되면, 자기가 쓴 시를 자기가 외워 버리는 거고. 중앙정보부에서 두개골을 열어서 뇌에 불온한 시가 새겨져 있는지 더듬어 볼 거야 어쩔 거야?"

"……."

"그런 자들이 맘대로 나돌아다니며 지껄이도록 놔둘 수도 없는 노릇이고, 폭정을 휘두르는 입장에선 아주 골치 아픈 거지. 그렇다고 함부로 죽여 버리지도 못해요. 잘못 죽이면 투쟁의 상징을 뛰어넘어서 아예 신화가 돼 버리거든. 어떤 무소불위의 권력도 시를 끌어안고 저항하다가 죽은 시인을 이길 순 없어. 영화감독이나 소설가가 정착민이라면 시인은 유목민이야. 시는 지옥에서도 쓸 수가 있다."

만곡은 무골호인과 혁명가, 보헤미안과 학자가 가장 쓸모없는 비율로 뒤섞여 일종의 도가 트인 사람이다. 만일 이를 두고 시인의 소치로 돌린다면 나는 차마 역겨움과 참담함을 감당치 못할 것이다.

"시인이 유목민이라……."

"500년 넘게 러시아 초원을 지배했던 스키타이라는 유목 민족이 있었어. 헤로도토스는 『역사』에서 그들을 악마로 묘사하고 있지. 페르시아의 다리우스 대제가 대군을 이끌고 이 스키타이를 침공했어. 하지만 스키타이의 신출귀몰한 기동력 탓에 병사의 대부분을 잃은 채 퇴각해야 했지. 스키타이는 신기루였어. 바람처럼 나타났다가 안개처럼 사라졌어. 얼이 나간 다리우스 대제는 한탄했지. 도시도 성채도 없이 어딜 가든 자기네 집을 갖고 다니는 적을 어떻게 정복할 수 있단 말인가!"

"……욱경이가."

"돈 좀 꿔 다오."

"……."

"진정한 시인으로 기화되기 위해서 몽골엘 가야겠다."

"좀 들을 만하다 싶더니, 내 이럴 줄 알았어."

국어사전상 기화(氣化)에는 증발(蒸發)과 비등(沸騰)이 있으며, 고체가 곧장 기체로 변한다는 의미의 승화(昇華)를 포함시키기도 한다. 승화의 뉘앙스를 풍기는 기화를 선호하는 만곡은 제 주관에 비추어 무엇의 상태가 격하게 양호해졌다 싶으면 무조건 기화했다고 표현한다. 과부가 애를 낳아도 기화된 것이요, 밤새 폭음했는데 그 이튿날 멀쩡해도 기화, 무좀이 없어져도 기화, 예수가 염불을 외고 부처가 찬송가를 불러도 기화, 원숭이가 지구를 지배해도 기화, 일본 극우 정당 대표가 심근경색으로 급사하거나 남북한이 통일이 된다면 그것 역시 만곡에겐 기화한 것일 게다.

"하여간 자본주의 사회 좆같아요. 너같이 노동의 질과 양으로는 원래 거지였어야 하는 놈들이 돈의 흐름을 잘 타서 부자로 떵떵거리고 있는 거거든. 것도 재능은 재능이다. 하긴 진실이 대수겠어? 작동하고 있으면 그만인 거지. 아는 것과 사는 건 다르잖아? 마르크스가 엥겔스한테 편지에다가 이랬다더라. 네가 보내 주는 적잖은 돈이 왜 그렇게 금방 자취를 감춰 버리는지 도통 모르겠다고. 대경제학자 카를 마르크스 선생님이 전당포를 제집 대문 드나들듯 한 거야."

"그래서 자본주의를 타도하려고 했나 보지. 전당포가 미워서."

나는 흰색 플라스틱 병에서 정제(錠劑)를 두 알 꺼내 씹어 먹는다.

"뭐냐?"

"……."

"쥐약이면 물 마시면서 넘기지."

"……비타민이야."

아니다. 해피메이커라는 신경안정제다. 정신과에서 극도의 우울증 환자에게 처방하는 거라는데 나는 이것을 내 친구 신경외과 전문의 도원규로부터 얻었다.

— 정밀 검사를 다시 받아 보자. 악성이 아닐 수 있어.

— 귀가 잘 안 들리는 것도 관계가 있는 거냐?

—있어. 이명(耳鳴)은 없니?

—이명?

—있지도 않은 이상한 소리가 웅웅 울리는 거.

—있어. 가끔.

—두통이야 기본이고. 뇌라는 데가 그래. 거기 몰려 있는 신경 조직에 종양이 엉기면 온갖 증상들이 발생한다. 시각 장애, 안면 마비, 사지 마비, 기억력 감퇴, 성격이 난폭해지고, 간질 발작, 자살 충동…….

원규와 나는 굳이 그에게 치료받고 싶어 하는 나 때문에 7년 만에 재회하였다. 원규는 뇌종양 환자로 돌연 제 앞에 나타난 내게 유능한 의사이기 이전에 세상에서 제일 침착한 성직자가 되어야만 했다. 그것은 그의 우정이라든가 봉사가 아니라 초인적인 자기방어의 소치였다.

근자엔 죽은 뒤의 영혼과 그 구원의 문제에 문득문득 사로잡히곤 한다. 하나님은 천사와 천국, 악마와 지옥과 함께 실재하는 것일까? 무신론의 거두 지그문트 프로이트 박사는 예순일곱 살 때 위턱에 암이 돋아난 이후 히틀러를 피해 망명한 런던에서 여든세 살로 영면하기까지 무려 서른세 번 수술을 받았으나 정신을 흐리멍덩케 하는 진통제 사용을 끈질기게 거절하였다. 종국에 그는 명료한 아픔 속에서 주치의에게 안락사를 요청했다. 주치의가 이에 필요한 과량의 모르핀을 가지러 잠시 자리를 비운 사이 프로이트는 침대에서 일어나 책장에서 발자크의 『죽음의 피부』를 뽑았다. 그 책은 악마에게 영혼을 판 한 저주받은 남자의 이야기를 하고 있었다.

"안 되겠니?"

"……"

프로이트는 안락사 직전에 왜 하필 그런 책을 읽었을까? 그는 정말 무신론자였을까?

"뭐가 그리 골똘하단 말이냐. 200만 원이면 족하다. 이건 한 시인이 기화하느냐 못 하느냐가 달린 사안인 것이야. 불가에선 흔히 공덕을 쌓는다고들 하지."

"……"

만곡이 벽에 기대어진 내 네 번째 자화상을 본다. 나도 그를 따라 그것을 본다. 내 서른두 살의 어느 봄날을 본다.

"저거 보면 화가인 거는 맞는 거 같은데. ……태어난 것들은 어차피 전부 죽게 돼 있어. 그러니 이왕이면 하고 싶은 일을 하다가 죽는 거야. 울란바토르 근교에 있는 어느 몽골 장군의 비석에는 이런 구절이 새겨져 있대. 성을 쌓고 머무는 자는 반드시 망할 것이며 끊임없이 이동하는 자만이 살아남을 것이다!"

"……살아남을 것이다."

"네가 나한테 그림을 그리겠다고 했을 때, 그림 그리기는커녕 화실에서 엉뚱한 짓만 저질러도, 일단 나는 그것만으로도 매우 유쾌했다. 하기 싫은 일을 안 하기가 쉽지는 않지. 하고 싶은 일을 하기 위해 하기 싫은 일은 안 하는 거니까."

"얼마 전에 알았어. 욱경이가 딸까지 있는 이혼녀라는 거."

"욱경이한테 직접 들었어?"

"우연히, 대수롭지 않게 털어놓던데. 난 아무렇지도 않은 것까진 아니었지만 별생각 없었어. 지금도 그래. 욱경인 내가 신경 쓴다고 착각해 잔뜩 예민해졌지만. 형은 왜 내게 얘기 안 해 줬던 거지?"

"귀찮아서."

"그러셨겠지."

"넌 날 온몸으로 거부하는 경향이 있다."

"형이 남에게 했던 말들 중에 가장 후회스러웠던 게 뭐야?"

"돈 빌려 달라고 했던 말이다, 새끼야."

"형, 나 죽을지도 몰라."

"그렇겠지. 삼라만상이 다 그렇지."


3


잠을 이루지 못하고 있었다. 아파서였다. 일반적인 두통은 활동이 많은 낮에 주로 오지만 뇌종양에 의한 두통은 천식처럼, 오래 누워 있는 어두운 시간에 기승을 부리기 마련이다. 그러니 새벽 3시경에 울리는 휴대폰이 나를 깨운 것은 아니었다.

—가짜야, 너는. 가짜. 네 말대로 가짜 화가 주제에, 가짜 눈으로 날 보고, 가짜 손으로 더듬고. 씨발…… 가짜 입술로 농락하지 마. 가짜 귀로 내 얘기 쓰레기 취급하면서, 가짜로 사랑하면서, 사랑지도 않으면서, 가짜 눈으로 날 그렇게 보지 말라고 이 가짜 새끼야…….

　전날 초저녁에 나와 이상한 과일과 오해를 남겨 둔 채 검은 하이힐을 또각거리며 화실을 나가 버렸던 그녀는 제 알 수 없는 사랑을 어쩌지 못해 괴로워하고 있었다.

　수진. 욱경이 미친 나머지 너무 일찍 결혼해 낳았다는 딸의 이름이 바로 수진이다. 수진의 아빠는 욱경과 이혼 직후 두 살배기 수진을 안고 캐나다로 이민하였다. 그리고 그로부터 2년 뒤 욱경에게 수진이 선천성 청각 장애아라는 소식을 담담한 필치의 편지로 전했다.

　수화(手話)는 보통 사람들이 흔히 생각하는 것처럼 만국 공통이 아니다. 모든 언어가 그러하듯 수화 역시 전 세계 곳곳의 지역에서 자생적으로 발생, 변화하는 것이다. 예외라고 해 봤자 한국식 수화와 일본식 수화의 관계 같은 경우인데, 이 둘은 한국식 수화가 일제 강점기에 형성됐던 까닭에 1990년대까지는 70퍼센트가량이 비슷했다 한다. 하지만 한국어와 일본어가 하루하루 제각기 새로운 단어와 표현 들을 확장해 감에 따라 이질화도 가속되고 있다.

　사정이 이러한지라, 한국에 있는 욱경과 캐나다에 있는 수진이 마주했을 때 수화로 소통하려면 당연히 욱경이 캐나다식 수화를 배워야 하겠으나 한국에는 그럴 수 있는 여건이 거의 불모에 가깝다. 더욱이 수화는 만만찮은 암기와 인지 능력을 요하는 대안 언어여서, 이제 고작 여섯 살인 수진이 캐나다식 수화를 쓴다고 가정하더라도 그 수준이 같은 또래의 비장애아가 구사하는 말의 수준보다 현저히 낮을 수밖에 없다. 또 청각 장애인들은 상대방의 입술을 읽는데, 수진의 아빠가 캐나다에서도 수진에게 아무리 한국어를 잘 교육시키고 있다 한들 이 역시 우리가 한국에서 자라고 있는 여섯 살짜리 비장애아와 대화할 적에 체감하는 답답함의 족히 수십 배는 각오해야 할 것이다.

수진은 8월 초, 부친의 문병을 위해 일시 귀국하는 한 독실한 크리스천 유학생 아가씨의 보호 아래 밴쿠버를 출발해 인천국제공항에 무사히 도착할 것이다. 기억에도 없는 엄마와 상봉할 수진은 20일 뒤, 뜻깊은 아르바이트의 대가인 왕복 비행기 표로 효성 어린 슬픔을 위로해 주시는 하나님께 감사 기도를 올릴 그 유학생 아가씨와 함께 다시 제 아빠에게 돌아가게끔 되어 있다. 언뜻 상황이 은혜로운 듯하나, 정작 욱경은 가히 두려움에 떨고 있다. 4년 만에 만나는 그리운 딸과 대화할 방법이 침묵밖에는 없을 것 같아서다.

— 사악하려거든 좀 제대로 피를 흘려 봐.

욱경은 화실 식탁 위에 이렇게 적힌 쪽지를 남겨 놓았다. 나는 그녀가 그 문장을 쓰는 데 사용한, 꼴사납게 깎여 있는 5H연필을 한참 매만져 보았다. 욱경은 타조알 목걸이를 날 향해 내던지고는 자기를 솔직하게 대하지 않는다며 악을 질러 댔다. 그녀는 점점 더 균형을 잃어 가고 나는 나대로 지쳐 가고 있었다.

지난겨울 진눈깨비 흩뿌리던 날, 만곡이 나와 단둘일 줄 알았던 술자리에 여자 하나를 데리고 왔더랬다. 그가 강의하는 문화 센터 시 창작 교실의 수강생이라고 했다.

— 사막 밑에 물고기가 헤엄치고 있어요. 녀석을 낚으려면 모래를 깊이깊이 파 내려가야 해요. 사막에도 100년에 몇 번은 폭우가 있거든. 그때 빗물을 타고 지하 수맥으로 빠져 들어가 번식하게 된 거예요. 사막 아래 물이 출렁인다고 하면 안 믿기겠지만, 그렇기 때문에 사막 한가운데 홀연히 오아시스가 나타나는 거거든요.

그때 나는 이게 웬, 사막이 아름다운 것은 어딘가에 오아시스가 숨어 있어서야, 라는 식의 소녀 취향이냐고 속으로 비웃었지만, 지금에 와서 눈을 감고 욱경을 부르면 그 이야기를 하던 그녀의 표정과 분위기만이 흐뭇하게 떠오른다.


사막. 인간은 사막을 견디며 정화되어 선민의식을 갖게 된다. 유대인들은 40년간 사막을 방황한 끝에 소생했다. 베두인족은 굶주림을 이기려 띠로 위장을 조이고 생활하면서도 사막을 포기하지 않는다. 그들은 신이 태초의 혼돈에서 제일 먼저 바람을 부르고, 바람으로부터 베두인족을, 베두인족의 비곗살을 잘라 내 말[馬]을, 이어

나귀를, 나귀의 똥에서 정착민, 즉 집이나 마을을 짓고 사는 무리들을 창조했다고 주장한다. 그들이 추앙하는 참다운 유목민은 낙타만을 소유한 자다. 움직임을 둔하게 만드는 어떠한 물건도 즉시 내버리는 베두인족은 네놈은 네놈 똥이 있는 데서나 뒹굴며 살라고 자식을 꾸짖는다. 한번 누워 별은 본 곳에 또다시 눕지 않는 것이 유목민의 긍지이기 때문이다. 사막은 강한 육체와 고귀한 덕성과 율법만을 남긴다. 그리고 모래 밑에서는 물고기가 헤엄치게 되는 것이다.

두통이 멈추자, 나는 간신히 잠들었다. 양친이 탑승한 여객기가 괌 상공에서 추락해 폭발한다. 내 첫 자화상은 수채화였지. 열다섯 살의 나는 기름 물감을 사용할 줄 몰랐으니까. 중병을 앓아 도저히 붓을 들 수가 없던 서른 살의 한여름, 윤해가 다가와서는 당당하게 말했다. 나 임신했어. 나는 정원 후박나무 아래 배에 혹이 흉한 내 개를 묻었다. 로마와 중국에서 권위와 행운의 상징으로 숭배했던 타조. 일교차가 심한 사막에서도 끄떡없는 타조. 사슴보다 수명이 서너 배가 긴 타조. 이 지구에서 가장 큰 알을 낳지만 달릴 뿐 날지 못하는 새, 타조. 나는 칼 끝에 기름 물감을 찍어 전신 거울에 다섯 번째 자화상을 그리려다가 문득, 타조를 타고 구름 위로 날아가는, 타조처럼 혀가 없는 딸을 가진 그녀를 올려다보며, 뜻 모를 설움에 꿈결을 흐느끼고 있었다.

# 4

"의지를 끝까지 반복하면 감각이 열린다. 권투가 그렇지. 빛을 상실한 미학은 미학이 아니야. 우린 이 세계의 이변을 위해서 있다. 이변이었던 것들이 미래에 역사가 됐고. 예술가의 조건? 만약 나무라면 잘려 나가 다른 나무들을 베어 내는 도끼의 자루가 돼야 하는 거야."

"형한테 시는 뭔데?"

"있을 것만 있는 거."

"……."

"……."

"이거."

"웬 봉투냐?"

"넉넉히 넣었어. 갚지 않아도 돼."

"……."

"가서, 기화해."

"너 내가 남한테 했던 말들 중에 가장 후회하는 게 뭐냐고 물었었지?"

고갱이 떠난 뒤 빈센트 반 고흐는 제 귀를 자르고 두 점의 자화상을 그렸다. 자화상은 모델을 구하기 힘든 가난한 화가들에게는 더없이 좋은 형식이었다. 그렇다면 부자인 나는 자화상만을 고집할 이유가 희박한 셈이다. 자화상을 많이 그렸던 화가로는 에곤 실레를 빼놓을 수가 없다. 그는 열 살 때 벌써 거울을 보면서 자신을 그렸다. 에곤 실레의 자화상엔 배경이 없어 고독하다. 그는 아내를 간호하다가 옮은 스페인 독감에 의해 아내의 장례식을 치른 지 사흘 만에 죽었다. 노루처럼 커다란 눈을 지녔던 그는 열 살 때 아버지가 매독에 걸려 죽는 걸 봐서 그랬는지 죽음에 대한 히스테리가 있었다. 에곤 실레는 자화상 속에서 어여쁜 얼굴이기도 하고 괴기스러운 얼굴이기도 하다. 엄지손가락은 짧은 반면 나머지 손가락들은 지나치게 가늘고 길다. 그는 필시 많은 것들을 사랑하고자 했을 것이다. 그리고 그 사랑하는 것들 중에 제일 사랑하는 것이 자기 자신이었을 것이다. 제 손으로 제 얼굴을 그리는 것은 옳은 일이 아니다. 하지만 나는 자화상만을 그리다 죽고 싶었다. 죽음을 무서워하는 자들이 또 다른 자기를 그린다.

"신부전증을 앓던 친구가 있었어. 가망이 없었어. 선풍기 망을 도금하는 공장에 다니던 녀석이었는데, 아마 화학약품에 중독돼서 그랬던 것 같아. 시골이었고, 그 시절이 그랬어. 우리 어머니 환갑잔치 끝나고 나랑 밤늦게 내 방에 나란히 누웠는데 갑자기 이러더라구. 어떻게 자살하면 안 아프냐? 그래 내가 이랬지. 목매달면 너무 황홀해서 사정(射精)하고 죽는다더라. 이틀 뒤 진짜 목매달아 죽었어. 사정하고."

나는 이 화실에서 그림과는 상관없는 짓들만 하고 있다. 나는 화가가 아니다.

# 5

원규가 초췌한 얼굴로 자신의 교수 연구실 겸 진찰실로 들어왔다.

"한참 기다렸지?"

"괜찮아."

그는 흰 가운을 벗어 옷걸이에 걸고는 출입문 옆 벽 모서리에 붙어 있는 세면대에서 비누는 놔둔 채 수돗물만으로 손을 씻었다.

"환자가 노파여서 긴장했었나 봐. 여태 땀이 계속 나네……. 퇴근해야 하니까, 병원 근처에 맛있는……."

"아니."

"여기서…… 지금 들을래?"

"……."

"……그럴래?"

"나 먼저 얘기하고 듣자."

"……."

나는 책상 위에 세워져 있는 액자 속 원규의 가족사진을 바라보았다. 윤해와 그녀의 어린 두 아들.

"내가 아니라 네가 윤해와 인연이었던 거, 인연인 거, 다행으로 생각하고 있다. 그렇게 생각하게 된 지 꽤 오래됐다."

"……."

내가 남에게 했던 말들 중에 가장 후회스러웠던 것은, 절대로 잊지 않겠다고 맹세했던 거. 네가 내게 준 상처를 영원히 기억하겠노라 절규했던 것. 그거였다. 또한 나는 치유받으려고 7년 만에 네 앞에 나타난 게 아니었다. 나는 네가 내 죽음을 지켜보며 죄책감에 시들어 버리길 바랐다.

"진심이다. 다행일뿐더러, 옳은 일이었어. 세월이 많이 흐르고 나니까 알겠어. 옳았던 거지, 현재가 다행이니까. 그걸 알겠어."

그리고 지난 세밑, 나는 종종 들르는 화방에서 5B연필 열 자루를 구입했는데 며칠 후 심을 들여다보니까 전부 5H연필이었다. H를 B로 착각했던 것, 뇌종양 탓이었나?

—환불이 아니라 5B연필로 바꾸고 싶다는 건데요.

—연필류는 일일이 수량을 파악할 수가 없어요. 나중에 결산하는 데 문제가 돼서 그런다구요. 내가 주인도 아니고.

—참.

—바쁘거든요? 뒤에 사람들 줄 선 거 안 보여요?

5H연필 열 자루를 내게 도로 건네는 비쩍 마른 여점원의 표정은 싸늘했다. 우리는 사흘 뒤 어느 시시한 술자리에서 해후할 것이고, 그녀는 사막 밑에 살고 있는 물고기를 이야기할 것이고, 우리는 각자의 모순에 사로잡혀 정직하지 못하게 서로 몸을 섞기 시작할 것이고, 사랑하는 소리가 새어 나갈까 봐 5월의 창문을 꼭꼭 닫아 둘 것이고, 그녀는 내가 공포에 갇힌 지 열흘째 되는 일요일 기이하다 싶게 겁없이 타조를 몰며 즐거워할 것이고, 검은 하이힐, 아, 검은

하이힐을 벗을 것이고, 딸기더러 이상한 과일이라고 할 것이고, 날지 못하는 새도 새냐고, 날 수 있는 돼지는 새냐고 물어볼 것이고, 내 병도 모르고 오해로 괴로워하다가 만취해 새벽 3시경 전화를 걸어올 것이고, 먼 나라에 있는 침묵 말고는 소통할 수단이 없는 딸을 그리워할 것이고, 타조알 목걸이를 날 향해 내던지며 왜 자기를 솔직하게 대하지 않느냐고 행패 부릴 것이고, 나는 두통에 시달리다가 간신히 잠들어 꾼 꿈속에서 타조를 타고 구름 위로 날아가는 그녀를 올려다보며 뜻 모를 설움에 흐느낄 것이고, 그녀가 무슨 화가가 연필 하나 제대로 못 깎느냐고 핀잔 줄 적에 피식, 웃을 수밖에 없을 것이고, 그녀는 그 5H연필로 내게 사악하려거든 좀 제대로 피를 흘려 보라고 쪽지에 적어 놓겠지만, 그 5H연필이 우리를 기념하고 있다는 사실은 모를 것이다.

"예훈아."

"……."

"수술 받으면 생명엔 지장이 없다. 그건 장담할 수 있어. 하지만 상황이 좋은 것만은 아니야."

"아니면?"

"종양의 가지가 왼쪽 안구 뒷면에 닿아 있어. 종양을 완전히 들어내기 위해 왼쪽 눈도 같이 제거될 거다. 거기엔 대신 의안(義眼)을 해 넣어야 하고. 오른쪽 눈은 안전하다."

"의안?"

"가짜 눈 말이야."

"……."

"……."

"……가짜 눈……."

"미안하다."

"가짜 눈……."

자화상을 그린다는 것은 어두운 행위이다. 자기 이외의 어떤 것들을 그리는 일보다는 분명 그렇다. 내가 죽어도 타인은 나를 그릴 수 있지만, 죽은 나는 더 이상 나를 그릴 수 없어서일까? 나는 나의 둘도 없는 친구였으며 연적이었으며 원수였으며 이제 다시금 나의 슬픈 친구이자 따뜻한 의사인 한 사내의 눈동자를 가만히 들여다보았다. 거기엔 한때 나의 물고기가 헤엄치는 사막이었던 그 여자의 뒷모습이 눈물의 무늬 속에 겹쳐져 있었다. 이명(耳鳴) 같은 과거의 모든 것들이 다 산들바람처럼 느껴졌다. 그렇다고 해서 나는, 나의 나머지 생을 자화상만으로 채우고 싶진 않았다.

밤에 거미를
죽이지 마라

# 1

한나가 핸드폰의 전원을 켜자 허공으로부터 음성 메시지 여섯 개가 연이어 날아들었다. 영우의 것이 하나. 나머지는 모두 은석이 보낸 것들이었다. 한나는 잠시 정신이 혼미해졌다.

— 한나 맞지? 꺼져 있네.

은석의 목소리를 듣는 순간 한나는 그가 여전히 그라는 것을 느꼈다. 눈을 감고 사과를 베어 물었을 때 입안의 그것이 사과 말고는 아무것도 아니듯이. 기억이 세월의 흐름 따라 희미해지다가 사라지기도 하는 반면 고통은 상처로든 깨달음으로든 나름의 주소를 남겨 인생 안에 정착한다. 은석은 한나의 기억이 아니었다. 은석은 한나의 흉터였다. 담담할 수 없는 정도가 아니라 악연 중의 악연이었다. 상식이라는 것이 존재한다면 그 어떤 경우에도 은석에게 한나를 찾을 만한 염치가 남아 있을 리 없었다.

— 계속 꺼져 있네. 설마 죽은 것은 아니겠지요?

한나는 욕이 아까워 헛웃음이 났다. 어제 나흘간 단신으로 지리산 종주를 마친 한나는 뱀사골의 한 음식점 야외 평상에서 반주(飯酒)를 마셨다. 평소 술을 즐기기는커녕 체질에 맞지 않아 꺼리는 편이었으니 그녀 자신에게조차 의외의 행동이었다. 소주병의 마개를 열자 소주 향이 주변 꽃향기에 섞여 들어 부드러운 햇살 속으로 번졌다. 서른다섯 살의 봄날이 한나에게는 이제 막 사춘기를 벗어난 듯 아련했다. 정작 사춘기가 언제 어떻게 지나갔는지 알지도 못하면서 말이다. 다만 삶의 핵심 비슷한 것이 부글부글 끓어올라 비등점에 다다르고 있었다. 마음이 어지럽지는 않았다. 도리어 점점 차분해지는데 그랬다. 선을 넘는 것에 달려 있어. 모든 게. 극기도 사고를 치는 것도. 변하는 게 아니야. 강을 건너는 거지. 누군가의 그런 말들이 떠올랐다. 누구지? 누구였지? 누가 그런 못된 얘길 나한테 했었나? 그리고 소주 한 병을 마저 비운 것 같지도 않은데 구름 위를 걷는 기분 속에서 의식이 스르륵 지워져 버렸다.

눈을 떴을 때 한나는 펜션 객실 침대 위에 누워 있었다. 양말조차 벗지 않은 채 그대로였다. 등산복이 수의(壽衣)였더라면 염(殮)을 마친 시체라 속여도 믿을 만큼 얌전한 모습이었다. 머리가 아프지도 속이 쓰리지도 않았다. 지갑 속의 돈과 신용카드도 그대로였다. 다만 눈가에는 눈물이 말라붙어 있었다. 방 안은 깨끗했다. 둥근 탁자 옆에 의자 두 개가 있는데 그중 하나가 조금 비껴 나와 있어 누가 거기 앉았었나 싶은 것이 긴가민가했다. 아, 이게 바로 필름이 끊겼다고 하는 것이로구나! 워낙 적은 주량을 각별히 조심하여 과음이라곤 해 본 적이 없는 한나로서는 그 나이에 난생처음 당하는 일이었다. 정말 아무것도 기억나지가 않았다. 그 음식점 야외 평상에서 혼자 반주를 마시고 있다가 홀쩍 아무런 과정 없이 거기 그렇게 혼자 누워 있게 된 셈이었다. 못 말리겠다, 진짜. 채 한 병도 안 되는 소주에 이 지경이 되다니. 그런데 한나가 더 한심스럽고 어이없게 여긴 것은 꼭 천천히 설득당한 것만 같은 자신의 자연스러운 감정 상태였다. 뭐랄까. 황당하기는 했지만 불쾌하지는 않았다. 아니 더 솔직하자면 손톱 밑에서 가시가 빠진 듯 후련하기까지 했던 것이다. 귀신에 홀렸다고 한들 이럴 수가 있나. 핸드폰 배터리는 바닥나 있었고 시계를 보니 거의 하루가 실종돼 있었다. 한나는 복도에 서서 102호실의 문을 닫았다. 그것보다 조금 이르게 302호실에서 나온 어떤 여자가 층계를 다 내려와 한나 쪽으로 걸어오고 있었다. 여자는 산행과는 거리가 먼 검은 원피스 정장 차림에 검은 하이힐을 신고 있었다. 당연히 한나는 의아했다. 여자가 한나 앞에서 주춤하더니 멈춰 섰다. 유별난 미인은 아니었지만 잊기 힘든 매력이 있었다. 어두운 구슬이 박힌 것 같은 눈동자. 무슨 말이라도 하려는 것인가? 정적이 임했다. 서로에게 그 사람 말고는 어느 누구도 있어선 안 되는 그런 정적이. 한나는 자기가 슬퍼하고 있다는 것을 미처 알지 못했다. 여자가 꿈틀, 움직였다. 한나를 스쳐 지나갔다. 머릿결에는 물기가 배어 있었다. 몸 전체에서 지독한 락스 냄새가 났다. 한나는 메고 있던 배낭을 바닥에 내려놓고 여자의 뒷모습을 바라봤다. 출입구 쪽 역광에 눈이 부셨다. 한나는 현기증이 일어 양손으로 얼굴을 감쌌다. 주저앉지 않으려 애썼다. 주저앉지 않았다. 여자가 열고 나간 미닫이 유리문이 흔들리는 소리가 들렸다. 한나는 한참 눈을 뜰 수가 없었다.

한나는 펜션 프런트에 열쇠를 반납하며 지배인의 반응을 살필 참이었다. 자신이 투숙할 당시의 형편을 파악할 수 있을지도 모르기 때문이었다. 혹시 큰 실수라도 저질렀으면 어쩌지? 그냥 시치미 뚝 떼고 가 버리는 게 낫지 않을까? 그런데 이게 웬걸. 프런트에는 어른이 아니라 기껏해야 고등학교 졸업반이나 되어 보이는 여자애 하나가 앉아 있었다. 여자애는 한나가 열쇠를 건네자 무심히 돌려받고는 보내고 있던 핸드폰 문자메시지에 계속해서 집중했다. 여자애 앞 책상 위에는 일본어 회화책이 펼쳐져 있었다. 한나는 고자누룩해졌다. 어른이 미성년자에게 묻기에는 무조건 창피한 내용이었던 것이다. 게다가 그보다 먼저 한나는, 여자애가 인도인 내지는 그 계통과 한국인 사이의 혼혈인이 아닐까 싶은 것에 몹시 당황했다. 여자애 입에서 과연 한국말이 튀어나올지조차 의심이 가는 분위기였던 것이다. 한나는 그러한 판타지적 상황을 돌파해 목적을 달성

할 만큼 영웅적인 여성이 아니었다.

예쁜 펜션이었다. 그 펜션은 등산로 초입에 있었다. 한나가 소주에 정신을 잃었던 음식점으로부터 도보로 10분 이상이 걸리는 거리였다. 거기에서 저기까지 멀쩡히 와서 숙박비를 치르고 방문을 닫고 그대로 침대에 누웠다? 이거 참, 음모론이 따로 없네. 한나는 혹시 아까 그 묘한 여자가 어디 없나 두리번거려도 보았다. 한나는 아무래도 두고두고 후회할 것만 같아 용기를 내었다. 펜션으로 되돌아간 것이다. 그런데 이번엔 프런트가 비어 있었다. 여자애도 없고 일본어 회화책도 없었다. 한 10분쯤 콩닥콩닥 뛰는 가슴으로 기다렸을까. 차라리 그 음식점에 가 볼까? 아니다. 아냐. 한나는 마음이 돌변해 어서 그곳을 떠나고만 싶어졌다. 이상한 공간이었고 이상한 시간이었다. 한나는 제 인생의 일부분을 유기하고는 도망쳤다.

한나가 광화문 부근 작업실에 도착한 것은 환한 초저녁이었다. 고속버스 차창에 기대어 한나는 칼날 모양의 낮달을 잠결에 보았다. 그랬던 거라고 여겼다. 지난주 내내 아무도 없는 작업실에서 저 혼자 떠들어 대고 있었을 라디오를 끄자 고요가 밀려왔고 그 고요 안으로 창밖 길가의 소음이 차츰 스며 자리를 잡아 갔다. 집이 아니라 곧장 작업실로 온 것은 어쩌면 영우가 돌아와 있지 않을까 하는 막연한 기대감 때문이었다고 생각하니 좀 쓸쓸했다. 영우가 없다는 것이 여기저기 어지러진 사물들로 티가 났다. 영우는 깔끔했다. 그리고 영우는 순수했다. 한나는 벽거울을 들여다보았다. 벽거울에는 먼지가 두껍게 묻어 있었다. 그것 역시 영우의 부재였다. 깔끔하고 순수한 영우가 한나의 곁을 떠난 지 거의 100일이 되어 가고 있었다. 영우가 없으니 영우만 없는 것이 아니라 이제 아무도 없다는 것을 한나는 간신히 깨닫는 중이었다. 좌우가 비대칭인 얼굴의 여자가 한나를 마주 보고 있었다. 얼굴의 좌우가 비대칭인 것은 한나의 은밀한 콤플렉스였다. 스물다섯 살. 한나는 영우 나이 때의 자신을 회상해 보았다. 그녀에게도 영우와 같은 시절이 있었다. 물론 남자의 스물다섯 살과 여자의 스물다섯 살은 이것저것 많이 다를 것이다. 그러나 싱그러운 스물다섯 살이었던 것만큼은 분명하리라. 남들보다 뛰어나지는 않았어도 그 나이가 지니고 있는 어쩔 수 없는 아름다움은 있었을 것이다. 그게 현재의 한나에게는 없었다. 청춘이란 무엇일까? 비극을 비극으로 받아들이지 않은 것. 고통 속에서도 고통이 뭐냐고 물어보며 밀고 나아갈 수 있는 천진함. 그것이 청춘 아닐까? 그때가 지금보다 행복했었나? 절대 그렇지 않았다. 사방에는 모르는 것투성이였고 지금보다도 훨씬 가진 게 없었다. 그야말로 좌충우돌이었으며 오죽하면 매일매일 무엇을 하면서 지내야 하는지조차 막막했다. 그러나 그러면서도 스물다섯 살의 머릿속에는 늘 뭉게구름이 있었노라고 한나는 생각했다. 먼지 자욱한 벽거울 속의 여자는 더 이상 사랑스럽지 않았다. 편하게 살아오지 못한 여자로서의 흔적이 얼굴 곳곳에 고스란히 배어 있었다. 한나는 영우가 보고 싶었다.

이게 뭐지? 한나는 입고 있는 등산복 외투 왼편 가슴께에 작은 핏자국이 있는 것을 발견했다. 온몸을 아무리 뒤져 봐도 상처가 없으니 한나 자신의 피는 아니었다. 정한나 왜 이러세요? 정말 왜 자꾸 이러세요? 왜요? 그럴 수도 있죠. 그냥 멋지게 우주의 피라고 해 둡시다. 이따 세탁하죠, 뭐. 아아, 네에. 그럼 그러시든가요. 한나는 자문자답이 영 재미없었다. 작업실을 나와 분식점에서 라면을 먹은 한나는 그사이 편의점에 충전을 맡겨 두었던 핸드폰 배터리를 도로 찾고는 원두커피 전문점 발코니에 서서 담배를 피웠다. 한나가 핸드폰의 전원을 켜자 허공으로부터 음성 메시지 여섯 개가 연이어 날아들었다. 영우의 것이 하나. 나머지는 모두 은석이 보낸 것들이었다. 영우의 음성 메시지에 기뻐할 겨를이 없었다. 한나는 잠시 정신이 혼미해졌다. 그리고 욕이 아까워 헛웃음이 났다.

—나 지금 한국에 있거든? 서울에 있거든? 들었으면 얼른 연락 좀 하지?

미친 새끼. 한나는 종이컵을 휴지통의 분리수거 구멍 속으로 밀어 넣다가 파라솔 너머에서 뭔가를 발견했다. 이런. 저무는 하늘에 뭉게구름이 아주 촌스러운 구도를 유지하며 떠 있었다. 또 헛웃음이 났다. 스물다섯 살 때 저런 게 내 머릿속에 있었단 말이야? 아이고. 정말로 그렇게 생각하는 거야? 한나는 아까 벽거울 속으로 들어가 잔뜩 감상에 젖어들었던 것이 부끄러워졌다. 그리고 은석에 관한 작금의 이 상황이 가끔 상상했던 바와는 달리 엄청난 분노를 자아내지 못하고 있다는 사실에 깜짝 놀랐다. 뭐야? 지리산에서 필름 끊기고 도통한 거 아냐? 비정상적으로 높아 뵈는 가정집 담벼락 위로 살짝 올라온 목련 나뭇가지 그 흰 꽃들이 한나는 자길 감시하고 있는 것만 같았다. 어느덧 4년 전 일이 되었다. 은석은 결혼식을 한 달 남짓 남겨 놓고 신부가 될 여자를 버려둔 채 다른 여자와 함께 사라졌더랬다. 한국에 있다고 녹음한 내용으로 봐서 신주쿠 어디서 놀고 있는 걸 누가 봤다는 오래전의 그 소문이 맞는 거였나 보다. 은석의 명랑한 목소리를 듣는 순간 한나는 그가 여전히 그라는 것을 느꼈다. 눈을 감고 사과를 베어 물었을 적에 입안의 그것이 썩은 사과 말고는 아무것도 아닌 것처럼. 어쨌거나 은석이 제 발로 나타나 한나를 찾고 있는 거였다. 은석이 미쳤건 미치지 않았건 한나는 상관없었다. 준비해 놓은 수많은 방법들 중에 무엇을 쓸까? 아, 즐거운 선택도 이럴 땐 성가신 숙제구나. 한나는 웬만하면 은석을 살해하기로 새삼 다짐했다. 농담이 아니라 진짜였다. 성격이 다소 소심하다고 해서 원한을 죽음으로 못 갚는 것은 결코 아니니까. 사람이 수영을 못한다고 해서 생선 요리를 싫어하는 것은 아니잖나. 4년 전쯤 하마터면 은석의 신부가 될 뻔했던 한나는 그날 마침내 그러한 생각을 하고 있었다. 정말로.

## 2

　인간은 극심한 고통의 벽 앞에 홀로 서면 자기의 분신을 마주하게 된다. 한나는 그렇다고 믿었다. 한나는 아직까지 단 한 번도 자기의 분신을 본 적이 없었다. 한나는 카프카에게서 위안을 받던 특이한 소녀였다. 내용을 깊이 이해하진 못하면서도 그 설명할 수 없이 음울하고 기괴한 분위기가 마냥 좋았다. 하긴 어쩌면 그게 카프카인지도 몰랐다. 이 세계가 어둡다는 것을 설명하는 데에 어둠 말고 뭐가 더 필요하겠는가. 어둠에 잠기는 것보다 어둠을 잘 이해할 수 있는 방법이 또 어디 있겠는가. 헤비메탈에 열광하는 소년처럼 한나는 카프카에 빠져들었다. 한나는 화가 나거나 초조할 때 카프카를 읽으며 환각 같은 안정을 구했다. 심지어는 생리통에 시달릴 적에도 카프카를 뒤적거리면 그럭저럭 견딜 만해지곤 했다. 한나에게 카프카는 단순한 취향을 넘어선 일종의 향정신성 의약품이자 진통제였던 것이다. 고등학교 입학을 앞둔 겨울부터 시작된 이러한 한나의 카프카에 대한 변태적 사용은 스물다섯 살 여름까지 지속되었다. 순정 만화를 멀리했던 카프카 소녀가 훗날 텔레비전 연속극을 혐오하는 카프카 아가씨가 된 것이다. 카프카는 위대했다. S가 셰익스피어를 뜻하지는 않았다. D가 도스토옙스키를 가리키는 것도 아니었다. 그러나 K는 카프카와 카프카적인 모든 것들을 연상시켰다. 알파벳 철자들 중 하나를 온전히 자신의 상징으로 소유해 버린 작가는 오직 프란츠 카프카밖에 없었다. 사람들은 고작 카프카의 유명한 한두 편을 읽었거나 그마저도 제목만 구경해 놓고는 카프카를 요리저리 들먹이기 일쑤였다. 모든 사람들이 카를 마르크스를 알고 있지만 막상 『자본론』을 읽은 사람은 희귀한 것처럼. 카프카의 소설 「시골의 결혼 준비」의 주인공 에두아르트 라반은 자기의 분신은 결혼을 하기 위해 시골로 보내 놓고 스스로는 갑충으로 탈바꿈해 집에 머물러 있다. 시골의 신부와 신부의 어머니는 신랑 라반이 오기를 기다린다. 소설은 라반의 분신이 시골 여관에 도착하자마자 갑자기 중단된다. 이 작품은 그레고르 잠자가 불안한 꿈에서 깨어났을 때 한 마리 거대한 해충으로 변해 버린 자기를 발견하게 되는 「변신」보다 5년가량 앞서 써졌다. 한나는 자기의 분신으로 하여금 삶을 대리케 한 것도 부족해 스스로는 벌레 속으로 숨어 버린 에두아르트 라반의 세속에 대한 환멸을 수긍했다.

"토리를 여기에다 묻었단 말이야?"

"그렇다구."

"대단하다. 한나. 대단해."

토리는 은석과 한나가 동거할 때 키우던 새까만 푸들이었다. 원래는 유기견이었던 토리를 은석이 거두어 돌보던 터였다. 대여섯 살 정도 먹은 놈이 트럭 바퀴 안쪽에서 혀를 내 뺀 채 땡볕을 피하고 있었다고 했다. 한나는 그 얘기를 듣고는 은석이 더욱 좋아졌었다. 길에서 마주친 미물의 생사를 차마 외면하지 못해 책임지는 따뜻한 남자라면 몸과 마음을 맡겨도 괜찮을 거라고 믿었던 것이다. 토리는 은석이 종적을 감춘 뒤 한나와 단둘이서 3년 가까이를 더 살았다. 그중 거의 2년간 한나는 저 자신도 추스르지 못하는 심각한 상태였기 때문에 하물며 토리를 챙겨 준다는 것은 무리였다. 그 점이 한나는 요즘도 문득문득 가슴 아팠다. 침대 밑에 딱딱하게 굳어 있기 전날까지도 현관에 엎드려 은석을 기다리는 버릇을 그치지 않았던 걸 보면 개에게 주인은 하나라는 얘기가 맞는가 싶었다. 은석은 사람에게만 죄를 지은 것이 아니었다.

"담요에 싸서 가방에 넣고 데려와 묻었다. 양심이 없을 테니까 가책 같은 건 하지 마."

만나자마자 은석은 대뜸 토리의 안부부터 물어왔다. 완전 또라이가 아닌가? 결혼식을 앞두고 다른 여자랑 도망친 작자가 4년도 넘게 실종 상태로 있다가 다시 나타나서는 제일 먼저 한다는 소리가 함께 기르던 개가 어디 있냐는 거였다. 토리는 죽었다니까 아예 한술 더 떠 그럼 무덤이 있다면 그거라도 보고 싶댔다. 한나는 궁극의 목적을 위해서라면 다른 모든 것들은 참아 낼 각오가 충분히 되어 있었다. 얼마간의 침묵 끝에 한나는 토리를 고명도에 묻었다고 말했다. 강화도 인근의 작은 섬 고명도에서 한나와 은석은 처음 만났더랬다. 살인과 그 뒤처리는 물론이요 우연을 가장한 악연이 비롯된 곳이라는 점에서도 그 이상 최적의 장소가 없다고 한나는 결론 내렸던 것이다. 토리는 동물 병원 냉장고 안에 잠시 보관되었다가 곧바로 애완견 사체 처리업자에게로 넘겨졌다. 불에 태워졌거나 개고기 집에 팔렸을 것이다. 어느 쪽이든 눈물 나는 일이겠으나 큰 상처를 입은 사람들이 대부분 그러하듯 한나는 뜬금없이 지독하고 무정했다. 인격의 규칙이 허물어진 것이다.

"한나 늙었네."

"우리 이러는 거 알면 비웃지 않을 사람이 없을 거야."

"나한테 화내지 않는 까닭은? 죽인다 어쩐다 난리가 날 줄 알았는데."

"넌 인간이 아니니까. 기대가 없으니까. 너라면 이 마당에 무슨 생각이 있겠냐?"

둘은 섬에서 유일한 식당에 들어가 마주 앉았다. 한나는 아까 은석이 화장실에 갔을 때 은석의 가방을 뒤져 보았다. 여권과 달러 뭉치가 눈에 띄었다. 뭣 때문에 돌아왔을까? 아니. 왜 나를 찾아왔을까? 명탐정 한나는 궁금했다.

"나도 늙었지?"

"넌 그대로야. 잘 지내셨나 봐?"

"……."

"뭘 그렇게 빤히 봐? 누가 빤히 보는 거 싫어하는 거 잊었어?"

"……왜 그랬지?"

"……."

"아아. 얼굴이 비대칭이라서 신경 쓰인다는 그거?"

"기억해 주니까 눈물이 다 난다. 알았으면 재수 없으니까 그만 쳐다봐."

"그동안 연애는 했냐?"

"결혼한다."

"엉?"

"결혼한다구. 한참 연하랑."

"브라보."

보조 작가 모집 광고를 보고 작업실을 찾아온 영우는 손톱을 물어뜯고 있었다. 한나는 영우의 이력이 그의 분위기만큼이나 인상적이었다. 영우는 과학고등학교를 나오고도 대학교에 진학하지 않았는데 가지고 있는 1급 어학 자격증만 다섯 개였다. 이 아이는 지금 불안하구나. 한나는 정작 가슴 뛰어 하고 있는 쪽이 자기라는 걸 모르고 있었다. 영우는 길을 일부러 잘못 든 소년 같았다. 생활인이 되기에는 현실감이 부족해 보였고 예술가가 되기에는 욕망이 희미해 보였지만 재능이 오롯하기에 고독해 보였다. 영우는 매사에 뛰어나지만 마음을 내려놓아야 할 부분에서 너무 어른스러워 무엇을 해도 끝까지는 못 갈 사람이었다. 한나는 촌스럽기 그지없는 질문을 하고 말았다. 왜 만화가가 되려 하죠? 뜻밖의 대답이 돌아왔다. 만화를 그리면 생각하는 게 좀 편해집니다. 한나는 그것이 무슨 의미인지 짐작조차 가지 않았지만 더는 물어보지 않았다. 나중에 안 일이지만 영우는 한나의 팬이었다. 그리고 만화를 그리지 못하는 만화가 곁을 할 일 없는 보조 작가는 묵묵히 지켜 주었다. 한나는 삶의 감각들이 전부 무시 못할 만큼 마비돼 있었다. 한나는 영우와 연애를 하면서도 그것이 연애라고 느끼지 못했다. 심지어는 단 한 번 함께 밤을 지내게 되었는데 다음 날 아침에 한나는 그 일이 아예 없었던 사람처럼 행동하고 있었다. 한나의 무기력과 분열증으로 인해 영우는 몹시 상처받았다. 영우는 2년 만에 한나를 떠났다. 원두커피 전문점 발코니에서 들었던 영우의 녹음된 목소리는 생각하는 것을 고통스러워하는 이의 그것이었다.

— 저예요. 만나고 싶어요.

한나는 이후로 걸려오는 영우의 전화를 감히 받지 못하고 있었다. 처음에는 은석의 등장에 정신이 산란해서라고 치부했지만 그것은 솔직한 견해가 못 되었다. 한나는 뭔가를 두려워하고 있었다. 두 남자가 동시에 한나에게 돌아왔다. 한 남자는 사랑하고 싶은 남자이고 한 남자는 죽이고 싶은 남자였다. 한나는 어지러웠다.

"너도 잘 지냈을 것 아냐. 신나게."

"글쎄, 잘 지냈다기보다는 초능력을 얻는 과정이었지."

"웬 초능력?"

"사람의 마음을 읽을 수 있게 되었거든."

"아하, 그래?"

"너 나 확 죽이고 싶지?"

"허이구. 초능력이 맞구나."

"요망해졌네, 한나."

조금 전부터 텔레비전에서는 뉴스가 흘러가고 있었다. 검찰에 출두하는 부패 국회의원이 없어지자 모자이크 처리된 살인 사건 현장이 나왔다. 모 대학교 의대 신경외과 여교수가 자신의 남자 제자를 지리산의 한 펜션에서 엽기적으로 죽였다. 경찰은 사라진 여의사를 수배했다. 한동안 한나와 은석 사이에는 대화가 오가지 않았다. 한나는 텔레비전을 뚫어지게 들여다보고 있었고 은석은 그런 한나와 텔레비전을 이상하다는 표정으로 번갈아 쳐다보고 있었다. 이윽고 한나가 신음을 내뱉듯 말했다.

"나 저 여자 알아."

"뭐?"

"저 여자 안다구."

"뭐라 그러는 거야?"

"……"

"……"

"……날 구해 줬어."

인간이 극심한 고통의 벽 앞에 서면 자기의 분신을 마주하게 된다고 믿는 한나는 정작 아직까지 단 한 번도 자기의 분신을 본 적이 없었다. 한나는 극심한 고통을 경험하지 못했던 것일까? 분신이란 공상에 불과한 것일까? 스물다섯 살 여름 한나는 작은 섬에서 한 남자를 우연히 만나 사랑에 빠졌더랬다. 은석은 희귀한 꽃이 있다

는 소문을 따라와 사진을 찍고 있었고 한나는 아르바이트로 인구
와 풍물을 조사하고 있었다. 은석은 한나에게는 없는 많은 것들을
가지고 있었다. 그는 세상을 싫어하는 만큼 자신감이 넘쳤고 자제
력이 완강했다. 한나는 카프카를 더 이상 읽지 않게 되었다. 에두아
르트 라반이 결혼식에 분신을 보낸 것은 세상에 대한 환멸 때문이
라는 어두운 직관만이 오래된 치즈처럼 남았다. 한나는 은석과 함
께 일본으로 건너간 여자가 누구인지도 몰랐다. 알 수 있었지만 알
고 싶지 않았다. 그것 말고도 견딜 수 없는 것들은 너무 많았다. 한
나가 사랑했던 은석은 지금 그녀가 죽이려고 하는 은석과는 전혀
다른 사람이었다.


3


"경찰이 한나 널 찾고 있단 소리야?"

"가만있어 봐. 나 복잡해 지금."

한나와 은석은 민박을 하게 되었다. 그들을 싣고 왔던 통통배의
엔진이 고장 나서 내일 아침 다른 배가 도착해야 그걸 타고 섬을 빠
져나갈 수 있다는 데 별도리가 없었다. 한나는 휴지를 접어 침을 뱉
고는 거기에 담뱃불을 비벼 껐다. 대신 쓸 단어가 없기에 민박이지
둘이 누우면 딱 알맞은 방 안에는 컵과 쟁반도 없이 달랑 놓인 낡

은 양철 주전자와 먼지 냄새가 쾌쾌한 군용 담요 서너 장이 전부였다. 그 쪽방을 끼고 있는 구멍가게 자체에 전기 시설이 없어 삐쩍마른 촛불을 켜 놓고 있는 지경에 텔레비전이나 라디오를 바라는 건 지역사회에 대한 예의가 아니었다. 아무리 그래도 그렇지 날씨만 화창하면 육안으로도 강화도가 빤히 보이는 곳이 이렇다니 한나는 도통 어이가 없거니와 그보다 훨씬 더 기가 막히는 것은 찢어죽여도 시원치 않은 남자와 단둘이 동숙을 하게 된 천인공노할 상황이었다. 구멍가게 주인은 숙박비를 챙기자마자 문명의 혜택과 다정한 가족이 있는 안채로 가 버리고 없었다. 이보다 비참한 코미디가 또 어디 있을까. 있지도 않은 개 무덤으로 복수의 덫을 놓다가되려 시골 개만도 못한 처지에 갇히게 됐다는 자책에 한나는 은석몰래 입술 안쪽을 아프게 깨물었다. 아까 뉴스는 경찰이 유력한 살인 용의자인 여의사 외에 공범일 가능성이 있는 신원 미상의 여자하나를 더 추적하고 있다고 보도했더랬다. 자연히 한나는 펜션 프런트에 앉아 있던 소녀를 떠올렸다. 증언은 오해를 낳았지만 그것은 또한 정당한 추측이었을 터, 한나는 그 여자애도 경찰도 원망할자격이 못 되었다. 대체 이 일을 어쩐다? 아무리 그래도 그렇지, 공범일 가능성이 있는 신원 미상의 여자? 날이 밝으면 섬부터 벗어나는 게 급선무일 거였다.

"무슨 사고를 쳤길래? 널 경찰이 왜 보자는데?"

"죽을래? 좀 닥쳐."

탈수까지 마친 그대로 캄캄한 세탁기 속에 구겨져 있을 등산복 외투. 거기 묻어 있던 그 피는 그럼 여의사의 애인이 뿜어낸 피라는 얘기? 여자는 이미 독살된 남자를 난도질한다. 분이 덜 풀린 것이다. 그러다 여자의 몸 어딘가에 피가 튀었고 그게 다시 한나의 등산복 외투 왼편 가슴께로 옮겨 묻었다는 거? 한나의 머릿속에서는 끔찍한 장면들이 신속하게 나름대로 재구성되고 있었다. 인사불성이었을 나를 부축해 방으로 인도해 줄 때 묻었던 것일까? ……혹시 애인과 실랑이를 벌이다가 상처 입어 나게 된 여의사의 피가 아닐까? 명탐정 한나는 궁금하지 않은 것이 없었다.

신이 내려다본 사실은 이러했다. 그 피는 피살된 남자의 피가 맞았다. 여자가 수면제와 독약을 몰래 타 놓은 맥주를 마시고 남자는 이미 사흘 전에 숨져 있었다. 여자는 애인의 주검을 향해 잠시 바람이나 좀 쏘여야겠다고 웅얼거린 뒤 펜션 밖으로 나가 부유하다가 뱀사골 쪽 한적한 길에 만취해 쭈그려 앉아 있는 한나를 발견했다. 여자는 한나를 도와주었다. 다시 302호실로 돌아온 여자는 부패가 진행 중인 애인 옆에 하루 가까이를 더 누워 있었다. 여자는 자기 몸에 수천 마리의 벌레들이 기어 다니기에 욕실로 들어갔다. 우연찮게 세면기 아래에는 파란 락스 통이 있었다. 쥐고 있던 비누를 내던진 여자는 발가벗고 락스로 온몸 구석구석을 씻어 댔다. 벌레들이 활동을 멈춘 것 같았다. 트렁크에서 새 옷을 꺼내 갈아입은 여자가 방을 나서려는데, 가슴이 너무 답답하다고 선생님은 왜 그렇게 내 맘을 몰라주냐고 침대 위 애인의 시체가 외쳤다. 여자는 차분하게 애인의 심장에 칼을 박아 깊이 눌러 주었다. 애인은 이제야 좀 편해졌다고 말했다. 여자는 애인에게 마지막 키스를 해 주었다. 그때 그녀의 오른편 가슴과 어깨 사이로 그의 곪아 가는 피가 부글부글 끓어올랐다. 여자의 검은 원피스는 검붉은 피를 감춰 주었고 여자의 감각은 지옥의 불길도 뜨거워하지 않을 만큼 시들어 있었다. 한나는 복도에 서서 102호실의 문을 닫았다. 그것보다 조금 이르게 302호실에서 나온 여자가 층계를 다 내려와 한나 쪽으로 걸어오고 있었다. 산행과는 거리가 먼 여자의 차림새가 한나는 의아했다. 여자가 한나 앞에서 주춤하더니 멈춰 섰다. 유별난 미인은 아니었지만 잊기 힘든 매력이 있었다. 어두운 구슬이 박힌 것 같은 눈동자. 무슨 말이라도 하려는 것인가? 정적이 있었다. 서로에게 지금 그 사람 말고는 아무도 없는 그런 정적이. 한나는 자기가 슬퍼하고 있다는 것을 알지 못했다. 의대 여교수는 한나를 알아봤다. 어제 자기가 숙박계에 자기 이름을 대신 써 주고 숙박비를 대신 지불해 주고 102호실 침대까지 부축해 곱게 눕혔던 바로 그 여자였으니까. 한나는 베개 위에 바르게 놓인 제 얼굴을 스르륵 왼편으로 떨궈 둥근 탁자 옆 의자에 앉아 있는 여자를 멍하니 보았더랬다. 한나는 소리 없이 우는 눈으로 무슨 말인가를 내뱉으려는 것도 같았지만 결국엔 침묵뿐이었다. 그렇게 얼마가 지났을까. 한나는 잠들어 있었고 여자는 102호실을 나갔던 것이다. 여자가 꿈틀, 움직였다. 한나를 스쳐 지나갔다. 머릿결에는 물기가 배어 있었다. 몸 전체에서 지독한 락스 냄새가 났다. 한나는 메고 있던 배낭을 바닥에 내려놓고 여자의 뒷모습을 바라봤다. 출입구 쪽 역광에 눈이 부셨다. 한나는 현기증이 일어 양손으로 얼굴을 감쌌다. 주저앉지 않으려 애썼다. 주저앉지 않았다. 여자가 열고 나간 미닫이 유리문이 흔들리는 소리가 들렸다. 등산복 외투에는 피가 묻어 있었지만 한나는 그걸 인지하지 못했다. 두 여자는 영원히 헤어지기까지 단 한마디도 나누지 않았다. 자, 여기서 신에게 질문이 하나 있다. 여자는 왜 한나를 보살펴 주었는가? 신이 대답한다. 여자는 한나가 자신처럼 극심한 고통의 벽 앞에 홀로 서 있다고 느꼈던 것 같다. 한나를 자기의 분신으로 착각했나? 아님 그녀가 한나의 분신이었나? 아무리 신일지라도 추측을 해야만 하는 망신스러운 경우가 가끔씩 있는데 그게 인간이라는 짐승에 한해서이다.

좁은 창으로 달빛이 번지고 있었다. 어둠을 가물가물 견디고 있는 촛불보다 그 은은한 달빛이 한나는 한결 의지가 되었다. 촛불과 달빛, 한나는 거기에 섞여 어른거리는 은석의 얼굴이 믿기지 않았다. 그 시절 사랑하고 그리워했던 그 얼굴이 정말 이 시간 이 공간이 인연 앞에서 점멸하고 있는 저 얼굴인지가 믿기지 않았다. 한나를 매혹시켰던 은석의 이미지는 해박한 이야기를 늘어놓은 뒤 슬쩍 흘리는 외롭고 신랄한 미소였다. 진실과 거짓이 중요하지 않은 미소. 그냥 그대로의 느낌과 색깔이 전부인 미소. 한나는 자기가 그 이미지에 지배당하면서 청춘의 그릇들 중 가장 예쁘고 깨끗한 것들만 골라서 모조리 깨뜨려 먹었다고 믿었다. 실제의 카프카는 우리가 당연하게 오해하고 있는 것처럼 온통 내성적인 감정으로만 염색체까지 염색된 인간은 아니었다. 그는 자본주의의 노동자 착취를 비판하고 사회주의 혁명을 옹호하는 글들에 열광했으며 생시몽과 크로포트킨을 연구했다. 김나지움에 다닐 적에는 무정부주의자들의 모임에도 가담했다. 게다가 카프카는 팔레스타인으로의 이주를 갈망했던 시온주의자였다. 그러한 그가 우울증의 황제 K로 등극한 것은 스페인 독감을 앓아 뇌가 쇠약해져서도 나치 수용소에서 죽은 누이들이 자꾸 꿈에 나타나서도 아니었다. 꼬마 카프카는 한밤중 아버지에게 물을 달라고 칭얼댔다. 아버지는 카프카를 속옷 바람으로 발코니에 내쫓고는 문을 잠가 버렸다. 이 체험이 카프카를 평생 괴롭히는 끔찍한 이미지로 자리 잡아 불쑥불쑥 상징으로까지 폭발했는데 그게 바로 카프카 문학이다. 오죽하면 「선고」에서 아버지가 느닷없이 아들에게 너를 익사형에 처하노라고 하니까 아들이 곧장 집 밖으로 나가 다리 난간을 훌쩍 뛰어넘어 강에 빠져 죽는 장면이 나오겠는가. 카프카의 어둠은 체험이 아니라 이미지에 시달린 결과라는 것이 재야 카프카 학자 정한나 선생의 통찰이었다. 카프카의 아버지 헤르만 카프카는 대단한 거구였다. 프란츠 카프카는 수영장 탈의실에서 댐처럼 버티고 선 아버지의 나신(裸身)에 엄청난 충격을 받았다. 그에 비해 깡마르고 나약하기 그지없는 자신을 혐오하는 카프카의 고질병은 아버지가 가하는 억압이 아니라 그 억압의 나무가 뿌리내리고 있는 이미지, 바로 대홍수처럼 완전히 쓸어 버리는 심판의 이미지에서 기인했던 것이다. 진실은 없다고 주장하는 것이 아니다. 진실은 존재한다. 그런데 그 진실은 우리가 이미지라고 부르는 진실인 것이다. 촛불과 달빛, 한나는 거기에 물들어 기이해진 은석의 얼굴을 보면서 그러한 생각을 하고 있었다. 한나가 원하는 것은 저 얼굴이 세상 속에서 속히 삭제되는 것뿐이었다. 저 이미지가 세상을 돌아다니며 웃고 떠들어 대는 것을 한나의 고통은 절대 용납할 수가 없었다. 한나에게는 그 이미지의 만행을 감당할 만한 힘이 더 이상 남아 있지 않았던 것이다. 아아, 용서라는 것은 그가 저지른 죄를 용서하는 게 아니었구나. 용서라는 것은 그가 계속해서 살아 숨 쉬고 있다는 이미지를 용서하는 것이로구나. 한나를 미움에 관해 도통하게 만든 대가로 은석은 곧 죽어 줘야 했다. 아까 은석이 소변을 보기 위해 밖으로 나갔다 돌아왔을 때 한나의 청바지 주머니 속에는 더 이상 독약이 없었다. 한나는 염세에 찌든 소설로 아버지를 원망이나 하다가 폐가 까맣게 타서 죽은 카프카와는 적잖이 달라야 했다. 적어도 살인자 정도는 되어야 했던 것이다. 한나는 위대한 카프카를 경멸했다. 어쩔 수가 없었다.

"뉴스 말이야."

"엉?"

"사람 빤히 쳐다보면서 딴생각은."

"어. 뭐?"

"치정 살인 말이야. 낮에 뉴스에 나왔던."

"치정 살인?"

"그럼 그게 치정이지 뭐야?"

"그게 뭐?"

"왜 소리는 지르고 그래? 한나 너 정말 뭐 있냐? 정말 뭔데?"

"웃기지 마. 신경 꺼. 네 꼬라지나 신경 쓰셔."

"호시노 오사무라고 내 친구야. 최면술사지. 개한테서 들은 얘기거든?"

한 아가씨가 있었다. 유명 화장품 회사의 전속 모델이니 미모야 더 설명할 필요가 없을 것이다. 그녀는 오로지 자기만 느끼는 어떤 냄새에 시달리고 있었다. 형용하기 어려운 악취가 언제 어디서나 진동해 두통이 그치질 않는다는 것이다. 호시노 오사무는 심사숙고 끝에 연령 퇴행을 유도하는 최면을 걸었다.

"이 아가씨가 털어놓기를 어려서 숨바꼭질을 하다가 더러운 재래식 화장실에 숨었었다는 거야. 숨바꼭질에서 이기려고 그곳에서 한참을 버텼는데 냄새 때문에 머리가 너무 아팠었다는 거지."

호시노 오사무는 이 사실을 토대로 암시를 부여해 치료를 시도했지만 전혀 효과를 거두지 못했다. 사실은 사실이 맞는 것일까? 호시노 오사무는 뭔가 냄새가 난다고 생각했다.

"석연치가 않았던 거지. 환자들이 최면 중에도 연막을 치는 경우가 종종 있거든. 결국 더 깊이 들어갔지."

호시노 오사무는 전생 퇴행 최면을 걸었다.

"전생에서 사랑하는 남자한테 배신을 당하자 그 남자를 독살했다는 거야."

"……."

여자는 그를 너무나 사랑한 나머지 그의 시신을 집 안에 간직해 두었고 부패가 진행되자 대단한 악취가 코를 찔렀던 것이다.

"그래서 현생에서 어디를 가나 이 아가씨는 그 냄새에 늘 시달리게 된 거야. 전생에서 자기가 죽인 애인의 시체가 썩는 냄새."

"……."

"재밌지?"

"그래서?"

"그래서?"

"그래서 네 일본인 퇴마사 친구가 어떻게 했는데?"

"아. 두 가지 해결 방법이 있었대. 하나는 최면으로 전생을 바꾸어 버리는 것. 즉 남자를 독살하려고 했으나 실패했다, 혹은 독살에 성공은 했지만 남자의 시신을 곧바로 화장해 버렸다는 식으로. 이렇게 되면 증상의 원인이 제거됐으므로 여자는 정상으로 돌아오게 되는 거지. 다른 하나는 전생은 그대로 두고 현생과 전생을 완전히 구분 지어 버리는 것. 전생은 전생이고 현생은 현생이라는 점을 최면으로 강하게 주입시키는 거지. 증상의 원인을 파악하게 함으로써 치료가 이루어지는 거야. 호시노 오사무는 두 번째 방법을 사용했대. 전생은 전생이요 이승은 이승이다. 산은 산이요 물은 물이로다."

"……."

"그 아가씨, 치료가 됐지. 재밌지? 치정이란 다 그렇지. 어리석고 한심한 거지."

"넌 뉴스에 나왔던 그 여자가 웃기냐? 재밌어?"

"응. 웃겨. 재밌어."

"잘났다. 그래서 결혼식 앞두고 딴 여자랑 바람이 나서 도망쳤냐?"


한나가 눈을 떴을 때 양초는 바닥까지 흉하게 녹아내려 있었다. 여전히 밤이었다. 은석이 창가에 서 있었다. 한나는 자신도 모르는 사이 길고 깊게 졸았던 것이다. 희미한 어둠 속의 양철 주전자는 주둥이의 방향이 그대로였다. 은석이 그것에 전혀 손을 대지 않았다는 것은 확실했다. 왜냐하면 한나가 물에 탄 독극물은 황소가 마셔도 즉사하는 위력을 지닌 거였으니까. 한나는 장난을 치고 있는 게 아니었다. 그런데도 한편으로는 방금까지 자기가 깜박 잠들었던 동안 은석이 조갈이 났었다면 어땠을까를 상상하니 아슬아슬하기도 했다. 한나는 다시금 마음을 독하게 먹었다. 죽이는 거다. 죽여 버리는 거다. 고통의 원인을 제거해 버리는 거다. 은석은 달빛에 젖은 손가락을 입에 갖다 댔다. 영우의 버릇을 은석이 가지고 있었던 게 아니었다. 은석의 버릇을 영우가 가지고 있었던 것이다. 사실을 왜 곡하고 착종(錯綜)시키고 망각하며 상처를 지우려 했던 가련한 무의식을 한나는 문득 깨우치고 있었다. 은석은 한나의 기척에도 한 나를 쳐다보지 않았다. 창밖에서 짐작도 안 가는 어느 짐승의 울음 이 들렸다. 이 좁은 섬 안에 대체 무슨 짐승이 있어서 우는 것일까? 하긴 모든 어둠 속에는 짐승이 있다. 슬픈 것들이 있다. 한나와 은 석은 이렇게 쓸쓸한 밤이면 섹스를 했더랬다. 아무리 발버둥을 쳐 도 완전히 하나가 되지 못하는 두 육신은 괴로우면서도 즐거웠다. 우리의 사랑은 전생의 것이 아니라 현생의 것이다. 우리의 치정 또 한 그러하다. 여의사는 죽어 내생에 그 치정으로 인해 고통받을까? 남들이 이해할 수 없는 것을 느낄 수 있게 되어 고통받을까? 남들 이 볼 수 없는 것을 보게 되고 들을 수 없는 것을 듣게 되어 많이 아플까? 한나는 어둠과 달빛에 절반씩 몸을 주고 있는 은석을 보았 다. 우리는? 전생에 한나는 은석에게 무슨 짓을 한 것일까? 은석은 한나에게 무슨 짓을 한 것일까?

학덕과 계행이 뛰어난 승려 조신은 서라벌 세규사에 속해 있는 논밭을 관리하게 되었다. 그곳에서 우연히 태수의 딸을 본 조신은 그녀의 미색에 매혹되어 사모의 정을 가누지 못한다. 조신은 낙산 사 관세음보살에게 빌고 또 빌었다. 부디 태수의 딸과 부부의 연을 맺을 수 있게 해 주십시오. 저는 한시도 그녀를 잊을 수가 없나이 다. 그러나 그녀는 얼마 후 다른 이에게 시집을 가 버렸다. 애통한 조신은 소원을 들어주지 않은 관세음보살 앞에서 날이 저물도록 울었다. 그런데 갑자기 태수의 딸이 법당 안으로 불쑥 들어오는 것이 아닌가. 저는 일찍부터 스님을 연모하고 있었습니다. 부모님의 명을 어길 수 없어 억지로 다른 사내와 혼례를 치른 것입니다. 하지만 이제는 죽어서라도 스님과 한 무덤에 묻히고 싶어서 이렇게 찾아온 것이니 거두어 주세요. 조신은 기뻐 어쩔 줄 몰랐고 결국 그녀를 데리고 고향으로 돌아가 40년을 숨어 살아간다. 그들은 다섯 자식을 두었으나 찢어지게 가난하여 열다섯 살 큰아들은 굶어 죽고 열 살 된 딸아이가 구걸한 음식으로 온 식구가 연명하지만 그 딸마저 마을의 개에게 심하게 물려 자리에 눕는다. 많은 것을 바라지 않았음에도 천지에 고통 아닌 것이 하나도 없었다. 그들은 서로를 부둥켜안고 흐느껴 울었다. 부인이 문득 울음을 거두며 조신에게 말했다. 예쁜 얼굴 고운 웃음은 풀잎의 이슬과 같고 굳은 맹세도 바람에 날리는 버들가지와 같습니다. 당신에겐 내가 짐이 되고 나 또한 당신 때문에 괴로워하고 있습니다. 부부는 각자 아이를 둘씩 나눠 데리고 헤어지기로 했다. 나는 고향으로 돌아갈 테니 당신은 남쪽으로 가세요. 아내의 이 말을 듣고 잡았던 손을 놓으며 돌아서는 순간 조신은 꿈에서 깨어났다. 여전히 젊은 날의 조신이 대법당 관세음보살 앞에 납작 엎드려 있었다. 자기 자신에 대한 연민이었을까? 아니면 은석에 대한 연민이었을까? 한나는 그런 이야기를 떠올리고 있었다.

"어렸을 적에 나는 내가 어른이 되면 해외를 떠돌다가 죽을 거라고 믿었어. 한나라는 이름이 서양 여자애 이름이잖아. 그래서 그런 엉뚱한 생각을 했나? ……문스트럭(Moonstruck)이라는 게 달빛에 미쳤다는 뜻이거든? 그런 제목의 아주 짧은 애니메이션이 있어. 작은 별에 혼자 살아가던 남자가 있었어. 너무 고독했지. 그 남자가 어느 날 망원경으로 우연히 다른 작은 별을 보았는데……."

"외국을 떠돌다 죽는 건 나일 것 같은데? 앞날은 아무도 모르는 거야. 아무도. 어떻게 될지 아무도. 인생이란 게 과자보다 못해. 참 사소한 걸로도 부서져. 내가 예전에 늘 그랬지? 선을 넘는 것에 달려 있어. 모든 게. 극기도 사고를 치는 것도. 변하는 게 아니야. 강을 건너는 거지. 강을 건너면 강 건너에 있던 나는 아주 없는 거야. 너무 쉽지. 너무 쉬운데 대가가 커. 고해라는 게 있다면 말이야, 그건 신이나 신부에게 하는 게 아닐 거야. 고해라는 건 죄인이 죄인에게 하는 걸 거야."

한나는 은석과 4년여 전의 그 느낌으로 대화하고 있다는 것에 소름이 돋았다.

"부서진다고? 너 때문에 내 인생이 망했다는 건 알아? 나 이젠 아무도 못 믿어. 아무도. 그게 제일 힘들어. 나 이젠 사랑도 못해. 그래서 날 사랑해 보려고 그렇게 노력하던 사람도 떠났고, 뭐, 지금 다시 돌아왔다지만 여전히 난 불가능해. 사랑이 중요한 게 아니야. 인간이라는 거 자체를 못 견디겠어. 못 믿겠어. 아무에게도 의지를 못하겠다고. 다 너 때문에 이렇게 됐어. 너는 내가 어떤 고통을 겪었는지 상상도 못해. 아니. 상상해선 안 돼."

"알아. 넌 나 때문에 그렇게 됐어."

"……."

"……."

"그걸 알면서 왜 찾아왔어?"

은석은 달빛의 영역에서 사라졌다. 한나는 어둠 속에서 무릎을 꿇은 은석을 보았다. 은석은 어둠 때문에 보이는 한나를 보았다. 둘은 똑같은 어둠 속에 있었다. 은석이 양철 주전자의 손잡이를 잡고 들어 올려 물을 마시려 했다. 한나가 양철 주전자를 빼앗았다.

"……줘."

"마시지 마."

"나 미안하다는 말 같은 거 안 해. 그러려고 온 거 아니야. 몰랐어. 그냥 몰랐던 거야."

"뭘?"

"다. 전부 다. 이럴 줄 몰랐어. 내가 이런 사람인 줄도 몰랐어."

은석의 눈이 울고 있었다. 표정은 아무 변화가 없었다. 그의 눈물만 강을 건너고 있었다.

"……진심이야. 마시고 싶어. 다시는 만나지 않는 거야. 내가 그렇게 할게."

한나는 양철 주전자를 들고 일어나 쪽방 문을 열어젖혀 밖으로 뛰쳐나갔다. 한나는 그 양철 주전자를 어떤 짐승이 울고 있는 지옥 속으로 던져 버렸다. 그리고 쭈그리고 앉았다. 그것은 한나의 오랜 습관이었나 보다. 고통의 벽 앞에서 쭈그리고 앉는 것. 한나는 혼잣말을 중얼거렸다.

"명심해. 용서하는 게 아니야. 그런 건 없어. 그냥 보내 주는 것뿐이야……."

그리고 목 놓아 울었다.


## 4

해가 뜨자 한나와 은석은 한 배를 타고 고명도를 빠져나와 강화도에 내렸다. 배 위에서의 시간은 서로에게 어색하기가 그지없었다. 한나는 등 뒤의 섬을 뒤돌아보기가 싫었다. 뒤돌아보지 않았다. 한나는 은석과 따로따로 고속버스를 이용할 요량이었지만 난데없이 은석이 대기하고 있던 렌터카의 뒷문을 열었다. 뭐야? 일단 타. 손해날 것 없잖아. 거부하려고 했지만 어쩌면 그편이 가장 어색한 짓이 될까 봐 한나는 머뭇머뭇 자동차의 뒷좌석에 앉았다. 운전을 하고 있는 은석의 뒤통수를 보면서 한나는 영우를 걱정하고 있었다. 전화가 없어서 많이 불안해하고 있을 것이 뻔했다. 그렇다고 공중전화로 이야기를 나눠서 될 문제가 아니었다. 은석과 한나는 두 시간쯤 뒤 강남의 한 호텔 주차장에 도착했다.

"뭐하자는 거지?"

"여기 내가 묵고 있어."

"그래서?"

"잠시만 어디 가서 음료수라도 마시고 와. 5분만."

"왜 그래야 되는데?"

"마지막 소원이라 여기고 제발 그냥 시키는 대로 해 줘. 부탁이
야."

한나는 어이가 없었지만 마지막 소원이라는데 야박하게 구는 것
같아 눈 딱 감고 그래 주기로 했다. 한나가 어쩔 수 없이 뒤돌아서
는데 은석이 한나를 불렀다.

"왜? 어디든 다녀오라며? 뭐가 또 있어?"

"너 여전하더라."

"뭐가?"

은석은 여태 핸들을 붙잡은 채 한나 쪽이 아니라 정면을 보면서
말했다.

"사람 얼굴은 다 비대칭이야. 얼굴이 대칭이면 그게 어디 사람이
야? 괴물이지."

"……."

한나는 호텔 로비를 가로질러 그렇지 않아도 들르고 싶었던 화
장실로 가고 있었다. 그러다가 문득 발걸음을 프런트로 옮겼다. 거

기서 핸드폰 배터리의 충전을 맡길 수 있냐고 물어볼 셈이었다. 그
때 갑자기 한 중년의 사내가 나타나 한나의 팔목을 잡아끌고는 비
상구 쪽으로 데리고 갔다. 한나는 드디어 올 것이 왔다고 생각했다.
한나는 그가 형사임을 밝히기 전부터 딱 보는 순간 그가 형사라는
것을 알아차렸다. 왜냐고? 그는 정말 형사처럼 생겨 먹었던 것이다.
우선 한나는 자기가 아무런 죄가 없다는 것을 상기하고는 침착해
질 것을 스스로에게 강력히 주문했다. 그리고 형사에게 당당하고도
차근차근하게 모든 사정을 설명할 작정이었다. 어제와 오늘의 알리
바이는 은석이 증명해 줄 수 있을 것이었다.


"정한나 씨 맞죠?"

"저기요, 그게요……."

"예전에 오은석 애인이었죠?"

"네?"

"오은석이랑 같이 있는 거요? 오은석이 여기 숙박하고 있던데."

"왜죠? 은석이를 어떻게 알아요?"

"경찰입니다."

"알아요."

"안다고요?"

"은석이는 왜요?"

"몰라서 묻는 거 맞아요?"

"나 참."

"그 친구 사람 죽였어."

"네?"

"변심했다고 여잘 죽였어. 일본에서."

한나는 머릿속이 온통 새하얘졌다. 그럼에도 불구하고 한나는 불현듯 또 다른 자기가 되어 있었다. 한나는 은석이 지금 어디에 있다는 사실 대신 5분 뒤 은석이 로비에 오기로 되어 있다고 말하고 있었다. 스스로도 믿기지 않는 능숙하고 대담한 거짓말이었다. 한나는 화장실에 가는 척하면서 호텔 뒷문을 지나 주차장으로 향하고 있었다. 그제서야 가슴이 쿵쿵쿵 뛰기 시작했다. 한나가 은석에게 하고 싶은 말은 단 하나였다. 어서 떠나라는 그 말뿐이었다. 정말 다른 어떠한 말도 떠오르지 않았다. 그러나 한나가 당도했을 때 은석의 렌터카 안에는 아무도 없었다. 은석의 가방도 없었다. 한나는 계속해서 그곳에 멍하니 서 있었다. 한나는 운전석에 놓여 있는 작은 상자를 집어 들었다. 그것을 열자 거기에는 반지가 들어 있었다. 예전에 은석과 한나가 함께 골랐던 결혼반지였다. 저기서 형사가 화가 난 얼굴로 마구 손짓을 해 대는 게 보였다. 한나는 깊은 한숨을 내쉬었다. 아, 진짜로 가 버렸구나. 그게 그와의 마지막이었다는 걸 한나는 직감하고 있었다. 한나는 그가 어떤 사람인지 잘 알고 있기 때문이었다. 점점 가까워지는 형사의 비대칭 얼굴 위 푸른 하늘에 뭉게구름이 떠 있었다. 한나는 피식, 웃음이 났다.

다음 날 아침 한나는 아파트 거실 소파 위에서 잔뜩 웅크린 채 눈을 떴다. 커다랗고 딱딱한 벌레로 변해 있지는 않았다. 혼자 살고 있는 집을 고작 이틀 비웠을 뿐인데 마치 10년쯤 광야를 헤매다 돌아온 기분이었다. 핸드폰의 배터리를 새것으로 갈아 끼우고 전원을 켜자 음성 메시지 여덟 개가 연이어 수신됐다. 전부 영우가 보낸 것들이었다. 영우는 걱정하고 있었고 괴로워하고 있었다. 한나는 영우가 몹시 보고 싶었지만 전화를 걸지는 않았다. 영우에게 해 줄 수 있는, 해 줘야 하는 말들을 한나는 천천히 깨닫는 중이었다. 텔레비전을 켜자 뉴스는 살인 사건의 유력한 용의자인 의대 신경외과 여교수가 신촌의 한 관광호텔 객실에서 변사체로 발견되었다는 소식을 전하고 있었다. 그녀는 자기가 애인을 죽일 때 사용했던 것과 동일한 독극물을 마셨다. 세상 사람들에게는 내일 기온이 예년과 비슷하겠다는 일기예보만큼도 재미가 없고 무의미한 치정이었다. 그녀는 후회해서 자살한 것이 아니었다. 그녀는 환멸을 견디지 못했던 것이다. 한나는 그녀가 그래서 그랬다는 걸 알 수 있는 이 우주의 단 한 사람이었다. 어두운 구슬이 박힌 것 같던 그녀의 눈동자가 한나의 마음에 있었다. 형사는 은석과 관련하여 조만간 연락할 테니 그때 경찰서로 출두해 조사를 받으라고 했더랬다. 형사는 지리산 펜션에서 벌어진 살인 사건의 또 다른, 뭔가 앞뒤가 잘 안 맞는 용의자가 한나라는 것을 여전히 모르고 있었다. 한나는 아무것도 두렵지 않았다. 강을 건너자 강을 건너기 이전의 한나는 소멸했다. 감정이 변한 것이 아니었다. 개인의 역사가 변한 거였다. 한나는 샤워를 마치고 머리를 말린 후 베란다에 나가 화초들에게 물을 주었다. 넓은 창에 스미는 햇살이 좋았다. 한나는 세탁기 속에서 탈수가 끝난 채 엉켜 있는 옷가지들을 꺼내 건조대에 일일이 펴서 널었다. 등산복 외투에 묻어 있던 핏자국은 말끔히 지워져 있었다. 그녀가 지옥 같은 혼란을 무릅쓰고도 사랑했던 그의 피. 얼마나 많이 사랑하다가 무너지면 죽일 수 있는 것일까? 그 피는 정말 여기 이 자리에 묻어 있기나 했던 것일까? 한나는 분말 가루처럼 내리는 햇살 아래 쭈그리고 앉았다. 한나는 자기 앞에 쭈그리고 앉아 있는 자기와 똑같은 한나를 마주 보았다. 얼굴이 조금 비대칭인 그녀는 한나를 대신하여 어디로든 떠날 수 있는 그런 한나였다. 한나는 한나에게, 은석에게 해 주려다가 마저 못했던 이야기를 온전히 들려주었다. 아주 작은 별의 유일한 인간인 남자가 있었다. 그가 어느 날 망원경으로 또 다른 아주 작은 별 하나를 보게 되었다. 그곳에는 너무나 아름다운 여인이 누워 있었다. 그녀 역시 그 별의 유일한 인간이었다. 남자는 고독을 더 이상 참을 수가 없었다. 그는 고민 끝에 장대높이뛰기를 하면서 그녀의 별로 날아가 떨어졌다. 그는 자기의 아주 작은 별을 버리고 그녀의 아주 작은 별로 그녀를 찾아간 것이다. 목숨을 비롯한 모든 것들을 단호히 하찮게 여기고서. 하지만 결국 그는 그녀와 사랑을 나눌 수가 없었다. 왜냐하면 그녀는 멀리서는 아름다운 여인처럼 보이는 돌무더기였기 때문이다. 한나의 이야기를 다 들은 한나는 씁쓸하게 미소 지었다. 한나는 낭떠러지 끝에 맨발로 서 있는 한 사내를 떠올렸다. 한나는 그가 그의 가장 절망스러운 순간에 다른 어느 누가 아니라 오직 한나를 찾아왔었다는 사실만을 남은 삶 동안 두고두고 기억하기로 했다. 한나의 흉터가 한나에게 잠시 다녀갔던 것이다. 한나가 고통의 벽에 기대어 쉬고 있는 자기와 똑같은 생각을 하고 있는 한나에게 조용히 고개를 끄덕여 주었다.

유서를 쓰는
즐거움

# 1

"금강이를 어떻게 했으면 좋겠니?"

앵무새가 하는 말은 허무하다. 수한은 자기가 물어보고 있는 것과는 전혀 다른 엉뚱한 생각을 하고 있었다. 금강이를 어떻게 했으면 좋겠냐는 게 아니라 앵무새의 말은 허무하다는 그런 생각. 수한이 오랜만에 보영을 만난 것은 한 마리 앵무새 때문이었다. 앵무새. 그것뿐이었다. 수한은 보영의 대답을 기다렸다. 구름이 해를 가려 보영의 옆얼굴이 그늘에 금 갔다. 둘은 고궁의 처마 밑 돌계단에 나란히 앉아 있었다. 4월 중순인데 이미 여름이었다. 남극의 빙산이 녹아내려 태평양의 섬들이 하나둘씩 바닷속으로 사라지고 있었다. 펭귄들은 쩍— 쩍— 갈라지는 설원에서 엉덩방아를 찧었다. 지구는 망해 가고 있고 수한은 앵무새가 싫었다.

열여덟 살 보영의 동갑내기 애인이 저기 해태상 위에 올라서서 담배를 피우고 있었다. 무도한 작태가 아닐 수 없었으나 수한은 굳이 꾸중하지 않았다. 종종 듣기만 하다가 그날 드디어 처음 구경하게 된 녀석은 사탄 숭배자처럼 생겨 먹었던 것이다. 전화해 고궁으로 불러낸 쪽은 내가 아닌가. 일탈이 모험이요 방황이 미덕인 질풍노도의 시기에 금기나 공중도덕 따윈 허위의 감옥일 수 있다. 이렇게 매사를 긍정적으로 해석하는 성품이야말로 나의 수많은 장점들 가운데 가장 영롱한 보석이 아닌가, 라고 수한은 미친 척 생각하기로 했다. 수한은 앵무새가 싫었다.

"해태는 버르장머리 없는 놈들을 보면 뿔로 받아 버린다더라."

수한은 보영의 침묵을 견디다 못해 싱거운 소리를 내뱉고 말았지만 그 옛날 중국인들이 해태가 머리 한가운데 돋은 뾰족한 뿔로 불의한 자를 응징한다고 믿은 것은 사실이었다. 해태가 조선 시대 검찰총장에 해당하는 대사헌의 관복에 수놓였던 것도 그 까닭이다. 수한은 해태상이 살아 움직여 사탄 숭배자를 뿔로 찍어 버렸으면 했다.

"옛말에 그렇다고. 해태가."

"……."

"저게 해태라는 건 아냐?"

"……."

절대 낙천적인 편이 아닌데도 수한은 제 나이테 개수를 과소평가하는 경향이 농후했다. 보영은 수한의 유일한 조카. 둘은 스물한 살 차이가 났다.

　"해태제과라고 있었어요. 아닌가? 지금도 있나?"

　"……."

　"편의점에 가서 확인해 봐야겠는데? 기아 타이거즈가 해태 타이거즈였잖아."

　"……."

　"야구 안 좋아하는구나?"

　"……."

　"선동열이가 해태 타이거즈 투수였는데."

　"……."

　"주니치 드래곤즈에도 있었지. 그러고 돌아와서 삼성 라이온즈 감독 하고 있는 거야."

　"……."

　"선동열도 모르니? ……드래곤? 유니콘? 아, 유니콘! 해태는 몰라도 유니콘은 알지? 비슷한 거야. 해태나 유니콘이나. 거짓말이니까."

　"금강이를 함부로 대할 순 없어."

　불쑥 날아든 보영의 대답에 수한은 당황했다. 불쑥 날아들어서가 아니었다. 함부로 대할 순 없다? 그건 사람과 사람 사이에서나

가당한 표현 아닌가.

"……그러니까 문제라는 거지. 그러니까."

"팔아 버릴 수 없다고. 안 돼."

"누가 뭐래니?"

수한은 괜히 죄지은 기분이 되었다. 보영은 존재감을 고요히 시위하는 묘한 힘을 지닌 아이였다. 누구는 그걸 두고 카리스마라든가 매력이라고 부를지도 몰랐다. 하지만 수한이 보기에 물고기의 헤엄치는 능력처럼 타고난 것이 분명한 보영의 예사롭지 않은 분위기는 카리스마라고 하기엔 어쩐지 좀 쓸쓸했고 매력이라기엔 다소 난해한 구석이 있었다. 보영은 날이 갈수록 제 엄마를 닮아 가고 있었다.

"쟤 한번 올라가더니 내려오질 않네? 우리 보영이가 반사회적인 스타일을 선호하는지 내가 미처 몰랐어요."

사탄 숭배자는 해태상 목덜미에 왼쪽 귀를 댄 채 축 늘어져서는 초점이 모호한 눈빛으로 수한과 보영을 바라보고 있었다.

"금요일. 금요일까지 결정할게, 삼촌."

"좀 봐주면 안 되겠냐?"

"금요일이면 싫어도 무조건이야. 토요일에는 지리산으로 내려가야 하니까."

보영은 제 아빠를 조금도 닮지 않았다. 신기하리만큼 전혀. 수한은 그렇게 생각했고 앵무새가 싫었다.

"저러고 있는 용기가 대단하다, 대단해."

"야마카시 선수라서 높은 데라면 가리지 않고 막 올라가는 버릇이 있어서 그래. 나쁜 애 아냐. 자꾸 그러지 마요."

명한은 수한의 유일한 형. 수한은 명한의 유일한 동생. 보영은 명한의 유일한 자식. 곰곰이 따져 보면 세상은 유일한 것들투성이였다.

"아카시?"

"야마카시."

지난 석 달 남짓 수한은 백방으로 돌아다니며 명한의 재산을 도맡아 정리해 주었다. 유령의 뒤치다꺼리를 한다는 게 본래 고독한 법이지만 수한은 불평 한마디 없이 기꺼이 감수했다. 명한은 잘나가던 젊은 시절의 한때 벌어 놨던 것들을 야금야금 갉아먹으면서 버텨 온 셈이었다. 그리고 그 '야금야금'이 딱 불가능해질 즈음에 이르러 꼭 일부러 그런 것처럼 생을 마감했다. 여러 정황상 마치 세심하게 준비된 자살처럼 보일 수 있는 자연사였다. 수한과 명한은 무려 서른 살이나 터울이 졌다. 영혼이야 피차 짐승만도 못한 인간들끼리 감히 대신 결산해 줄 자격이 못 되겠으나 적어도 명한의 자본주의적 삶은 플러스와 마이너스의 불규칙한 충돌 끝에 근근이 제로를 그렸다. 그나마 빚이라도 남지 않은 게 보영을 위해서 천만다행이었다. 다만 너무나 조금이라서 전혀 반갑지 않은 플러스 쪽의 오차로 깜빡거리고 있는 것이 한 마리 히말라야금강앵무새, 바로 금강이였다. 만약 그런 심란한 것도 유산일 수 있다면, 금강이는 명한의 유일한 유산이었다. 이상한 유산. 정말정말 이상한 유산.

"신종 스포츠예요. 맨몸으로 담 넘고 빌딩에서 빌딩으로 날고 그러는."

"내가 한눈파는 사이에 또 그런 쓸데없는 게 생긴 모양이구나…… 뭐? 쟤가 스파이더맨이란 말이야?"

그날 오전 수한은 고궁 부근 K의 사무실에 들러 그곳에 숨겨져 있는 도청 장치들을 싸그리 적출해 주었다. 언제부터인가 도청당하고 있는 게 아닌가 의심하던 K가 수한에게 안절부절못하며 부탁한 일이었다. 사용된 기술이란 것들이 하나같이 치졸해서 척 봐도 자부심이 지나친 흥신소 직원의 솜씨였다. K는 마누라의 소행임을 확신했다. 맞바람을 피우며 이혼소송을 준비 중인 그녀는 남편의 친구들 중에 전직 국가정보원 보안 전문가가 있다는 사실은 꿈에도 몰랐을 것이다. 염려하던 것의 실체를 마주하고 난 K는 핵폭탄을 부정하고 싶은 아인슈타인의 표정이 되었다. K와 수한은 꽤 오래 알고 지냈지만 상식적인 의미에서는 그다지 가까운 사이가 아니었다. 악어와 악어새의 관계는 우정이 아니라 생태인 것이다. 게다가 수한과 K를 이어 주는 생태의 끈이란 게 이렇다 할 요점이 없었다. 돈이 오가는 것도 아니요 의리가 오가는 것도 아니요 설마 했지만 주님이 보우하사 동성애도 아닌데 만나면 반드시 둘이서만 만났다. 진짜 악어와 악어새의 관계에는 그럴싸한 비주얼이라도 있지 K와 수한의 그것은 그마저도 영 찌질했다. 증오에 휩싸인 K를 등 뒤에

126

둔 채 수한은 고층 빌딩 창밖 고궁을 내려다보다가 당장 저곳에서 보영과 접선해야겠다고 불현듯 결심했다. 더는 미룰 수가 없었다. 어서 평온한 일상을 되찾아야 했다. 앵무새에 관한 대화라면 커피 전문점 같은 데보다는 고궁이 훨씬 어울리겠다 싶은 부질없는 느낌도 한몫했다. 물론 사탄 숭배자가 지옥불이 이글거리는 오토바이에 보영을 태우고 나타나리라곤 상상조차 할 수 없었지만 말이다.

수한은 고궁을 거닐었다. 누군가를 호젓하게 기다려 본 지가 얼마나 되었던가를 더듬어 보니 왠지 서글퍼지는 구석이 없지 않았다. 수한은 스무 살 무렵이 잘 기억나지도 않았다. 수한이 장담할 수 있는 단 한 가지는 인간이란 그 어떤 경우에도 나이가 들면 들수록 더러워진다는 거였다. 애초에 선하게 태어났든 악하게 태어났든 모든 인간은 그나마 덜 더럽게 태어났다가 계속 더러워지던 중에 죽는다. 유식해지든 지혜로워지든. 세례를 천 번 받든 면벽을 백 년 하든. 예수든 부처든 체 게바라든 간에. 이것이 수한의 유일한 철학이었다. 수한은 자신이 지독히 더러워졌기 때문에 깨끗했던 그 시절을 잊어 가고 있다고 믿었다. 그래서 트리샤가 그리워 눈을 감아도 그녀의 모습이 떠오르지 않는 거라고 믿었다.

"아빠도 가엽고 금강이도 가여워."

트리샤가 네 살배기 보영을 놔두고 사라진 후로 명한은 가여운 딸보다 가여우려면 가여울 수도 있겠다 싶은 금강이를 더 사랑했다. 누가 봐도 정상적이지 못한 이 상황은 명한이 금강이 안에 숨어 있는 무언가를 딸보다 더 사랑했을 거라는 추측을 낳았다. 명한이 트리샤를 인도에서 처음 만났을 때 금강이는 그녀의 어깨 위에 앉아 힌디어로 떠들어 대고 있었다. 기괴한 장면이었다. 명한이 금강이를 애지중지했던 것은 사라진 트리샤가 했던 어떤 말들을 금강이가 내뱉기 때문이었다. 금강이가 그러는 데는 규칙과 낌새가 없어서 그것이 1년에 문득 단 한 번이기도 하고 어제 그랬다가 오늘 갑자기 또 그러기도 한다고, 언젠가 명한은 은밀히 수한에게만 인간의 모든 감정들이 뒤섞인 듯한 얼굴이 되어 설명했더랬다. 명한은 트리샤를 원망하지 않았다. 금강이가 낸다는 트리샤의 어떤 말들은 명한 외에 아무도 들은 이가 없었다. 트리샤가 사라진 뒤 어느 시점부터 명한은 그 누구든 타인 — 보영과 수한까지 포함해서 — 이 있으면 금강이를 방에 집어넣고 밖에서 문을 잠가 철저히 격리시켰다. 가히 병적이었다. 장장 14년 가까이를 그런 것이다. 이렇듯 복잡한 사정과 의미가 깃든 앵무새이다 보니 맡을 사람이 없다고 해서 쉽게 처분해 버리기가 무척 곤란할 수밖에 없었다. 어느덧 100일 가까이 수한과 함께 지내면서도 금강이는 트리샤가 했다는 그 말들을 한 적이 없었다. 또 모르지. 누가 알겠는가. 저 혼자 있을 적에 얼른 중얼거렸는지도. 수한은 앵무새가 싫었다.

"아빠는 죽었지만 금강이는 살아 있잖아. 더 가여워. 살아 있는데 사랑해 주는 사람이 없잖아. 금강이가 더 가여워."

보영은 인도 여인과 한국 사내의 혼혈이 아니라 그냥 인도 여인

같았다. 수한은 잊힌 트리샤의 모습이 보고 싶으면 사진 같은 허깨비가 아니라 살아 숨 쉬는 보영을 보았다. 트리샤가 거기 잠시 있었다. 수한은 눈을 감았다. 트리샤가 보였다.

"네 엄마는 어떤데?"

보영과 헤어지고 나서 눈을 감으면 트리샤의 모습은 떠오르지 않았다. 보영의 얼굴도 떠오르지 않았다. 트리샤는 아름다웠다. 그녀의 모습이 잊혔다 해도 수한에게 그녀가 아름다웠다는 사실만큼은 잊힐 수가 없었다. 과거가 가장 가슴 아픈 경우는 추억의 그림이 소실되고 추억의 문장만이 남았을 때라는 것을 수한은 잘 알고 있었다.

"아빠도 가엽고 금강이도 가엽다면서, 네 엄마는 어떠냐구."

보영은 며칠간 종합병원에서 특수한 외래 검진을 받느라 서울에 머물고 있었지만 평상시에는 지리산 자락에 있는 한 펜션에서 일하며 생활했다. 그 펜션의 주인이 사탄 숭배자의 아버지라고 했다. 수한은 사탄 숭배자와 그의 부친이 대체 어떠한 앙상블인지 전혀 감이 잡히질 않았다. 보영은 열일곱 살 한여름에 집을 나갔다. 명한과 사이가 안 좋았던 것은 아니다. 가출이 아니라 독립이었다. 고양이가 집에서 사라지는 것처럼 보영은 집을 떠났고 명한의 곁에는 금강이만이 남았던 것이다.

보영은 조만간 저 해태상에 올라가 있는 녀석과 결혼해서 일본에 간다고 했다. 단순히 놀러 가는 게 아니라 아예 거기 눌러살 거라

고 했다. 꽃다운 처녀가 섬으로 잡혀가 악마의 제물이 된다? 아이
고야. 이것이 웬 엽기적인 신화의 비극적인 줄거리란 말이냐. 수한
은 도통 이해가 되지 않았지만 보영은 원래 그런 아이였다. 세상의
기준들이 보영에게는 좀처럼 어울리지가 않았다. 세상의 기준들이
트리샤에게는 아무 소용이 없었던 것처럼. 어울리지 않는다는 것과
소용없다는 것의 차이는 무엇일까?

"엄마 닮기가 싫었어. 근데 이젠 엄마랑 완전히 똑같아지고 싶어.
엄마를 이해할 수 있을 테니까. 내가 엄마가 되면 엄마가 어떤 사람
이었는지 알 수 있을 테니까."

저런 말들을 대수롭지 않게 늘어놓고 있는 작은 여자가 수한은
무서웠다.

"복제 인간은 생명 윤리에 어긋난다."

이 아이는 자기 자신이 남보다 더 지독한 수수께끼일 때가 많다
는 걸 모르고 있다. 아직 덜 더럽기 때문에 모르는 것이다. 수한은
그렇게 생각했고 앵무새가 싫었다. 엄마에게서 버림받은 딸의 마음
은 어떤 것일까? 노인을 아빠로 두었던 소녀의 마음보다 더 어두운
것일까? 노인을 아빠로 둔 소년이었던 수한은 그것이 궁금했다. 해
가 구름 밖으로 드러나 보영이 환해졌다. 트리샤가 환해졌다. 사탄
숭배자도 환해졌다. 고궁이 환해졌다. 어두운 것은 그것들을 보고
있는 수한의 마음뿐이었다. 궁궐 곳곳에는 해태상이 많았다. 그 상
상의 동물이 화재를 물리친다고 믿은 옛사람들 때문이었다. 수한은

꿈꾸는 것도 모자라 그 꿈을 돌덩이에까지 새기는 인간들이 피곤했다. 화요일이었다.


2


"미친 새나 내다 버리시지. 미친 새나 내다 버리시지."

수한은 차마 웃을 수가 없었다. 금강이는 계속해서 자기가 미쳤으니 내다 버리라고 종용하고 있었다. 금강이가 하고 있는 말은 보름 전쯤 명자가 수한에게 했던 말이었다. 명자가 수한과 섹스하는 중에 냈던 소리를 금강이가 내뱉는 통에 명자는 아연실색하여 수한의 집이라면 아예 발길을 끊어 버렸다. 기실 명자는 금강이에 관해 그보다 훨씬 더 심각한 문제를 겁냈지만 좌우간 수한이 금강이의 처리를 보영에게 독촉했던 것은 그만하게 서러운 이유가 있었기 때문이다. 까먹을 만도 하건만 왜 하필 저 말에 꽂혔는지 수한은 금강이가 얄미워 죽을 지경이었다.

"미친 새나 내다 버리시지."

금강이는 단순한 앵무새가 아니었다. 재미로 기르기에는 무리가 따르는 영물(靈物)이었다. 서당 개 3년이면 풍월을 읊는다고들 한다. 개가 십수 년 늙으면 주인 속을 꿰뚫어 봐 못쓰니 잡아먹어 버리는 편이 낫다고도 한다. 그럼 이 경우는 어떠한가? 히말라야금강앵무새는 평균 수명이 80년, 금강이는 불혹(不惑)을 넘기고도 네 살을 더 드셨다. 수한이 재미로 기르기에는 무리가 따르는 형님이 맞았다.

히말라야금강앵무새는 가뜩이나 희귀한 금강앵무새 가운데서도 가장 희귀한 것이어서 몸값이 장난이 아니었다. 최근 수한이 조사한 바로는 금강이는 수컷임에도 불구하고 물경 3000만 원을 호가했다. 히말라야금강앵무새가 얼마 안 있어 멸종 생물 도감에 등재될 거라는 견해는 이미 일반론이었다. 금강이가 비록 이상한 유산이긴 해도 그 가치만큼은 엄연한 유산인 셈이었다. 이러니 수한은 차라리 금강이를 팔아 보영에게 경제적 보탬을 주는 편이 바람직하겠다는 생각을 몰래 하지 않을 수 없었다. 몰래. 어디까지나 몰래. 보영은 수한의 그런 음흉한 꼼수를 천진한 독심술로 읽어 내고는 즉시 삭제해 버리지 않았던가.

수한은 금강이를 맡기 전에는 히말라야금강앵무새는커녕 칠면조도 실제로는 구경해 본 적이 없었다. 또 비둘기를 보면 차도로 막 뛰어드는 사람들처럼 조류 공포증까지는 아니었지만 새를 꺼리는 경향이 아주 없지 않았다. 수한이 그러는 데에는 어려서 우연히 텔레비전에서 본 앨프리드 히치콕의 영화 「새」의 영향이 컸다. 야외 생일 파티장에서 갈매기들이 아이들을 습격한다. 수천 마리의 새 떼가 굴뚝으로 들어가 벽난로에서 쏟아져 나온다. 농부가 눈알을 파먹힌 시체로 발견된다. 학교 운동장에 까마귀들이 몰려든다. 새 떼가 상가를 초토화시키고 주유소는 불탄다. 해협 건너편에 있는 청년 변호사 미치의 하얀 집. 소름 끼치는 날갯짓과 끼룩끼룩. 끼룩끼룩. 미치에게는 초등학생 여동생 캐시가 있고 그 늦둥이를 낳고 키웠을 늙은 어머니가 있다. 금발 미녀 멜라니가 바닷가 마을에 나타나 미치와 사랑에 빠지려 한다. 멜라니가 보트에서 선착장으로 내릴 때 갈매기가 그녀의 이마에 상처를 낸다. 미치의 어머니는 미치와 멜라니를 떼어 놓으려 한다. 늙은 엄마는 전에도 어른인 아들에게 그런 적이 있었다. 그녀로부터 미치와의 이별을 강요당했던 애니는 초등학교 선생이 되어 멀리서 미치를 지켜보며 지내고 있었던 것. 늙은 엄마는 건장한 아들의 싱그러운 애인들을 질투하는 것이다. 배경음악도 전혀 없이 흘러가는 「새」의 이미지들은 한동안 꼬마 수한을 가위눌리게 했다. 그때는 그것이 변태 대법원장처럼 생긴 어느 괴팍한 영감님의 작품이라는 사실을 알 턱이 없었다. 아무튼 새는 수한에게 유쾌한 생명체가 아니었다. 가령 금강이가 개나 고양이였다면 수한은 녀석을 계속해서 맡으려 했을지도 모른다. 그런 마당에 빨강과 노랑이 뒤섞인 90센티미터가량의 몸통에 푸른 날개와 흰 뺨, 검은 부리와 붉은 눈을 가진 1킬로그램이 넘는 수다쟁이 새와의 동거라니! 발에는 네 개의 발가락이 달려 있다. 두 개의 발가락은 앞으로, 다른 두 개의 발가락은 뒤로 향해 있어서 먹이를 붙들 수 있다. 씨앗이나 열매는 그 껍질을 잡고 긴 혀로 알맹이를 빼먹는데 여기서 긴 혀라는 것이 그냥 긴 정도가 아니라 쭉 늘어나 휘어 감는 모양이 외계인의 성기보다 한층 엽기적이다. 강한 부리는 나무 같은 것을 오를 시에 세 번째 다리 역할을 한다. 그 기술로 금강이가 온 집 안을 3차원적으로 휘젓고 돌아다니면 수한의 머릿속은 4차원적으로 어질어질했다. 「새」의 도입부에서 멜라니는 잉꼬 한 쌍이 들어 있는 조롱을 들고 있다. 그것은 곧 밀어닥칠 재앙의 상징이었다. 영화 「새」에는 'The End' 자막이 없다. 재앙은 아직 끝나지 않았다는 히치콕식의 농담일까?

"미친 새나 내다 버리시지. 미친 새나 내다 버리시지."

"시끄러!"

"미친 새나 내다 버리시지."

"이 새끼가!"

인내의 한계를 시험하며 방바닥에 모로 누워 책을 읽고 있던 수한은 급기야 금강이에게 버럭 소리를 질렀다. 효과가 있었는지 정적이 찾아왔다. 수한은 지난가을 고가구점 앞을 지나가다가 콘솔 하나를 샀다. 명백한 충동구매였다. 다크브라운에 비춰 원목으로 유럽풍이지만 중국에서 건너온 것이라 했다. 청나라 말기의 것이라는데 가격은 예상만큼 고가가 아니었다. 필요에 의해 들여놓은 물건이 아니니 용도가 궁색한 것은 당연했다. 수한은 거기에 책들을 올려놓고는 한 권씩 무작위로 집어 속독한 다음 아무에게나 주어 버리기를 반복했다. 감격스럽게 조용한 이 순간, 금강이는 콘솔 위에 서서 삐쭉삐쭉 쌓인 책들을 두리번두리번거리고 있었다. 금강이는 바로 그 자리에서 수한과 명자가 섹스하는 꼴을 내려다보았더랬다.

애초에 맡을 때부터 수한이 금강이를 조롱에 가둘까 망설이지 않았던 것은 아니었지만 트리샤도 명한도 그런 적이 없었음을 상기하니 잔인한 짓 같아 관둘 수밖에 없었다. 저 골치 아픈 새와의 동거가 고작 이틀 남은 마당에 자평하건대 수한은 안 그러기를 참 잘했다 싶었다. 수한은 야단맞은 금강이가 떠들어 대지 않는 것이 내심 기특했다. 히말라야금강앵무새는 돌고래만큼 지능이 우수하다고 했다. 자꾸 성가시다고 몰아세워서 그렇지 인간으로 치면 빌 게이츠쯤 되는 천재라 생각하니 수한은 녀석이 어쩌면 자랑스러워질 지경이었다. 미운 정이 아예 안 든 것도 아니요 연민의 여지가 일절 없는 것도 아니잖나. 그때 금강이가 수한에게 말했다.

"이 새끼가! 이 새끼가! 이 새끼가!"

명자는 금강이가 불길하다면서 덜덜 떨었더랬다. 수한과 사랑을 나누고 있는 걸 쳐다보는 금강이의 눈이 사람의 눈 같았다는 것이다. 한술 더 떠 명자는 금강이가 그러며 잠깐 뭐라 중얼거렸다고 했다. 틀림없이 그랬단 말이야. 단순히 따라 하는 앵무새 소리가 아니라 자기랑 나랑 하는 거 보면서 그걸 가지고 어쩌구저쩌구했단 말이야. 알았어. 알았어. 진정해. 저렇게 눈이 빨간 사람이 어디 있겠어. 진정. 진정. 하, 내가 미친 거 같아? 왜 사람 말을 안 믿어? 왜 저런 요물이 보는 데서 덤벼 가지고 이 봉변을 당하게 해? 엉? 명자는 정말로 공포에 사로잡혀 있었다. 금발에 얼굴만 예쁘다면 멜라니 역할을 티피 헤드런 대신 맡아도 될 것 같았다. 명자의 몸에 열중하고 있던 수한은 금강이가 진짜 그랬는지 안 그랬는지 감각할 여유가 솔직히 없었다. 명자의 증언에 대한 수한의 생각은 이랬다. 명자의 비난이 옳다. 날짐승이라고 해서 함부로 깔보고 그 앞에서 인간으로서의 체통을 저버린 채 욕정을 드러낸 것이 실수였다. 하지만, 그랬으면 그런 거지 뭐. 그게 다였다. 수한은 계속해서 히스테리를 부리는 명자를 최대한 위로하는 한편 콘솔 위에 웅크리고 있는 금강이를 마루로 치워 버렸다. 명자는 안으려는 수한을 뿌리치고 돌아누웠다. 수한이 담배를 피워 물고 명자에게 물었다. 너 앵무새가 하는 말들이 왜 허무한 줄 알아? 수한은 앵무새가 싫었다. 한 마리의 앵무새가 싫은 것이 아니라 이 세상의 앵무새들이 죄다 싫었다. 수한이 명자에게 거듭 물었다. 앵무새의 말이 왜 허무한지 아냐니까? 명자가 대답했다. 미친 새나 내다 버리시지. ……명자(明子)야. 너는 이름이 왜 명자냐? 야! 내가 이름 갖고 놀리는 거 제일 싫어하는 거 알지? 일부러 그리는 거야? 이 마당에 미친 거야? 미친 새랑 놀다 보니까 덩달아 미친 거야? 엉? 명자는 자기 이름에 대해 버거운 콤플렉스가 있었다. 일제강점기는 물론 근대화 시대도 아닌데 서른세 살 여자 이름치고는 썰렁하게 구식이라는 것이다. 명자는 고등학교 시절 별명이 '아끼꼬 쏘냐'였다. 1990년대 초인가 이장호가 감독하고 김지미와 이영하가 주연을 맡았던 「명자, 아끼꼬, 쏘냐」라는 영화 때문이었다. 어이, 명자 아끼꼬. 명자 쏘냐, 안녕. 저기 있잖아, 아끼꼬 쏘냐야. 이런 식으로 불렸던 것이다. 명자는 수한을 미친 새보다 못한 놈이라고 급격히 결론 내렸다. 미친 것도 조류독감처럼 전염될지 모르니까 오늘로 너랑은 끝이야. 끝. 명자는 옷을 후다닥 챙겨 입고는 찬바람을 날리며 방에서 나가 버렸다. 수한은 담배를 재떨이에 비벼 끌 뿐 명자를 붙잡지 않았다. 명자는 구두를 신고 현관문을 열다가 문득 뒤통수가 가려워 돌아섰다. 금강이가 식탁 위에 쭈뼛쭈뼛 서 있었다. 명자는 금강이를 쏘아보았다. 금강이는 얌전히 웅크리며 딴청이었으나 갑자기, 아까 명자가 수한 밑에 깔려서 내지르던 모종의 음향들을 무자비하게 복사해 내기 시작했다. 공황 상태에 빠져 버린 명자는 악령의 집으로부터 허겁지겁 도망쳐 나왔다.

한때 수한의 유일한 낙은 동네 DVD방에서 시간을 죽이는 것이었다. 연인들끼리 영화는 안 보고 딴짓이나 하기 마련인 곳에 어른 남자가 혼자 와 꼭 코미디물만 고르는데 나갈 적에는 항상 눈시울이 젖어 있는 것이 그 DVD방의 주인인 명자에겐 견딜 수 없이 신기한 구경거리였다. 그러한 사내에게 묘한 호감을 느껴 접근하고 들이대 기어코 애인이 된 아끼꼬 쏘냐 양, 적잖이 평범하지가 않다. 미친 거 아냐?

"리아르 — 리아르 — ."

수한은 『금강경 강해』를 덮고 일어나 책상다리를 하고 앉았다. 금강이가 콘솔에서 날아내려 수한 바로 앞에 섰다. 금강이는 사람 말을 흉내 내지 않으면 리아르 — 리아르 — 그렇게 울었다. 새가 운다는 것은 노래하는 것. 금강이는 리아르 — 리아르 — 노래하며 명한을 똑바로 보았다.

명자는 보영을 만난 적이 있었다. 명한의 장례를 치르고 한 달 남짓 지나서였을 것이다. 수한과 보영이 함께 있는 아이스크림 전문점에 약속 시각보다 일찍 명자가 나타났던 것이다. 수한은 명한의 은행 부채 청산을 위해 보영의 협조가 필요했다. 명한의 집을 팔려면 유일한 상속자인 보영이 직접 처리해야 할 서류들이 많았다. 도장을 여기저기 찍는 간간이 보영은 넓은 창밖을 바라봤다. 너는 참 속도 좋다. 아빠 사랑을 독차지한 금강이가 밉지도 않냐? 수한은 보영을 보며 그런 우스운 생각을 하고 있었고 앵무새가 싫었다. 애 분위기 매우 희한한데? 보영이 아이스크림 전문점을 나가자마자 명자가 그랬더랬다.

"리아르 — 리아르 — ."

수한이 리모컨으로 CD플레이어를 작동시키니 금강이가 콘(Korn)의 「Word up!」에 맞추어 헤드뱅잉을 한다. 수한은 금강이가 볼펜으로 제 등을 긁는 것도 보았다. 금강앵무새들은 적당한 공과 골대만 있으면 농구도 하고 장난감 자전거도 탄다. 금강이가 말한다는 트리샤의 어떤 말들. 그 내용은 과연 무엇일까? 아무리 무심하려 해도 수한은 어쩔 수 없이 궁금했다. 트리샤는 금강이를 바즈라, 바즈라, 그렇게도 불렀더랬다. 서양 반야 경전학의 최고 권위자 에드워드 콘즈가 산스크리트어를 직역하면 『벼락경』인 것을 굳이 『금강경』이라고 창조적으로 의역한 까닭은 금강석, 즉 다이아몬드가, 인간의 온갖 집착들을 끊어 버리는 지혜의 벼락처럼, 다른 모든 물질들을 자를 수 있다는 점에서 기인했다. 바즈라(Vajra)는 자른다는 속뜻이 강한 벼락이다. 금강이는 바즈라이고 『금강경』도 원래는 『벼락경』인 것이다. 인도인들에게 벼락은 인드라 신이 휘두르는 무기이자 악마와 번뇌를 바수어 버리는 금강저(金剛杵)인데 그것은 특히 밀교의 중요한 성물(聖物)이다. 인도에 있을 때부터 금강이는 바로 그 해탈의 칼날 같은 벼락, 바즈라였던 것이다. 트리샤는 한국말이 유창했는데 향수에 젖어서였는지 이따금 금강이에게 힌디어를 속삭였더랬다. 수한은 자문해 본다. 명자가 치를 떨었던 금강이의 중얼거림이란 녀석의 위대한 새대가리에 내장되어 있는 트리샤의 사소한 힌디어 몇 마디가 아니었을까? 스무 살이나 어린 부인에게 버림받은 병들고 심약한 남편은 한 마리 히말라야금강앵무새가 내뱉는 그녀의 수수께끼 같은 힌디어를 듣고서 비밀로만 존재할 뿐인 우화(寓話)를 날조해 내 가련한 스스로를 위로한 것이 아니었을까? 수한은 상상했다. 파란 새벽녘 거실 소파에 앉아 있던 명한은 금강이의 부리를 통해 흘러나오는 트리샤의 속삭임들을 듣는다. 젊어서 떠난 여자였으니 젊은 목소리와 그 느낌으로 그 시절의 이야기를 하고 있었을 게다. 어느 남자가 어느 여자를 저리도 그리워할 수 있을까. 금강이가 트리샤의 어떠한 말들을 한다는 사실을 전해 주던 명한의 육신을 수한은 영원히 잊을 수 없으리라. 그것은 고통이었다. 백만 가지 감정들이 뒤섞여 있다 하더라도 오직 순결한 고통으로 귀결될 수밖에 없는 그런 표정이었다. 수한은 리모컨으로 CD 플레이어의 전원을 껐다. 콘의 「Word up!」이 사라졌다. 정적. 금강이는 헤드뱅잉을 멈췄다. 정적. 수한과 금강이는 서로를 마주 보았다. 앵무새가 하는 말은 허무하다. 수한은 그렇게 생각했다. 수한은 눈을 감았다. 트리샤의 얼굴이 떠오르지 않았다. 더러워졌기 때문이야. 내가 더럽기 때문이야. 보영의 얼굴도 떠오르지 않았다. 수한은 보영을 만나고 싶었다. 보영을 보고 눈을 감으면 잠시나마 트리샤의 모습을 떠올릴 수 있기 때문이었다. 수한은 눈을 떴다. 금강이가 뭔가를 말하려는 것 같았다. 정적이 휘청거렸다. 수한은 긴장했다. 혹시?

"리아르 ― 리아르 ― ."

역시나 아니었다.

수요일이었다.


3


"정말 타조 스테이크를 먹어 봤단 말이에요?"

"소고기보다 부드러워. 맛 괜찮아."

"그런 게 다 있다니. 사람들이 진짜 못 먹는 게 없네요."

"그게 사람이지."

"사람이 그래요."

보영과 Y는 종합병원 2인용 병실에 나란히 누워 있었던 우연을 인연으로 각별한 친구지간이 되었다. 일주일 간격을 두고 보영이 먼저 Y가 그다음에 퇴원한 후 석 달쯤 지나서 재회했을 적에 보영은 Y가 선글라스 낀 것을 처음 보았다. Y는 뇌 수술을 받으면서 종양의 뿌리가 닿은 왼쪽 안구까지 제거해야 했다. 아저씨, 붕대 풀었네. 근데 의안이 뭔데요? Y의 왼쪽 눈은 플라스틱으로 조형해 박아 넣은 눈, 의안(義眼)이었다. 보영은 수한 또래의 Y를 아저씨라고 불렀다. 가짜 눈이야. 가짜 눈요? 응. 나쁜 의도라고는 전혀 없는 가짜 눈. 착한 가짜 눈. 보영은 조용히 고개를 끄덕였다. Y는 선글라스를 끼지 않고는 다른 사람들을 대면할 자신이 없었다. 수족관에서 발가벗고 헤엄치는 기분이 들었던 것이다. 보영은 Y가 마음에 들었다. 삶에 노련한 어른은 아니지만 한두 번 입은 깊은 상처가 그를 순수하게 만든 것 같기 때문이었다. 나? 화가. 긴 여름의 초록이 저무는 병실 창가에서 두 개의 진짜 눈으로 보영을 보면서 Y는 직업이 뭐냐는 보영의 당돌한 물음에 담담하게 답했다. 유명하지는 않아도 화가는 화가야. 그림 그리는 사람. 화가. Y는 보영이 마음에 들었다. 성격이 밝은 아이는 아니지만 타고난 영혼이 무쇠 난로처럼 따뜻하고 의젓한 것 같기 때문이었다. 나는 인도 여인이 낳은 혼혈 소녀예요. 유명하진 않지만 한국에선 일종의 요괴 소녀죠. 하핫. 보영은 자기를 그렇게 소개했더랬다.

"언젠가는 채식주의자가 될 거예요. 언젠가는."

보영은 입원했던 종합병원에서 정기검진을 받으러 서울에 올라온 김에 Y에게 전화를 걸었고, 저녁 식사 도중 문득, 마치 호주머니 속에서 오래전의 영화 표를 발견한 듯한 느낌으로 타조 스테이크 얘기를 꺼낸 쪽은 Y였다.

"의학적으로는 인간이 동물성 단백질을 완전히 끊으면 100퍼센트 죽게 돼 있대. 극단적인 채식을 하는 인도의 수도승들조차도 잠잘 때 벌린 입 안으로 기어 들어간 벌레들을 먹기 때문에 멀쩡히 살아 있는 거래."

"……아저씨, 살인 사건이 있었어요."

"살인 사건?"

"내가 일하며 지내는 지리산 펜션에서."

"뭐냐? 누가 죽었는데?"

"아니에요. 관둘래. 레스토랑에서 스테이크 썰면서 할 소린 아니네요. 미안."

"괜찮니? 너한텐 별문제 없는 거지?"

"안 괜찮을 게 뭐가 있어요. 내가 죽은 것도 아니고, 내가 죽인 것도 아니고. 아는 사람도 아니었어. 등산객. 뭐 그 비슷한. 근데 좀……."

"음."

"······타조 있잖아요. 날지 못하는 새도 새라고 할 수가 있는 건
가요?"

보영이 생각건대 타조나 앵무새나 공히 이상한 새들이었다. 날지
않고 달리는 순간 타조는 울타리에 갇히고, 노래하지 않고 말하는
순간 앵무새는 조롱에 갇히는 것이 아닌가.

"······."

"왜요? 새가 아녜요?"

"재밌어서."

"뭐가요?"

"아니다."

"······."

"새지. 타조도 새야. 날지 못하는 새니까. 날지 못하는 돼지가 아
니잖아? 왼쪽 눈이 가짜인 사람도 분명 사람이니까."

"명쾌하네요."

"다행이지."

후식이 나오고 화제는 자연스레 타조에서 금강이로 이동했다. Y
는 케이블 텔레비전 내셔널 지오그래픽 채널에서 히말라야금강앵
무새를 다룬 다큐멘터리를 시청한 적이 있었다.

"신성시되는 새야."

"뭐가요?"

"네 앵무새."

"걔가? 말도 안 돼."

"히말라야금강앵무새는 늪지대나 수풀에 서식하는 다른 금강앵무새들과는 차원이 달라."

고산족들에게 히말라야금강앵무새는 인간의 영혼을 비추는 신의 거울이다. 중병이 들거나 사고를 당해 죽을 날을 목전에 둔 자가 들것에 실려 히말라야의 설산을 올라간다. 사람들은 그를 절벽에 난 작은 동굴에 히말라야금강앵무새와 함께 버려두고 마을로 내려간다. 그가 혼절을 거듭하다 눈을 뜨면 히말라야금강앵무새는 별들이 금강석처럼 얼어붙은 새벽녘 동굴 입구에 파란 불꽃처럼 앉아 있다. 히말라야금강앵무새는 그가 지은 가장 막중하고 어두운 업보를 신을 대리하여 말한다. 한 인생에 벼락이 내려치는 것이다. 사흘 뒤 마을 사람들은 그의 시신을 거두러 절벽의 동굴로 돌아온다. 그때 히말라야금강앵무새가 그의 주검 곁에 남아 있으면 그의 영혼은 윤회의 고리를 끊고 극락왕생한 것이요, 히말라야금강앵무새가 날아가 버리고 없으면 그는 무엇으로든 다시 태어나 이승을 헤매게 된다.

"……전설이기도 하고, 이제는 사라진 풍습이기도 하고. 벌레로 환생하는 것보다 히말라야금강앵무새로 환생하는 걸 더 고약하게 여긴대."

"벌레보다 고약할 건 또 뭐야?"

"글쎄다."

"금강이를 직접 보면 그런 얘기가 얼마나 가당치 않은 뻥인지 실감할걸요? 금강이가 비듬이 얼마나 많은 줄 알아요? 진지한 것과는 한참 거리가 먼 새예요."

Y는 자기가 지금껏 살아오면서 신의 존재를 감지해 본 적이 있는지 돌이켜보았다. 전투경찰 복무가 막바지로 접어든 스물여섯 살 무렵이었다. 기독교에서는 이단으로 규정한 어느 종파를 신봉하는 신병 하나가 전입되었다. 선한 용모에 부지런하여 군 생활에 지장이 없으리라 여겼는데 웬걸, 금방 부대 전체의 주목을 한 몸에 받는 골칫거리로 등극하고야 말았다. 회식 때 왕고참이 녀석에게 술을 권하니까 녀석이 자기는 하나님을 섬겨 술을 멀리한다고 했다. 뻘쭘해진 왕고참은 그러냐고 하면서 이번에는 콜라를 녀석에게 권했다. 녀석은 그것도 거부했다. 녀석이 섬기는 하나님이 술만이 아니라 검은 물도 못 마시게 하신다는 거였다. 열 받은 왕고참이 하나님만 무섭고 하나님이랑 동기인 고참은 안 무섭냐며 콜라가 담긴 잔을 녀석의 입에 완력을 써서 갖다 대니까 녀석이 버티기가 급한 나머지 그만 왕고참의 손가락을 물어 버렸다. 아아, 그것이 시작이었다. 녀석은 녀석이라는 인간에서 이단 신병이라는 캐릭터로 재탄생했다. 우리는 상대방이 하나의 이미지나 개념으로 정리될 때 그에게 복종하거나 그를 복종시키려고 한다. 복잡 미묘한 것이 단순 명확해지면 비극이 알을 뚫고 깨어나는 것이다. 이단 신병은 색깔이 있거나 무늬가 있는 속옷은 입지 않았다. 물론 이단 신병이 의

지하는 하나님의 까다로운 율법 때문이었다. 흰색 사제 속옷을 입지 못하게 하니까 아예 속옷을 입지 않은 채 군복을 입었다. 일요일이면 외딴곳에 무단으로 가서 저 혼자 예배를 보다가 내무실로 복귀했다. 요컨대 이런 것들이 하나둘씩 차곡차곡 쌓여 가는 와중에 당연히 강력한 학대의 대상이 되었던 것이다. 튀는 행동을 금기시하는 군대라는 조직이 본시 불합리와 폭력이라는 두 기둥으로 지탱되는 데다가 그즈음이 특히 험악한 시대의 날카로운 정점이기도 했다. 그러나 이단 신병은 이미 순교를 각오한 듯 어떠한 핍박과 시련 앞에서도 무저항을 견지하며 저항했다. 이단 신병이 겪는 고난이야 천국의 입장권으로 교환이라도 된다지만 신의 아들과 끝없이 싸워야 하는 고참들의 처지는 날이 갈수록 퀭한 무의미 속으로 빠져들었고 그것에 비례하여 점점 더 사악해져 갔다. 이단 신병에 대한 이지메에 가담하지 않으며 그런 착종된 상황을 지켜만 보던 Y는 순교자들을 숭고하게만은 생각하지 않게 되었다. 그들은 핍박하는 자들의 입장을 전혀 배려하지 않은 완전한 이기주의자들이었다. 독종 중의 독종이었다. 무엇이든 그것이 인간의 한계를 훨씬 뛰어넘는 것이라면 옳고 그름을 떠나서 결국엔 불결한 것이 아닐까? Y는 급기야 그런 희한한 사색에 사로잡히기까지 했다. 그럼에도 불구하고 측은한 것은 엄연히 측은한 것이어서 Y는 이단 신병을 여러 차례 티 나지 않게 도와줬다. 가령 Y는 자신의 파견 근무에 얼차려로 땀범벅이 된 녀석을 일부러 포함시켜 단둘이 외출을 하기도 했던 것이다. 여기는 군대야. 각자의 개성과 고집을 양보하고 하나가 되는 융통성이 필요한 곳이란 말이야. 남에게 충고하는 것을 극도로 싫어하는 Y가 정말 큰 작정을 하고서 억지로 빚어낸 문장이었다. 저는 아버지 하나님의 뜻에 충실하고자 할 뿐입니다. 생명의 책에 일일이 다 기록하고 계십니다. 생명의 책? 네. Y는 기가 막혔다. 아들이 멍청하면 아버지가 창피한 법이야. 하나님이 너 때문에 무시당하는 건 너도 싫을 거 아냐? 저는 아무도 미워하지 않습니다. 알아. 하지만 다들 너를 미워하게 만들잖아. 더 이상 대꾸가 없는 이단 신병은 아리송한 모양이었다. 다음 날 밤 Y는 심한 열병을 끙끙 앓고 있었다. 누군가 Y의 이마를 짚었다. 흐릿한 의식 속에서 어쩌지 못해 겨우 실눈을 뜨니 다름 아닌 이단 신병이 내려다보고 있었다. 그는 대담하게도 Y의 머리를 양손으로 감싸고 웅얼웅얼 기도를 하기 시작했다. 소대원들은 여당 중앙 당사 경비에 시달린 탓에 전부 녹초가 돼 곯아떨어져 있었다. 아침에 깨어나자 Y는 씻은 듯 나아 있었다. Y는 간밤의 그 일이 혹시나 고열 속에서 본 헛것인가 의심이 되었다. 이단 신병에게 다가가 뭐라 말이라도 걸어 볼까 싶었지만 역시나 어색해서 그만두었다. 이단 신병은 어쩌다 Y와 눈이 마주쳐도 도통 내색이 없었다. 며칠 뒤 이단 신병을 끈질기게 괴롭히던 왕고참이 말년 휴가를 나갔다가 애인의 사촌 오빠 칼에 찔려 죽었다. 왜 사촌 오빠인가를 의아해할 겨를이 없었다. 왕고참이 살해당한 그 이튿날 평소 왕고참과 듀엣으로 이단 신병을 해코지하던 상경이 데모 진압 도중 후진하는 페퍼포그차에 깔려 내장이 터지는 바람에 경찰병원으로 후송되었기 때문이다. 부대원들은 슬슬 이단 신병을 경계하는 눈치였다. 불길한 것은 일단 피하고 보려는 인지상정인 것 같았다. 그렇게 한 달이나 흘렀을까? Y의 부대는 H대학교 앞에 진을 치고 있었다. 정보가 연막이었는지 시위대는 꼬리도 보이지 않았다. 부대원들은 열과 횡을 맞춰 뜨거운 정오의 아스팔트 바닥에 주저앉아 잡담을 하거나 졸고들 있었다. 아무런 가치도 없는 역겨운 평화였다. 그때 어디선가 나른한 공기를 가르며 뭔가 의미심장한 것이 휘리릭 — 날아들었다. 다들 화들짝 놀라 하늘을 봤다. 단 하나의 불붙은 화염병이었다. 하도 창졸간에 벌어진 사태라 피하고 말고도 없었다. 화염병이 그리는 포물선을 따라 모두의 얼이 나간 시선이 동시에 똑같이 움직였다. 화염병은 이단 신병의 통통한 오른편 볼에 턱, 하고 맞더니 책상다리로 앉아 있는 그의 무릎 위에 툭, 하고 떨어졌다. 이단 신병은 그것을 태연하게 집어서 김이 모락모락 피어나는 까만 아스팔트 바닥에 수직으로 세웠다. 투명한 소주병 끝의 불꽃이 케이크 위에 꽂힌 촛불처럼 곱게 타오르고 있었다. 이 비현실적인 광경 앞에서 어느 누구도 함부로 침묵을 깨지 못하고 있었다. 만약 그 점화된 화염병이 아스팔트 바닥에 떨어져 깨졌더라면 이단 신병과 그 주변에서 무방비로 쉬고 있던 다른 전경들은 시뻘건 불길에 휩싸였을 것이 자명했다. 이후로는 아무도 이단 신병을 건드리지 않았다.

"내가요, 고등학교 때 왕따였거든요."

"네가? 그렇게는 안 보이는데?"

"대한민국에서 혼혈 요괴 소녀는 왕따로선 최고죠."

"휴."

보영은 제 긴 머릿결을 잡아 올려 목덜미에 있는 흉터들을 보여 줬다. 담뱃불로 지진 자국들이었다.

"이렇게 만든 애가 태권도 선수였어요. 여고인데 태권도부가 있었거든요. 국가 대표도 많이 배출하고 전통이 50년도 넘어요. 거기 부주장이었어요. 걔가. 너무 견디기가 힘들어서 난생처음 기도란 걸 했어요."

매일같이 당하고 있었지만 언제나 그랬듯 보영은 명한에게 아무 말도 하지 않았다. 그가 누군가를 돕는다는 것 자체를 상상할 수 없었기 때문이다.

"기도?"

"그 애가 날 괴롭히지 못하게 해 달라고요. 효과가 있었죠."

이단 신병을 회상하고 있던 Y는 기도라는 단어가 솔깃했다.

"걔가 갑자기 착해지기라도 한 거야?"

"식물인간이 됐어요. 전국체전 나갔다가."

"……"

"걔 아빠가 산소호흡기 떼고 화장시켜 버렸대요."

"……너 때문이라고 생각하는 거냐? 그런 적 있어?"

"네."

"……."

보영은 아픈 미소를 지었다.

"아뇨. ……잘 기억이 안 나. 그냥 기분이 좀 안 좋죠."

"하나님은 절대 나쁜 방식으로는 기도를 이뤄 주시지 않아. 하나님 엄청 피곤하실 거야. 그 기도 같지도 않은 기도들 다 듣고 계실라니."

"아저씨."

"어."

"애쓰지 마요."

"그런 거 아냐. 사실이야. 그게 그래."

"나 하나님 안 믿거든요? 나 하나님한테 기도 안 했거든요?"

"누구한테 기도했는데? 너 절에 다니니?"

그날 보영은 학교에 가지 않았다. 명한은 보영에게서조차도 금강이를 격리시키고 있었다. 하지만 그것은 명한의 착각일 뿐 보영은 종종 금강이와 단둘이 시간을 보내곤 했다. 간단했다. 명한이 외출했을 때 열쇠로 금강이가 갇혀 있는 안방의 문을 열었던 것이다. 사람들은 자기가 마련한 너무나 허술한 조치들에 쉽게 만족한다. 그게 무시무시한 이 세상을 안심하면서 살아가게 하는 애처로운 조건이 되기도 한다. 금강이가 붉은 눈으로 보영의 젖은 눈을 들여다보았다. 보영은 훗날 어른이 된다고 한들 인생이 나아질 리 없다는 걸 순식간에 깨달았다. 창으로 스미는 역광 속에서 금강이가 날개를 활짝 폈다. 바즈라가 일그러진 리듬의 힌디어를 웅얼거리기 시작했다.

"금강이요. 금강이에게 기도했어요."

수요일이었다.


## 4

수한은 아버지를 아홉 살 때, 어머니는 중학교 입학을 앞둔 겨울에 여의었다. 누구든 명한과 수한이 서른 살이나 차이가 나는 서로의 유일한 형제임을 알게 되면 다음 두 가지 범주에서 크게 벗어나지 않는 추측들을 제기하곤 했다. 첫째, 명한과 수한 사이에 다른 형제들이 있었는데 질병 혹은 사고로 죽었거나 양친 중 한쪽이 사별 내지는 이별로 인해 재혼을 해서 낳은 자식이 수한이 아닐까 하는. 그러나 사실은 이 둘의 어머니가 열일곱 살에 시집와서 열여덟 살에 명한을 낳았고 그로부터 줄곧 자식이 없다가 마흔여덟 살에 기적 같은 늦둥이 수한을 얻은 것뿐이었다. 둘째, 명한이 수한에게 아버지 비슷한 노릇을 했으며 수한이 명한을 무척 따랐거나 반대로 몹시 어려워하지 않았을까 하는. 천만에. 수한은 소년 시절에 자신이 소년임을 실감해 본 적이 없었지만 소년 같은 명한을 한심스럽게 여긴 적은 많았더랬다. 명한은 천성이 외롭고 슬픈 사람이었다. 그에게 부족했던 것은 통찰이 아니라 현실이었다. 한때 잘나갔던 가수 명한은 서울대학교 법학과 중퇴라는 당시 연예인으로서는 유별난 이력으로도 유명했지만 정작 지적이거나 대중친화적인 위인은 결코 못 되었다. 항상 모호한 감정에 젖어서 말수가 적었고 멀쩡한 눈물이 헤펐다. 명한은 대마초를 즐기다 방송활동을 정지당했으며 급기야 필로폰까지 손대다가 인도로 밀항했다. 그리고 비참이 종교가 되고 야만이 신비가 되는 그 광활한 땅에서 명한은 트리샤를 발견했고 트리샤는 명한을 발견했다. 트리샤는 명한에게 속삭였다. 내가 죽는 날 큰물 위로 탐스러운 눈송이들이 녹아들 거야. 명한은 모든 약물을 끊고 수행자들과 생활했다. 바람이 스치고 간 맹물과 거친 곡식 가루만 삼키며 새로운 인생이 두려워 벌벌 떨었다. 1980년 봄 소년 수한은 마당에서 햇볕을 쏘이고 있었다. 트리샤와 명한이 대문 안으로 불쑥 들어왔다. 수한이 트리샤를 본 것은 그날 그 순간이 처음이었고 명한은 얼추 4년 만이었다. 수한이 받은 충격이란 실로 어마어마한 것이었다. 그 시대 한국에서 소년이 외국인을 코앞에서 구경하기란 그리 흔한 일이 아니었고 더구나 인도 여자를 만난다는 것은 아프리카에서 에스키모와 맞닥뜨리는 것만큼이나 상식의 질서를 깨는 정황이었다. 이해할 수 없는 형님이 이해할 수 없는 여자를 데리고 집으로 들어왔다. 그 여자의 어깨 위에는 이해할 수 없는 커다란 앵무새 한 마리가 앉아 있었다. 그리고 이해할 수 없는 조카가 태어났을 때 수한은 자신의 삶이 온통 이해할 수 없는 것들에 둘러싸이고 말아 쓸쓸했다. 인도가 한국보다 따뜻해서였을까. 트리샤는 추위를 많이 탔고 그네들의 풍습이 그래서인지 어디든 일단 바닥에 앉는다 하면 꼭 방석이 아니라도 무엇이든 깔고 앉았더랬다. 명한은 국가정보원에서 근무하고 있던 수한에게 트리샤의 행방을 추적해 봐 달라고 부탁했었다. 명한의 성품을 감안하건대 대신 죽어 달라는 것만큼 힘든 청이었을 것이다. 일주일쯤 뒤 수한은 명한에게 트리샤가 인도로 떠났다는 것이 공항 출입국 기록에서 드러난다고, 그것이 자신의 능력으로 알아낼 수 있는 전부라고 답변해 주었다. 곧바로 명한은 자기가 트리샤를 발견하고 트리샤에게 발견당했던 그녀의 고향을 찾아갔지만 그곳에서 트리샤는 이미 풍문 속에서만 존재하는 인물이었다. 밀교의 사제였던 트리샤에게는 어차피 사바세계의 인연 일체가 본래 아무런 의미도 없었는지 몰랐다. 명한은 우주만큼 망막한 인도 대륙을 정처 없이 떠돌며 신들의 언어를 인간들에게 번역해 주고 있는 트리샤를 망상할 뿐이었다. 낙담 끝에 한국에 돌아온 명한은 의외로 쉽사리 트리샤를 포기했고 대신 금강이에게 무섭게 집착하기 시작했다. 수한은 신경 질환과 우울증을 사유로 국가정보원에서 방출되었다. 사귄 지 얼마 되지 않아 명자가 수한에게 뜬금없이 명자나무 이야기를 꺼냈다. 명자나무에 꽃이 피었다는 흔한 말 못 들어 봤나? 명자나무라는 게 있어요. 꽃이 장미보다 예뻐. 향기도 은은해서 품위 있고. 앞으로 내 이름 부를 때는 명자나무 꽃을 생각할 것! 어머, 웃겼지 지금? 나 미쳤나 봐. 그 밤 명자와 수한은 처음으로 몸을 섞었다. 아니. 섞으려고 노력했으나 수한이 명자에게 온전히 스며들지 못했다. 수한은 야윈 명자나무 속으로 들어가 홍역처럼 번지고 싶었다. 홍역 같은 꽃들이 되어 홍역 같은 꽃들을 보고 싶었다. 아직 명한이 죽기 전이었다. 수한은 명자에게 이렇게 속삭이고 싶었다. 앵무새가 있어. 그냥 앵무새 말고 이상한 앵무새. 그런 게 있어. 이상한 여자가 이상한 나라에서 데리고 왔지. 앵무새의 말이 허무한 건 말이야, 그건 앵무새의 말에는 진실이 중요하지 않기 때문이야. 수한은 트리샤를 떠올렸다. 트리샤가 명자나무를 꼭 끌어안고 있는 수한의 나신을 내려다보고 있었다. 트리샤의 얼굴은 텅 비어 있었다.

5

오밤중에 수한은 보영의 화급한 전화를 받고 경찰서로 달려갔다. 보영과 사탄 숭배자가 호프집에서 술을 마시고 있었는데 옆자리의 모르는 남자들이 보영이 한국말을 유창하게 구사하는 것을 두고서는 저 아가씨가 과연 인도제인지 필리핀제인지 등등에 관하여 자기들끼리 의견이 분분했던 모양이다. 빤히 들려오는 그런 무례한 쑥덕임이 유쾌할 리 만무했건만 보영은 사탄 숭배자가 화내려는 것을 예쁜 미소로 제지했다. 세상 모든 불행의 패턴이 그렇하듯 문제는 그게 다가 아니었다는 데에서 기인하게 된다. 30분쯤 뒤 그 탐구 정신이 과도한 아저씨들 가운데 하나가 보영과 화장실 앞에서 마주쳤다. 기어코 진실을 물어오는 주책바가지 야만인에게 보영은 어머니가 인도인이고 아버지가 한국인이라고 담담하게 일러 주었다. 바야흐로 속시원한 진실을 손에 쥔 대한민국 아저씨는 어기적어기적 친구들에게로 돌아와 이렇게 잘난 척을 해 댔다. 튀기네. 튀기. 거봐. 내가 어딘지 믹스 같다고 그랬잖아, 새끼들아. 사탄 숭배자가 탐구 생활 아저씨들에게 달려들어 지옥불을 경험하게 하는 동안 요괴 아가씨는 아직 화장실 안에 있었다.

수한은 합의를 시도했지만 탐구 생활 아저씨들은 분을 못 이겨 줄곧 사탄 숭배자를 향해 욕을 해 대고 있는 형편이었다. 사건의 발단을 파악하고 나니 수한은 경찰서로 오는 내내 사탄 숭배자를 치열하게 못마땅해했던 것이 좀 미안했다. 담당 형사는 수한의 경력을 조회하고 나자 무뚝뚝했던 표정이 풀어졌다.

"군에 계셨었네요."

국가정보원에서 나올 때 규정상 경력이 조작된 것을 일개 형사가 알 턱이 없었다. 수한은 함께 근무했던 이에게 연락을 취해 볼까도 잠깐 고려해 보았으나 자기가 그럴 수 있는 부류의 인간이 못 된다는 것을 새삼 각성하는 계기에 그치고 말았다.

"이 아이가 전적으로 잘못한 거 아니잖습니까?"

"미성년자들이 버젓이 술집에서 술을 마시다가 저지른 일이에요. 원인이 뭐였든 결과가 이런 걸요. 저 양반들 꼴 좀 보세요. 한 사람은 이빨도 부러졌습니다."

"그래도 이 아이 입장에서는……."

"삼촌. 저는 아이가 아닙니다. 용홉니다. 김용호입니다."

수한은 깜짝 놀랐다. 옆에 앉아 묵비권을 행사하고 있던 사탄 숭배자가 불쑥 대화에 끼어들어서가 아니었다. 녀석의 목소리가 지극히 황홀해서였다. 수한에게 사탄 숭배자라는 단순한 캐릭터가 김용호라는 한 복잡한 인간으로 재탄생하는 순간이었다. 그토록 선하고 안정적인 음성을 수한은 일찍이 어느 라디오에서도 들어 본 적이 없었다. 수한은 형사에게 당신한텐 방금 이 아이의 목소리가 어땠느냐고 묻고 싶을 지경이었다. 아니나 다를까, 형사가 말했다.

"김용호. 너 이 자식, 싸움만 잘하는 게 아니네? 성우 해 보지 그러냐?"

어쨌거나 온갖 방법들을 총동원해 가까스로 합의를 이끌어 낸 수한은 보영과 용호를 데리고 경찰서를 빠져나왔다. 용호는 수한과 어깨를 나란히 걸으며 고개를 푹 숙이고 있었고 보영은 저만치 앞서 걸어가고 있었다. 그런데 문득 보영이 방향을 틀어 이제 막 경찰서 유리문을 열고 나오는 탐구 생활 아저씨 네 명에게로 뚜벅뚜벅 다가가는 거였다.

"용호한테는 맞았으니까 됐고. 나한테는 사과할 게 남았죠?"

"……이, 이년이 미쳤나?"

"사과하시죠?"

탐구 생활 아저씨들은 이내 광분했다. 기겁한 수한이 끼어들어 말리려고 할 때 무슨 속셈인지 보영이 자진해 수한과 용호에게로 돌아왔다. 소동이 나자 형사들이 경찰서 밖으로 우르르 밀려 나왔다. 보영은 경찰서 정문을 바라봤다. 너무 멀었고 의무경찰들이 보초를 서고 있었다. 보영이 용호에게 말했다.

"너 저거 뛰어넘을 수 있지?"

보영이 가리키는 것은 탐구 생활 아저씨들 뒤편의 3미터가 넘어 보이는 담장이었다.

"있지?"

"응."

"저 사람들 한 대씩 더 때려 주고 달아나. 그게 낫겠어."

"응."

탐구 생활 아저씨들 전원이 아스팔트 바닥에 뻗었다. 벌써 용호는 높은 담장을 더 높이 박차 올라 보름달 아래 빌딩들 사이로 통통 튀어 점점 멀어져 가고 있었다. 아아, 정말이지 있을 것만 있는, 없을 것은 하나도 없는 아름다운 움직임이었다. 형사들은 물론이요 맞아 떨어져 여전히 나자빠져 있는 탐구 생활 아저씨들께서도 입을 떡 벌린 채 자기들 앞에서 벌어지는 멋진 광경을 목도하고 있었다.

"삼촌. 저게 야마카시라는 거야."

"아…… 스파이더맨이 맞았어."

수한은 보영이 왜 녀석과 결혼하려는지 비로소 이해가 되었다. 목소리가 끝내주는 데다가 하늘을 날아다니기 때문이었다. 그 두 가지면 한 여자가 한 남자를 사랑하기에 충분하지 아니한가.

조금 후 보영과 수한은 택시 뒷좌석에 앉아 있었다.

"삼촌. 해태가 그렇다고 했죠? 나쁜 놈들을 뿔로 받아 버린다고 그랬죠? 악당들은 대단해. 절대 상처받지 않아. 인내할 줄 알지. 뻔뻔하다는 게 제일 센 무긴 거 같아."

"인간을 탐구하지 마라, 다친다."

"결혼을 못해서 그런가? 삼촌은 참 철이 없어."

옳은 말씀들은 성인(聖人)들이 다 떠들고 갔으니 그 말씀들을 비아냥거리는 것 외에는 별다른 임무가 없다고 수한은 생각했다. 수한은 앵무새가 싫었다. 해태 얘기가 나온 김에 수한은 서양의 일각수, 유니콘을 연상하고 있었다. 중세인들은 아름다운 처녀만이 위험천만한 유니콘을 사로잡을 수 있다고 믿었다. 또 레오나르도 다빈치는 유니콘이 감성의 포로가 되어 잠시 포악한 성질을 버리고 미녀의 품에 안기게 된다고 주장했다. 수한은 상상의 동물을 사냥하는 방법까지 궁리해 놓는 인간이라는 욕망 덩어리가 한없이 애처로웠다.

"전에 나더러 엄마가 어떠냐고 그랬지?"

"……"

"엄마랑 똑같아져서 엄마를 이해해야겠다고 내가 그랬잖아."

"그랬지."

"아닌 거 같아."

"뭐가?"

"이해할 수 없고 이해해서는 안 되는 게 있는 것 같아."

"……그래?"

"그냥 잊을래. 삼촌. 금강이 팔아. 인터넷 같은 데서 알아보면 사려는 사람 많아. 팔아 버려. 아무것도 불쌍하지 않아. 우리 모두가 불쌍하니까. 아무것도 동정하지 않을 거야. 동정 같은 건 자연의 법칙에 어긋나. 어울리지도 않고 소용도 없어."

수한은 저런 얘기를 아무렇지도 않게 늘어놓고 있는 작은 여자가 무서웠다. 보영은 차창 밖을 내다보고 있었다. 명자가 수한에게 이런 말을 했더랬다. 그거 몰라? 너희 둘 닮았어. 누가? 자기랑 자기 조카랑. 보영이랑 내가? 응. ……어디가? 저번에 아이스크림 가게에서 보니까 창밖을 물끄러미 보는 보영이. 어디 먼 데 보는 너네 눈이 서로 닮았어요. 정말이야.

목요일 밤이었다.

# 6

"······개나 고양이가 왜 인간보다 예쁜지 알아? 말을 못하기 때문이야. 말을 안 하니까 사랑스러운 거야. 애틋한 거지. 저건 괴물이야. 괴물. 연민의 여지가 전혀 없는 거지. 짐승인데 말을 하니까. 건방지게 새가."

수한은 주제넘는 상념들로 가득 차 있는 K가 가증스러웠다. 만일 K가 말 못하는 짐승이라면 사랑스럽거나 애틋할 수가 있을까? 거기에 대한 수한의 견해는 적잖이 부정적이었다. 말을 많이 하는 지금보다야 덜 끔찍하겠으나 그런다고 과연 K의 역겨운 실존이 어디 가겠나 싶어서였다. 수한은 의료 보조 기구 수입업자인 K가 당장 개똥철학을 중단하고 의안, 의족, 의수 같은 것들에만 집중하면서 살아가기를 소망했다. 수한은 금강이를 바라봤다. 콘솔은 안방에서 거실 창가로 옮겨져 있었고 그 위 황금빛 조롱 안에 금강이가 들어 있었다. 수한이 그렇게 한 것은 조류 도매업자에게 금강이를 넘겨줘야 하기 때문이었다. 책들은 100리터짜리 쓰레기봉투에 전부 쓸어 담아 버려 버렸다. 『금강경 강해』라고 해서 예외가 아니었다. 수한은 K가 조롱 속에 갇힌 금강이를 조롱하는 것을 계속해서 묵묵히 듣고만 있었다. 조류 도매업자는 수한이 히말라야금강앵무새를 가지고 있다는 소식 자체에 흥분을 감추지 못했다. 그가 일단 내일 직접 진짜 히말라야금강앵무새인지 아닌지부터 확인하고

자 한 탓에 아직 대충이라도 가격 흥정을 하진 못했지만 수한은 어차피 이문을 남기고 팔아넘길 요량이 아니었으므로 향후 금강이의 처분이 일사천리일 것은 자명했다. 제 팔자를 눈치채고 슬퍼하는 것인지 아니면 감금된 것에 스트레스를 받아서인지 금강이는 일절 말하지도 울지도 않고 쪼그라든 채 고요했다. '미친 새나 내다 버리시지'가 그리울 정도로 수한은 미안한 마음이 들었지만 어쩔 수 없는 것은 오직 어쩔 수 없는 것이었다. 수한은 저 한 마리의 앵무새가 아니라 이 세상의 앵무새들을 죄다 동정하지 않기로 작정한 터였다. 수한과 K는 거실 평상에 술판을 벌여 놓고 있었다.

"입 다물면 본전이라도 찾는 건 사람인 우리가 아니라 짐승이라는 거야, 내 말은."

"수선 떨지 마. 앵무새가 하는 말은 이미 다 헛거야."

"헛거?"

"헛거."

"그런가?"

"앵무새가 하는 말에서 진실을 찾는 미친놈이 있냐?"

"그런가?"

"취했구나. 하나 더하기 하나가 안 되는 걸 보니."

"그럼 내가 미쳤다는 얘긴데 그게 참 인정하기가……."

K는 수한보다 음흉했다. 음흉하지가 못해 자살하는 자들을 감안한다면 음흉할 수 있다는 것도 때론 비상한 재능일 거였다. 하지

만 그 음흉함이 제대로 작동해 괜찮은 힘을 발휘하려면 자기가 음흉하다는 사실 앞에서만큼은 남들 몰래 솔직해져야 한다. 그래야 그 음흉함이 비로소 정치력으로 승화되는 법이다. 요컨대 K에게는 그 솔직함의 고해가 없었다. 그러면서도 말은 늘 웅장하고 진지했다. K는 개새끼였고 수한은 그게 너무 웃겼다. K는 마누라에 대한 도청을 청부했다고 했다. 더불어 자기는 모든 보안 상태를 철통같이 재정비하였다고 자부했다. 수한은 이대로라면 정말이지 웃음을 참다가 죽을 수도 있겠다 싶었다. K가 웃겼고 K의 마누라가 웃겼고 도청을 용역하고 있는 흥신소 직원들이 웃겼다. 보안? 어느 악랄한 국가의 보안을 책임진 바 있는 수한의 사전에 보안이라는 단어는 그야말로 헛것이었다. 보안? 그런 건 없다. 거대하고도 치밀한 보안 체계를 관리하고 지배해 보면 보안이 애초에 존재하지 않는다는 것을 자연스레 깨닫게 된다. 철통? 하하. 철통이 아니라 불통이라도 반드시 뚫린다. 개인이 뚫지 않으면 조직이 뚫고 현실이 뚫지 못하면 역사가 뚫는다. 그리고 무엇보다 어린애들 장난 같은 인생 자체가 비밀을 해체시켜 버린다. 낮말을 들어야 할 새 대신 쥐가 그것을 듣고 밤말을 들어야 할 쥐 대신 새가 그것을 듣는다. 국가보다 무섭고 역사보다 준엄한 것이 쥐와 새, 새와 쥐의 작당이다. 정보를 장악했다고 믿는 것은 이 세계를 신이 주관한다고 믿는 것과 비슷하다. 믿어도 좋고 안 믿어도 좋지만 절대 지구가 천국으로 변하지는 않는다. 신도 그걸 괴롭게 인정해서 종말이라는 변명을 우아하게 설정해 놓은 것이다. 세상에 비밀은 없다. 오직 운명만이 있을 뿐이다. 이것이 수한의 유일한 과학이었다. 그래서 수한은 비밀에 시달려 죽을 고생을 하는 이에게는 이렇게 충고하곤 했다. 비밀을 아예 처음부터 인정하지 말라고. 중요한 것은 당신이 지금 비밀이라고 착각하고 있는 그 외로운 심경을 스스로 즐길 만큼 당신이 강자인가 아닌가뿐이라고. 강자는 새와 쥐를 사육한다. 그런 사람만이 신의 친구인 것이다. 성경에 다음과 같은 구절이 있다. 충고하지 마라. 그가 너를 미워하게 될까 봐 두렵구나. 수한은 K에게 어떤 충고도 하지 않았다. 다만 구경할 뿐이었다. 미움을 받게 될까 봐 두려워서가 아니었다. K가 스스로를 미워하게 되는 그 꼴이 사납고 더러울 것이기 때문이었다. 짐승을 연민한다고? 수한과 K는 서로를 사람이 아니라 짐승으로 만나고 있는지도 몰랐다. 두 사람이 있다. 아무리 주변을 둘러봐도 바로 앞에 있는 그 사람 말고는 당장 함께 지옥으로 떨어져 줄 만한 사람이 없다. 어떻게 이 두 사람이 친해지지 않을 수가 있겠는가? 그가 그의 그리스도인 것이다.

K의 핸드폰이 울린다. K는 갓 스무 살을 넘긴 애인과의 통화를 위해 화장실로 들어갔다. K는 고통스러워하고 있었다. 죽여 버리겠다는 것이 마누라인지 어린애인인지 자기 자신인지 도통 분간할 수가 없었다. K는 다 죽여 버리고 싶은 것일까? 수한은 잔을 비웠다. 집 앞에서 낮부터 마신 술인데 집 안에서 해가 뉘엿뉘엿 지는 것을 보고 있었다. 조롱 속의 금강이가 붉은 눈으로 수한을 쳐다보았다.

명한은 수한에게 앵무새가 하는 말이 왜 허무한지 아느냐는 질문을 던졌었다. 금강이가 트리샤의 어떤 말들을 하기도 한다는 사실을 수한에게 처음이자 마지막으로 얘기해 준 그날이었다. 답을 얻으려고 물어온 것이 아니었다. 그는 썰렁하게 그냥 방으로 들어가 버렸더랬다. 수한은 명한이 죽은 뒤 그의 재산을 정리해 주기 위해 서류들을 작성하다 생경한 단어가 있어서 국어사전을 뒤적이게 되었다. 그러다 문득 '허무하다'의 뜻을 무슨 점자(點字) 더듬듯 찾아보았다. 텅 비어 실상이 없다. 허전하고 쓸쓸하다. 수한은 쓸쓸하다고 할 적의 허무에 쓴웃음 짓게 되는 자신을 발견하고는 깜짝 놀랐다. 앵무새가 하는 말은 쓸쓸하다. 명한은 그렇게 생각하고 있었던 것인가? 수한은 가슴이 아팠다. 그날 수한이 고궁에서 보영을 만난 것은 한 마리 앵무새 때문이었다. 그게 다인 줄 알았던 것이다.

K가 화장실에서 돌아와 수한 앞에 다시 앉았다. 동공이 풀린 K는 침을 질질 흘리고 있었다. 수한이 말했다.

"내 앞에서는 약 하지 말라 그랬지?"

"……"

"하지 말라고 그랬잖아. 응?"

"……"

"너는 네가 제일 고통스러웠다고 생각하지? 웃기지 마. 그건 고통도 아니야."

K는 마약에 취해 있었음에도 별로 행복해 보이지가 않았다. 수

한은 진정한 고통에 대해 이야기하고 싶었다. 인생이 송두리째 뿌리 뽑혀 사막에 내던져지는 고통. 그러한 고통을 말해 주고 싶었다. 수한은 생각했다. 내가 겪었던 그 길고 긴 고통도, 지금 겪고 있는 이 느닷없는 고통마저도 전혀 새로운 것이 아니다. 옛날 누군가의 어리석음에 관한 기록으로 어느 서가(書架) 어느 책갈피엔가 남아 있을 것이다. 내 고통은 후회로 가득 찬 책의 한 문장조차 되지 못한다. 소름이 돋았다. 생각이란 걸 할 수 있는 여기가 곧 지옥이었다. 고통은 모든 걸 파괴했으되 그 고통은 아무런 의미가 없었다.

"그건 고통이 아니라고. 알아?"

"이…… 이."

"알긴 뭘 알겠어. 노래나 부르면서 살았던 위인이 뭘 알겠어. 새처럼 노래나 부르고 살았던 인간이 뭘 알겠냐고."

"……어으."

"나는 이제껏 고통받은 걸로 다 갚은 거야. 내가 휘말렸던 게 도대체 뭐였든 간에."

그때 갑자기 K가 양주병을 들고는 수한의 머리를 내려치기 시작했다. 멈출 줄 몰랐다.


수한이 눈을 떴다. 그는 거실 바닥에 엎어져 있었다. 새벽인 것 같았다. 온통 피투성이였다. K는 없었다. 약 기운에 취해 밤거리를 헤매다가 어딘가로 숨어들었겠지. 수한은 자기가 의식을 잃었었다는 사실을 겨우 짐작했다. 몸을 뒤집는 데만도 꽤 시간이 걸렸다. 동이 터 오려 하고 있었다. 창가에 콘솔이 있었고 그 위 황금빛 조롱 안에 금강이가 있었다. 금강이가 붉은 눈으로 수한을 내려다보았다. 금강이가 말했다.

"수한 그만해. 널 더 이상 사랑하지 않아."

수한은 인간과 짐승의 모든 감정들을 뒤섞어 놓은 것만 같았던 명한의 표정이 떠올랐다. 금강이가 조롱 안에서 날개를 활짝 폈다. 조롱이 금강이로 인해 터질 듯 부풀어 올랐다.

"수한 그만해. 널 더 이상 사랑하지 않아. 수한 그만해. 널 더 이상 사랑하지 않아."

금강이가 히말라야의 동굴 입구에 꽃처럼 서 있었다. 둥글고 시퍼런 하늘에 바즈라가 몰아쳤다. 수한. 꿈을 꿨어. 동굴 바닥에 쓰러져 있는 수한은 그 겨울밤의 강을 기억했다. 탐스러운 함박눈들이 달빛 서늘한 수면 위로 촘촘히 녹아내리며 만다라를 그리고 있었다. 수한의 손끝이 파르르 떨렸다. 트리샤의 마지막 숨결을 빼앗을 때의 그 느낌이 고스란히 되살아났다. 그때 자신과 트리샤 곁에 앵무새 한 마리가 있었다는 것을 수한은 이제야 겨우 되새길 수 있었다. 트리샤의 육신은 검고 깊은 물속에서 무너지고 해어져 앙상한 뼈들만이 남았으리라. 꿈을 꿨다고, 수한. 유니콘이야. 딸일 거야. 내 어머니도 꿈에 유니콘을 보고 날 낳았어. 네가 아니라 날 닮을 거야. 수한은 눈꺼풀이 점점 감겼다. 피라는 피는 다 빠져나간 듯했다. 더는 버티지 못하고 눈을 감자 수한은 어둠 속에서 정말 오랜만에 트리샤를 만났다. 수한의 인생에서 가장 즐거웠던 그 시절의 그 찰나에서 트리샤의 얼굴이 맑게 웃고 있었다.

살인 사건이 세상에 드러난 것은 사흘이나 지나서였다. 날씨가 무더워 시체가 빠르게 부패한 것과 황금빛 조롱의 작은 문이 활짝 열려 있다는 것과 한 마리 희귀한 앵무새가 사라진 것 말고는 수한이 죽던 그 순간 그대로였다.

# 버드나무군락지

# 1

　중각은 홀로 버드나무군락지를 걷고 있었다. 어두운 강가에 놓인 어두운 숲이었다. 세계에는 아무런 소리가 없었다. 부드럽고 신비한 바람이 버드나무군락지 안에서 버드나무군락지 밖으로 불어갔다. 문득, 중각은 멈춰 섰다. 어두운 강가의 어두운 숲이 천천히 움직이기 시작했다. 중각은 숙이고 있던 고개를 들었다. 그리고 그러한 꿈을 꾸고 있는 자신을 묘하게 쳐다봤다.

　살랑거리는 물결무늬 커튼 틈새로 봄바람이 흘러들어 왔다. 다급한 문 두들김 같은 두통에 안중각은 눈을 떴다.

　……버드나무군락지…… 똑같았다. 그레고르 기도원에서 이미 두 번이나 꾸었던 바로 그 꿈이었다. 중각은 알 수 없이 불안해져

양미간을 잔뜩 찡그렸다. 방바닥에 쓰러져 있는 투명한 호리병 속에는 꽃뱀 한 마리가 처연히 오그라들어 있었다. 으아, 저 독한 걸 깡그리 마셔 버렸으니! 중각은 이브의 꼬임에 넘어가 선악과를 따 먹은 아담이 된 기분이었다. 백 원장이 종려나무 십자가 뒤편에 숨겨 놓았던 화사주(花蛇酒). 재수 옴 붙을까 봐 절대 건들지 말라고 중각이 틈만 나면 신신당부했건만 막상 산장 객실로 들어가 짐을 풀자마자 고재만은 울긋불긋한 꽃뱀이 소주에 절어 훤히 떠 있는 수정 호리병을 무슨 보물 지도라도 손에 넣은 양 실실 흔들어 보였던 것이다.

"기상. 고 박사! 기상!"

안중각은 코를 신나게 골아 대는 재만의 머리통을 발로 툭툭 건드렸다. 간밤 대취해 동시에 졸도하기 직전 시시한 말다툼이 몸싸움으로까지 번질 뻔했던 게 어렴풋이 기억났으나 전혀 개의치 않은 것은 그만치 막역하기는커녕 언제부턴가 그 둘은 서로에게 여하튼 무가치해서였다.

"고 박. 안 나가? 애인 찾으러 간다면서? 안 가?"

와중에 중각은 펄펄 끓는 물에 얼굴을 파묻듯 그레고르 기도원 원장 백만웅을 생각했다. 백 원장의 미친 누이동생 길래를 생각했다. 백길래가 길길이 날뛰며 좇아가다 홀연 함께 사라져 버린 혼불을 생각했다. 첩첩산중의 밤을 휘저으며 일렁이던 그 흰 불덩이의 정체는 대체 무엇이었을까? 정말 길래는 천국으로 들려져 올라간 것일까? 소금 더미에 뒤덮인 백 원장의 시체는 저 가련한 꽃뱀마냥 두 눈을 부릅뜬 채 썩지도 못하고 있을 터였다. 중각은 소름 돋는 조갈이 치밀었다. 인간은 제 눈으로 빤히 보고도 도무지 파악되지 않는 것들을 가장 두려워하는 법이다.

고재만이 보름달 빛을 담뿍 먹은 좀비처럼 부스스 깨어났다.

"······아흐, 골이야. 나가자고?"

"안 나가면?"

재만이 구시렁구시렁 배낭을 다시 꾸리기 시작했다. 얄궂은 생수통은 텅 비어 있었다. 목을 축이는 대신 중각은 물결무늬 커튼을 간질이는 봄바람을 골똘히 지켜보며 꿈속 버드나무군락지 안에서 버드나무군락지 밖으로 불어 가던 그 부드럽고 신비한 바람과 눈을 감으면 눈이 멀어 버릴 것만 같던 어둠의 적막을 떠올렸다.

"여기 이거, 당신이 챙겨 온 거야?"

주황색 노끈 타래를 쥔 고재만이 딴 세상에 서 있는 안중각에게 물었다.

"······."

"여보세요, 안 집사님."

"······응?"

"이 형제님이 바나나우유에 마약을 말아 드셨나? 이승이 몽롱해?"

"뭐?"

"우리가 뭔 연유로 이리도 예쁜 빨랫줄을 불법 소지하고 있는 거냐고요. 혹시 그대의 소행이시냐고요."

"어, 어. 그냥, ……뭐…… 빨래 널려고."

"아."

"……."

"방금 전 내 농담이 지금 당신 진심이라는 거지?"

"뭐가?"

"요걸로 빨래 널려고 그런다는 거. 정녕 이게 그대와 나의 순결을 위한 빨랫줄이라는 거."

"……응."

"오, 주여."

"……."

"안 집사, 당신 이러는 거 말이야, 쓸데없이 무한대로 섬세한 거. 이거 보험에 가입도 안 되는 반사회적 질병이야. 이래서야 조만간 나랑 지옥 가서 활기차게 생활할 수 있겠어?"

"……."

"……."

"……고 박사."

"왜?"

"어서 가자. 지옥이든 어디든."

"……아멘."

인간의 원죄보다 더 새까만 두 개의 눈알이 산장 객실을 나서는 중각과 재만을 노려보고 있었다. 징그럽게 아름다운 꽃뱀의 눈, 위대한 권능의 선지자 백 원장이 그토록 저주하면서도 그토록 경탄해 마지않던 사탄의 눈이었다.

## 2

혼자일 수도 있고, 혼자가 아닐 수도 있었다. 시인 권진규는 몽골의 대초원 위에 서 있었다. 어딘지 모를 곳으로부터 흰 늑대의 울음소리가 바람을 타고 천지 사방에 울려 퍼졌다. 출렁이는 밤하늘 별들의 바다는 잠시만 올려다봐도 그 빛에 이가 시려 왔다. 권진규는 당장 저 어둠의 지평선 너머 이 세계의 끝까지 걸어가야겠다는 충동에 사로잡혔다. 만약 그런다면 그건 곧 죽음을 의미했다. 흰 늑대와 마주쳐 갈기갈기 찢긴 그의 몸뚱이는 더럽고 번잡한 독수리 떼가 내려앉아 살점은 물론이요 영혼마저 샅샅이 발라 먹을 터였다. 몽골 대초원은 북극이자 사막이었다. 생명이란 생명은 일일이 착란이고 죽음이란 죽음은 한없이 단순하여 파르라니 질린 뼈들이 여기저기 널브러져 있었다. 짐승의 뼈들 틈에는 간혹 인간의 뼈들도 섞여 있는데 죽음의 상징으로서는 하등 차이가 없었다. 몽골에서 죽으면 식물은 흙이 되고 동물은 바람이 되었다. 그렇게 믿는 자만이 생존할 수 있는 곳이 칭기즈칸의 나라였다. 권진규의 등 뒤 유목민의 이동식 천막 게르 안에는 한 여인이 불가에 완강한 침묵처럼 누워 잠들어 있었다. 은하수에서 별 하나가 탁, 쪼개져 나와 오논 강 쪽으로 떨어졌다. 권진규는 양의 눈을 들여다보았다. 거기에는 수염이 거뭇거뭇 돋은 한 괴로운 중년 남자 말고는 아무것도 없었다. 당장 저 어둠의 지평선 너머 이 세계의 끝 자신의 죽음까지 걸어가려는 권진규는 회한과 죄책감에 치가 떨렸다. 게르 안에 있는 단 한 사람, 그녀는 기실 한 사람이 아니라 두 사람이었으니까. 권진규의 몽골인 아내는 불빛을 머금은 채 깊이 잠들어 있고 그녀 배 속 따뜻한 양수 안에 웅크려 있는 사내아이 역시 곤히 잠들어 있었으니까. 혼자이지만 어쩌면 혼자가 아닐 수도 있는 이 이상한 세계. 아무 소리가 없으면서도 모든 것들의 소리가 범람하는 세계. 생명이 착란이라면 생명끼리의 인연 또한 착란이어서, 몽골인도 한국인도 아닌 그 사내아이는 세계인이었다. 죽음보다 강하면 살아남는 것이요, 삶보다 나약하면 사라지고 마는 것. 시인 권진규는 인간이 요약된 대초원 위에 북극과 사막의 피뢰침이 되어 서 있었다. 갑자기, 양의 검고 맑은 눈동자 속으로 그의 우스꽝스럽고 끔찍한 과거가 속속들이 새겨져 지나가기 시작했다. 권진규는 죽음의 유혹을 뿌리치기가 버거웠다.

**3**

하늘색 원피스를 빼입고 새하얀 샌들을 신은 여자가 붉은색 야
상과 낡은 청바지 차림으로 축 늘어져 버린 여자를 꼭 끌어안아 부
축하고 있었다. 한낮 산 중턱에서 고주망태 송장이 된 무개념 유랑
녀야 대충 그렇다 쳐도, 태양이 눈부신 그리스 해변에서나 가당할
법한 저 패션 감각이 파괴 공학적인 귀부인은 또시 어찌 받아들여
야 할 것인가. 각각이 요상키도 하려니와 참으로 족보를 작성하기
가 난감한 조합이 아닐 수 없었다.

"은혜롭다, 은혜로워. 도처에 정신 나간 자매님들이시구만."

"……."

"안 집사."

"……."

"안 바빠?"

"……."

"난 바빠. 내가 그랬지? 죽기 전에 꼭 은희 만나야겠다고."

재만의 독촉에도 중각이 계속 제자리에 못 박혀 있은 것은, 30대
초반쯤으로 여겨지는 날라리 빨치산 여인의 막가파 졸도형 주사 때
문도, 40대 중반쯤으로 여겨지는 편서풍 애마부인의 극한 이기적 최
강 존재감 때문도 아니었다. 안중각을 아득한 정서에 젖어 옴짝달싹
못하게 만든 것은, 기품 있는 한 인간이 제 내면을 송두리째 유린당

했을 적에나 내뿜어질 만한, 마치 녹슬고 차디찬 쇠구슬이 심장 한 가운데 박혀 있는 것만 같은 지중해 여인의 눈빛이었다. 중각은 지난밤 꿈속에서 자신을 마주 보던 자신의 묘한 눈을 상기했다.

혼자 걸어가던 재만이 중각에게 지그재그로 되돌아왔다.

"가서 안수기도라도 해 주시게?"

"……."

"당신이 자꾸 꼬나보니까 저 대장 년도 따라서 꼬나보는 거잖아. 섬뜩하단 말이야. 지옥이든 어디든 어서 가자며? 좋아. 가자고, 지옥."

"……."

"내가 길래한테 그러는 건 짐승 보듯 하더니만. 왜? 당신도 미친 년 맛이 궁금해? 지옥에도 급수가 있답디다. 우리 이러다간 지옥 화장실에서 막힌 변기 뚫게 되는 수가 있어요. 기름불 가마솥 안에서 삶아지는 게 차라리 낫지, 마귀들이 싼 똥 혓바닥으로 닦아 내는 거, 그거, 아우, 감당이 가능하시겠어?"

"……."

"안 집사. 그래도 당신은 나보다 나은 사람이잖아. 또 누가 알아? 똥은 나만 치우게 될지?"

"……그 아가씨 이름이 은희야?"

"……그, 그래. 은희. 오은희."

"……."

178

"왜? 넌 신경 쓸 필요 없잖아?"

"알아."

"……그럼 뭐냐?"

"됐어. 상관없어."

"……씨발."

산길이 꺾여 행여 뒤돌아본다 한들 그 독특하게 성령 충만한 자매님들을 찾을 수 없게 됐을 즈음, 나란히 걷고 있는 중각에게 재만이 음산한 주문을 읊조리듯 말했다.

"설마…… 당신, 아직도 신을 믿는 거야?"

"……"

"아니지? 알잖아. 이젠 그러면 안 돼, 우린."

고재만의 음성에는 냉정한 우울이 배어 있었다. 안중각은 침묵했다. 무슨 말이든 내뱉으면 혀가 마른 나뭇잎으로 변해 버릴 것만 같았기 때문이다.


## 4


그제 T시의 중앙우체국에 들렀을 때 권진규는 의외의 소포 하나를 수령하였다. 발송인은 대한민국 서울특별시의 이예훈이었다. 엽총 탄약을 구하기 위해 권진규의 지프가 반년 만에 대초원을 벗어나 T시에 이르는 동안 맑은 하늘이 난데없이 비를 뿌리다가 이내 개기를 세 차례나 반복했으며 그중 아주 **짧**은 한 번은 빗줄기가 장대 같았고 번개도 간간이 내리쳤다. 이변이라면 이변이었다.

2년 전 이 무렵 권진규는 대초원에서 자동차로 여섯 시간 남짓 걸리는 T시의 중앙우체국에서 지금의 아내 토야와 처음 만났다. 그녀는 거기 창구 담당 직원이자 권진규가 어설픈 영어와 손짓 발짓이 아닌 정식 몽골어로 의사를 전달해 본 최초의 몽골인이기도 했다. 당시 토야는 권진규의 우편물 ─ 무엇을 누구에게 보내는 것이었는가는 신기하리만치 그의 뇌리에서 완전히 지워졌다 ─ 을 접수시켜 주면서 환한 미소를 지었는데, 그것이 권진규가 구사한 몽골어가 깜찍해서였는지 아니면 단순한 근무상의 습관이었는지 혹은 권진규에게 풋풋한 호감이라도 동해서였는지 등은 단 한 번도 그와 그녀 간에 얘기돼 본 적이 없었다.

그날 권진규가 토야에게 첫눈에 반했다거나 한 것은 아니었다. 그러나 그는 아무도 없는 캄캄한 방 안으로 혼자 걸어 들어가 등 뒤에서 문이 쾅, 하고 닫히는 소리를 듣는 것 같은 느낌에 움찔했다. 그것은 비록 사랑은 아니었으되 사랑보다 훨씬 날카롭고 선명한 체험이었다. 권진규와 토야는 보름 뒤 전통 몽골식으로 조촐한 결혼식을 치른 다음 곧장 대초원으로 이주했다. 정체불명의 이방인을 기꺼이 남편으로 맞이하고 그의 괴팍한 결정들을 묵묵히 따라준 여자 ─ 불꽃이건 얼음이건 일단 다가왔으면 서둘러 제 운명으로 감싸 안아 버리는 토야의 종교에 가까운 심성과 태도가 권진규는 그저 놀라울 따름이었다. 토야, 몽골어로 빛이란 뜻이다.

권진규는 지프 앞에서 소포의 포장을 뜯어 내용을 확인했다. 편지는커녕 메모 한 줄 찾을 수 없는 그것은 다름 아닌 이예훈의 자화상이었다. 권진규는 예훈이 언제부터인가 대략 5년 터울로 자화상을 꼭 한 점씩만 그린다는 사실을 어렵지 않게 기억해 냈다. 작가 사인 곁의 날짜는 권진규가 한국을 떠난 지 얼마 안 된 때를 가리키고 있었다. 권진규는 과거 네 점의 자화상들 말고는 뭐든 예훈이 그린 것 자체를 구경하지 못한 터였다. 버젓이 화실을 가지고 있건만 예훈은 스스로 화가가 아님을 자주 천명하곤 했는데 그것이 유치한 자의식의 발로가 아닐뿐더러 예술가인 양하는 치들에게서는 발견하기 힘든 도덕적 슬픔이 배어 있어서 전혀 역겹지가 않았다. 기실 그림보다는 사업에 재능과 운이 있는 이예훈은 작고한 부모의 유산까지 보태져 상당한 재력가였다. 그가 아무 조건 없이 지원해 준 자금으로 권진규는 몽골에 무난히 정착할 수가 있었다.

예훈의 다섯 번째 자화상은 그의 이전 자화상들과는 확연히 달랐다. 휘발돼 버릴 듯하던 색의 불안은 간데없고 명암은 뚜렷함을 넘어 강렬했다. 그리고 무엇보다, 왼쪽 눈이 있어야 할 자리가 흡사 끝이 없는 동굴처럼 칠해져 있었다.

……무슨 일이지? 둘 사이에서는 좀체 어울리지 않는 방식이었지만 권진규는 차마 견디지 못하고 예훈에게로 전화를 넣어 보았

다. 몽골에 건너온 뒤 겨우 두 번째로 취하는 연락이니 그만하면 피차 무심함을 비웃는 어떤 암묵적인 우정의 원칙이 있다고 보아야 옳았다. 불길한 감상이 동하는 서른일곱 살의 자화상 하나만 달랑 수수께끼처럼 보내온 서른아홉 살 이예훈의 저 이상한 행동이 권진규의 마음에 걸렸던 진짜 이유가 바로 거기에 있었던 것이다.

……어라? 이건 또 뭐야? 권진규는 공중전화의 수화기를 천천히 내려놓았다. 예훈의 핸드폰 번호는 아예 없어져 있었던 것이다.

대초원에 접어들어 권진규의 지프는 강가에서 물을 마시고 있는 사슴 한 마리를 하마터면 들이받을 뻔하였다. 운전대를 잡은 내내 이예훈과 그의 자화상 생각에 흠뻑 젖어 있던 탓이기도 했지만 사슴이 굼뜬 것이 야릇해 멀리서 찬찬히 살피니 아니나 다를까 새끼를 밴 암컷이었다. 권진규는 철렁, 가슴이 내려앉았다.


## 5


그 밤 종려나무 십자가 앞에 선 백만웅은 왼손에는 검은 가죽 장정 성경전서를, 오른손에는 백열전구 빛 아래 번득이는 화사주를 들고 설교했다. 한 시절을 풍미한 이단 교주님의 거룩한 말년치고는 과시 처량한 풍경이 아닐 수 없었다. 널판 바닥에 앙상한 엉덩이를 깔고 퀭하니 앉아 있는 안중각과 고재만 고작 그 둘이, 이 흑사병 같은 말세를 성령의 유황불로 소독할 목자에게 남겨진 비루먹은 어린양들의 전부였던 것이다. 더욱이, 명색이 극단적 종말론을 내세운 광신 집단이 분명하다면 아사하라 쇼코의 옴진리교마냥 월요일 아침 러시아워 지하철 안에 사린 — 나치가 제2차 세계대전 중에 개발한 맹독 가스로 사담 후세인이 쿠르드인 학살에 사용한 — 을 살포하는 식의 무자비한 결단이라도 있어야 할진대 백 원장과 그레고르 기도원의 몰락에는 그런 장엄한 레퀴엠이라고는 귀를 씻고 들어봐도 어디 용한 쥐구멍의 단파 라디오 한 소절이 없었다. 그럼에도 불구하고 아마겟돈의 대머리 재림 그리스도의 해골 가득 차오르는 것은 어이없이 진지한 환각이었던 것이니.

"……개구리처럼 더러운 영이 눈알에 불붙은 용과 거짓 선지자의 아가리에서 마구 튀어나오는구나, 오, 저들은 마귀의 영이라. 이적 기사로 온 천하의 탐욕스런 왕들을 선동해 악의 군대와 그 피 묻은 깃발들을 아마겟돈으로 모으더라. 보라. 내가 깊은 밤 강도같이 오리니, 깨어서 자기 옷을 지켜 벌거벗고 다니지 아니하는 자에게 천국이 있도다."

안중각이 화답했다.

"아멘."

고재만도 화답했다.

"아 — 멘."

"야훼의 생각은 인간의 생각과 같지 아니하고, 야훼의 길 또한 인간의 길과 같지 아니한 것. 이르시길, 하늘이 땅 위에 드높이 있듯이 내 생각은 너희 생각 위에, 내 길은 너희 길 위에 드높이 있도다."

중각과 재만이 동시에 화답했다.

"아멘 —."

창틀에 걸터앉은 길래는 입을 헤벌린 채 구름에 살짝 가려진 초승달을 올려다보고 있었다.

"또 내가 보매, 대천사가 물고기 모양의 자물쇠와 황금 사슬을 들고서 뿔 돋은 용을 잡으니 이는 곧 미끄러운 뱀이요 야비한 사탄이라. 무저갱 속으로 내던져 문을 잠그고 봉인하여 천 년이 흐르도록 세상을 미혹지 못하게 하리라."

백 원장은 검은 가죽 장정 성경전서에 쪽, 하고 입을 맞추더니 그것을 썰렁한 시멘트 제단 위 일곱 개의 양촛불들 앞에 가만히 내려놓으며 복음을 이어 갔다.

"나는 목이 베어진 순교자들을 보았네. 참된 성도들은 야훼의 가호 아래 영광을 누리되 불신자들은 생지옥의 아가리 속으로 떨어져 끔찍한 죽음의 고통을 영원히 반복하고 마는 것. 이제, 무저갱의 문이 활짝 열리면서 황충들이 스멀스멀 기어 올라온다. 재앙의 나팔 소리가 뿜빠라 뿜빠 울려 퍼진다. 만국의 성들이 와르르 무너진다. 악인들은 야훼의 포도주 틀에 짓이겨질 것이요, 아마겟돈은 300킬로미터에 달하는 계곡을 굽어보고 있어 시체 30억 구의 피가 홍수 맞은 강처럼 차고 넘쳐 큰 백마조차 버둥거리다 가라앉으리라!"

심사가 불편해진 재만이 머리를 긁적였다. 그때. 백 원장이 화사주를 번쩍, 치켜들었다.

"바로 이것이! 이것이! 원수 사탄의 정체인 것입니다!"

구름에 걸터앉은 초승달이 서른네 살 소녀 길래를 걱정스레 내려다보고 있었다.

"의로운 성도들이여! 내가! 야훼의 권능으로 이렇게 만들었습니다!"

소주가 빈틈없이 들어찬 수정 호리병 안을 부유하는 꽃뱀 뒤로 종려나무 십자가가 야릇하게 겹쳐져 얼핏 꽃뱀이 종려나무 십자가에 예수처럼 못 박혀 있는 듯한 착각을 불러일으켰다.

"화사(花蛇)가 참 아름답지요? 독하고 맑은 술에 절여져 있어 더욱 그렇죠. 에덴동산에서 아담과 이브를 타락시킨 그 뻔뻔한 사기꾼이자 문둥병 치료제이며 요한계시록 안을 휘젓고 다니는 저 빌어먹을 용이기도 하지요. 사탄은 우리에게 절대 추한 몰골로 접근하지 않습니다. 명심! 사탄은 항시 매혹하면서 나타난다! 명심! 6과 7의 법칙!"

고대 유대인은 수에 관해 유별난 인식을 가지고 있었다. 우선, 사람의 수인 4에 10을 곱한 40은 야훼의 종이 야훼의 역사를 이루기 위해 필요한 시간이다. 유대 민족의 광야 생활은 40년이었다. 사울의 통치 기간도 40년, 다윗과 솔로몬의 치세 역시 각각 40년이었다. 나아가 모세는 120년 생애 동안 이집트 궁전에서 왕족으로서 40년,

미디안 광야에서 양치기로서 40년, 80세 때 야훼의 부름을 받아 유대 민족의 영도자로서 40년을 살았으며, 예수는 사탄의 세 가지 시험을 물리치기 전 광야에서 40일간 금식 기도했다. 또한 4에 야훼의 수인 3을 곱한 12는 유대 민족의 지파 개수이자 예수의 제자 수이기도 한데 가룟 유다가 배신 끝에 자살해 버리자 나머지 제자들은 야훼의 뜻을 빌어 제비뽑기로 맛디아를 선택해 기어이 한 명을 채워넣기까지 했다. 이러한 상징과 그 형식의 연장선상에서 「요한계시록」은 적그리스도의 수로 6을 가리킨다. 3과 4를 더한 7은 완전한 수이지만 6은 7이 아니면서 7의 가장 가까운 자리로 가서 7인 척하려는 교활하고 교만한 수이므로 사탄의 수라는 것이다.

"큰 자나 작은 자나, 부자나 가난한 자나, 자유인이나 노예나, 오른손 혹은 이마에 짐승의 숫자를 받은 자 외에는 아무도 물건을 사거나 팔지 못하게 하니라. 온전한 지혜가 여기 있으니 지각이 있는 자는 헤아려 보라. 그 짐승의 표식, 곧 짐승의 숫자는 666이니라. 오, 양의 거죽을 뒤집어쓴 이리가 아닙니다. 사탄은 양과 제일 비슷한 염소로 둔갑한 이리인 것입니다. 내가 온 것은 아들과 아비가, 딸과 어미가, 며느리와 시어미가 서로 불화하게 하려 함이라. 혼사의 꽃을 안겨 주려는 것이 아니라 전쟁하는 칼을 쥐여 주려는 것이라. 알고 보면 애인이, 온 집안 식구들이 원수지간인 것을 알게 되리라!"

그러니까 백만웅의 주장은 다음과 같았다.

그는 그날 정오 무렵까지 그레고르 기도원 서쪽 산등성이 소금 동굴 안에서 홀로 7일째 단식기도 중이었다.

"어둠의 심장 속에서 야훼의 옷자락이 내 얼굴을 스쳤습니다. 그러자, 어둠조차 보이지 않았어요."

순식간에 눈이 멀어 버린 백만웅은 더듬거리고 비틀거리면서 가까스로 소금 동굴 밖으로 빠져나왔다. 수염이 덥수룩한 그는 살갗으로 햇살을 감지하고는 태양을 품으려는 듯 양팔을 한껏 벌렸다. 바닥에 고인 물을 손바닥으로 떠 마시고 벽면의 소금을 손톱으로 긁어 핥으며 거의 한 주를 버텼건만 백만웅은 희한하게 기운이 넘쳤다.

"동공이 단단해지면서 점차 시력이 되살아나더군요. 결전의 시간이 임박했던 것입니다. 외로웠죠. 다윗이 그러했듯 나는 왕이요 시인이었던 것입니다."

백 원장은 전방 10여 미터 부근에서 희뿌옇게 흔들리고 있는 피사체가 제대로 된 형상을 갖추기까지 차분히 기다렸다. 이윽고 한차례 작은 돌개바람이 주위를 쓸고 지나가자 어느새 그는 사탄과 마주보고 있었다.

"너 아침의 아들 계명성이여, 어찌 그리 하늘에서 떨어졌으며, 너 열국을 엎은 자여, 어찌 그리 땅에 박혔는가. 네가 네 마음에 이르기를 내가 하늘에 올라 하나님의 뭇별 위에서 나의 보좌를 자랑하리라. 내가 북극 집회의 꼭대기에 좌정하리라. 가장 높은 구름 위에 올라 지극히 높은 자와 비기리라. 또 너의 머리에는 뿔 세 개가 있는데, 눈도 있고 말하는 입도 있어 붉은 용이라. 내가 요동치는 호수 위에 서서 보니 한 짐승이 올라오는데 일곱 개의 머리와 열 개의 뿔을 가졌으며 그것들 위에는 왕관들이 있고 신성 모독하는 이름들이 있더라. 붉은 용이 지옥의 권세를 그 짐승에게 거저 주었더라. 오, 최후의 성도들이여. 그렇습니다. 나를 노려보고 있는 그놈은 분명 원수 사탄이었습니다. 성서에 기록된 바를 기억하십니까? 사탄은 가히 골리앗만 했습니다. 키가 저의 두 배는 훌쩍 넘었으니까요."

구약성서에서 골리앗의 신장은 여섯 큐빗 한 뼘이었다. 큐빗은 고대 근동 지방에서 길이를 잴 때 흔히 쓰던 단위인데 팔꿈치부터 가운뎃손가락까지로서 약 45센티미터라고 보는 것이 정설이다. 그렇다면 여섯 큐빗은 270센티미터가 되며, 여기에 한 뼘을 더한다면 290센티미터가 넘는 셈이다.

"놈의 머리는 황금 소 대가리였습니다. 놀라지 마세요, 그래요, 놈은 이방의 신, 바알이었던 것입니다! 비와 폭풍의 신, 바알!"

갑자기 비와 폭풍이 몰아쳤지만 세상은 두꺼운 유리 벽 너머 수족관 안의 광경처럼 먹먹했다.

성서의 기록자들은 풍요와 기후의 신 바알을 모든 이방의 신들 가운데 가장 악독한 것으로 규정하고 있는데 이는 바알 숭배가 기원전 15세기부터 기원전 6세기 남왕국 유다의 멸망까지 약 천 년간 야훼 신앙에 독보적인 타격을 주었기 때문이다. 음, 그건 그렇다 치고, 그럼 그레고르 기도원의 백만웅 원장은 고대 유대인이란 말인가? 하긴 한동안 그가 전국 초등학교 운동장 단군왕검 상들을 파괴하고 다닌 것과 믿음의 조상 아브라함을 육친의 조상으로 모시고 있는 것은 맞았다.

"바다 위에 궁궐을 짓고 구름으로 병거를 삼으며 바람에게 명령을 하달하는 바알. 성령이 이르시길, 사탄이 하늘에서 번개처럼 떨어지는 것을 내가 보았노라. 너희는 마귀에서 나와 제 아비의 욕망을 행하는 자들이로다. 그 마귀는 애초부터 살인자요 진리 안에 거하지 않는 세력의 대표이니, 이 사탄의 깊은 것들아, 너희는 거짓말을 내뱉을 적마다 지옥의 악취를 내뿜느니라."

백 원장의 난교 같은 설교를 경청하며 안중각은 생각했다. 야훼는 잔인하다. 악마보다 더 악마이다 싶게 잔인하다. 구약성서를 훑어보면 누구라도 알 수 있다. 유대인의 야훼는 인간에게 질투해 전쟁과 재앙을 일으키는 신이다. 가령 「열왕기상」 10장에서 이스라엘의 왕 예후는 바알의 예언자들을 바알 신당 안에서 모조리 쳐 죽여 버린 뒤 바알 목상을 불태우고 바알 신당은 아예 변소로 만들어 버렸다. 그러나 안중각이 기억하는 잔인한 야훼의 제일 잔인한 예는 바로 안중각 자신의 운명이었다. 목숨은 물론 사후 세계마저 바쳐 가며 충성을 다한 종을 이렇게까지 농락하다가 전락시키다니 과연 그의 가장 잔인한 주인일 수밖에 없는 야훼는 곧 그의 사무치는 유일신이었던 것이다. 이 부조리한 절망 게임은 고재만의 경우도 마찬가지여서 언제부터인가 그 둘의 야훼를 향한 섭섭함은 늘 야훼의 대리자임을 자처해 온 백만웅에게로 옮겨 가 나날이 추한 증오로 응어리지고 있었다.

"신실한 성도들이여. 천상의 전사들이여. 나는 담대히 결단해야 했습니다. 모세가 문에 서서 이르되, 누구든지 야훼의 편에 있는 자는 내게로 나아오라 하매, 레위 자손이 다 모여 그에게로 가는지라. 모세가 그들에게 이르되 이스라엘의 야훼께서 말씀하시기를 너희는 각각 허리에 칼을 차고 이 문에서 저 문까지 왕래하며 각 사람이 그 형제를, 각 사람이 자기의 친구를, 각 사람이 자기의 이웃을 죽이라 하셨느니라. 레위 자손이 모세의 말대로 행하매, 이날에 백성 중에 삼천 명가량이 죽임을 당하니라. 모세가 이르되 각 사람이 자기의 아들과 자기의 형제를 쳤으니 오늘 야훼께 헌신하게 되었느니라. 오늘 너희에게 복이 내려지리라!"

백 원장이 정의로운 응징의 근거로 대고 있는 「출애굽기」 32장 26절부터 29절의 내용은 애굽을 탈출한 이스라엘 백성들이 모세가 금식 기도를 하러 호렙 산에 40일간 들어가 있는 동안 광야에서 금송아지를 섬기는 축제를 벌인 직후의 사건을 묘사하고 있다. 야훼의 십계명을 받들고 백성들에게 돌아온 모세가 레위 자손들에게 '살인 면허'를 주어, 닥치는 대로 동족을 죽이게 한 것을 술회하고 있는 것이다. 야훼의 잔혹성 따위는 이미 문제가 아니었다. 백만웅은 그러한 모세와 자신을 동일시하고 있는 거였다.

"그 황금 소 대가리에 박힌 눈은 바알의 눈이 아니었습니다."

어리둥절해진 고재만이 물었다.

"바알의 눈이 아니라뇨? 바알이라면서요?"

안중각이 퉁명스런 혼잣말을 했다.

"소눈깔이었나 보네."

백 원장이 근엄하게 받아쳤다.

"천만에. 소의 눈도 아니었소, 형제."

답답한 고재만이 물었다.

"그럼 뭡니까? 설마…… 눈알이 없었나요?"

"징그럽도록 아름다운 꽃뱀의 눈동자였습니다. 음란하고 황홀한 저 지옥의 음부 같은 눈동자. 지옥의 불꽃이 얼마나 도저한 유혹인지 성도님들은 절대 상상조차 못 할 것입니다. 아아, 짐승이 잡히고 짐승 앞에서 표적을 행하던 거짓 선지자도 잡혔으니 짐승의 형상에 엎드려 절하던 자들은 악마의 태아라, 울지도 못하고 웃지도 못한 채 유황이 부글거리는 호수 속으로 전부 내던져지리라. 하지만 보라. 짐승의 얼굴들 중 하나의 깊은 상처가 저절로 나으매 온 세상이 놀라 두려워하며 줄줄이 따르더라. 바다의 3분의 1이 피가 되고 바닷속의 3분의 1이 죽어 파도에 떠오르니 강퍅한 천사가 구름을 입고 하늘 위에서 내려오는데 그의 머리에는 철 무지개로 장식한 용암 면류관이 얹혀 있고 그의 양발은 불기둥으로 삼은 신발을 신었더라. 또 다른 천사가 대접에 있는 것들을 짐승의 자리에 쏟아부으니 온 세상이 칠흑으로 참담하여 인간들은 제 혀를 씹어 먹고 열병과 부스럼에 시달리며 미친 듯 야훼를 모욕하되 아무리 은혜를 베풀려 해도 전혀 회개치 않으리라. 참을 수가 없도다. 드디어 그분이 봉인을 떼어 내실 때에 내가 보니, 해일을 일으킨 그 오른손에는 일곱 별들이 빛나고, 태양을 쓰다듬던 그 왼손이 쥔 철 지팡이는 악의 성곽들을 산산이 바수어 버릴 것이라, 아멘."

"아, 아멘."

"아멘."

재만과 중각은 곁눈질로 서로의 눈치를 살피며 차례로 화답했다. 그새 창가의 길래는 어디로 갔는지 보이질 않고 바람의 몸인 철새의 무리가 구름을 물고 초승달을 스쳐 지나갔다.

"지금은 박제처럼 이 수정 호리병 속 소주에 절여져 있지만 생생한 사탄의 그 무지막지한 위용을 여기 두 분 형제님들이 마주쳤다면 아마, 아, 아찔하군요, 아찔해. 사탄은 그 아름다움만으로도 인간의 영혼과 생명을 순식간에 빨아먹을 수 있을 만큼 강력합니다. 너무 아름다워서 고통스러운 것이죠. 나 역시 그 황금 소 대가리의 눈, 꽃뱀의 눈에 넋이 나가 하마터면 숨 한번 제대로 내쉬지 못하고 굴복할 뻔했던 것이죠. 하지만 나는 곧 정신을 똑바로 차리고 야훼의 성스러운 주문으로 사탄을 공격하는 한편 땅바닥에서 돌조각 하나를 슬쩍 주워 들었습니다. 사탄은 이내 흉악한 근육질의 양날개를 펴더니 쇠갈퀴 같은 발톱을 곧추세우며 마구 발광하더군요. 나는 더 강력한 권능으로 사탄을 몰아붙였습니다. 내 멍에는 쉽고, 내 짐은 가볍도다. 내가 너희에게 뱀과 전갈 들을 짓밟으며 원수의 온갖 능력을 제압하는 권능을 주노니 그 어떤 것도 너희를 해치지 못하리라! 나는 돌조각을 놈의 정수리를 향해 힘껏 던져 명중시켰던 것입니다!"

다윗의 돌팔매에 맞은 골리앗처럼 쓰러진 사탄은 잠시 괴롭게 다른 세계로 튕겨 나가듯 꿈틀대더니 졸지에 꽃뱀으로 변해 버렸다. 백만웅은 꽃뱀의 대가리를 틀어쥐고 이모저모 살폈으나 돌조각에 맞은 흔적은 전혀 없고 다만 탁한 섬광만이 정수리 주위에 안개처럼 잠시 서려 있다가 스윽 스러지더라는 것이다.

"이 사탄은 루시퍼의 딸이었기에 죽어서도 꽃뱀이 된 것입니다! 이제 때가 가까워 온 것이죠. 악마들이 마지막 심판을 앞두고 나를 제거하려 하나둘씩 지상으로 내려오고 있는 것입니다."

"아……멘."

안중각만이 겨우 화답했고 고재만은 아예 말문이 막혀 있었다. 믿든 안 믿든 그것은 괴로움이었기 때문이다. 놀라운 것, 알 수 없는 것, 그래도 사랑해야 하는 것, 그런 식으로 자신을 무시하고 자신 밖의 애매한 절대자를 받드는 것이 체화된 광신도들에게는 신비 그 자체가 환희를 가장한 고통인 것이다. 주지하듯이, 인간은 제 눈으로 빤히 보고도 도무지 파악되지 않는 것들을 가장 두려워하는 법이다. 그리고 그러한 시간이 기다림보다 길어지면 그 두려움은 어느 날 문득 신이 된다.

"이 화사주는 나의 고난이 얼마나 숭고한지를 반증하고 있습니다. 또한 원수 사탄이 우리의 위대한 사업을 얼마나 시기하고 훼방 놓으려는지 경고해 주는 여실한 전리품이라 할 수 있을 겁니다. 이 꽃뱀을 잘 보세요. 요염하기가 그지없지만 또한 얼마나 날렵하게 생겨 먹었는지요. 어떠한 악조건들 속에서도 생존하게끔 기막히게 설계된 악의 미적 공학적 극치입니다. 사탄의 눈! 나는 사탄의 눈을 저주합니다. 그러나 경탄할 수밖에 없는 끔찍한 아름다움이라는 것만큼은 차마 부정할 수가 없군요. 만약 당신이 야훼의 진정한 자식이라면 당신의 능력을 결코 뽐내지 마십시오. 왜 하필 내가 전 인류의 무거운 짐을 내 두 어깨 위에 지고 이 고달픈 전쟁을 진두지휘해야만 하는지에 대해 회의하지 않았던 것은 아닙니다. 그러나 그것이 그리스도께서 먼저 행하신 길이고 대안 재림의 사명이 나의 길이라면, 다름 아닌 내가 그 구세주의 뜨거운 보혈을 겸허히 흘려야만 하지 않겠습니까. 나는 이번 단식기도 중 소금 동굴 안에서 야훼의 얼굴을 똑똑히 보았으니까요."

안중각과 고재만은 벼락을 맞은 것만 같았다. 야훼의 얼굴을 보았다니! 구약성서 속의 야훼는 인간에게 결코 직접 모습을 드러내지 않았다. 절대적 존재인 야훼를 인간이 있는 그대로 마주하면 인간은 그것을 감당치 못하고 스러져 버릴 것이기 때문이다. 따라서 야훼는 모세 앞에도 불타는 떨기나무로 나타났던 것이다. 그런데, 감히 백 원장이…….

고재만이 충격을 버티며 신음하듯 물었다.

"야, 야훼는 어, 어떻게 생기셨습니까?"

백만웅은 죽음을 각오한 사람처럼 주저함이 없었다.

"야훼의 얼굴은 내 얼굴이었소."

고재만은 턱턱 숨이 막혀 왔지만 안중각은 오히려 이상스레 마음 한편이 편안해지고 있었다. 드디어 올 것이 마저 오고, 갈 때까지 다 간 것이라는 느낌? 절망과 멸망 딱 그 한가운데 놓인 평화? 말세는 자꾸 연기되고 있고 대구에서 새로운 선지자 백 원장이 등장한 지 어언 10년이 넘었다. 성도들의 대부분은 뿔뿔이 흩어지거나 종적을 감췄고 혼란과 의심보다 더 고약한 것이 바로 권태였던 것이다. 욕망은 죄를 부르지만 권태는 죄에 상상력을 부여한다. 욕망이 권태 안에 갇히게 되면 인간은 타인의 피를 물감 삼아 그림을 그리기 시작하는 것이다.

안중각은 고재만의 옆얼굴을 보았다. 안중각과 처음 만났을 적에 고재만은 자신이 동물학 박사라고 자랑 비슷한 주책을 떨었다. 이봐요, 안 형. 정력이 약한 남자를 시쳇말로 토끼라고 하잖아. 하지만 사실은 전혀 그렇지가 않아요. 토끼는 말이야, 1년이면 대여섯 차례나 출산할 수 있다고. 식량난에 허덕이는 북한에서 괜히 인민들에게 토끼 사육을 권하겠냐고. 우리 동물학자들은 경고하지. 토끼의 번식을 제대로 통제하지 않으면 앞으로 지구는 온통 토끼들로 뒤덮일지도 모른다는 것을.

백 원장이 살벌한 복음을 이어 나갔다.

"곧 우리에게 신성한 사건이 닥칠 거요. 신천지, 새로운 예루살렘. 오, 한 변이 2200킬로미터인 입방체형 순금 도시 예루살렘이 지상에 갑자기 출현할 것입니다. 65미터 높이의 벽옥으로 된 성벽마다 진주로 만든 세 개의 문들이 달려 있어 네 변을 합하여 총 열두 개의 문이 있으며 성벽의 토대는 벽옥, 사파이어, 마노, 에메랄드, 황옥, 지르콘, 자수정 등 열두 종의 보석들로 장식되고 열두 개의 문에는 이스라엘 열두 부족의 이름이 새겨져 있죠. 순금 대로의 중앙에는 생명의 강이 흘러 그 양안에는 생명목이 무성해 매월 같은 날 열매를 맺죠. 아, 이 찬란한 보금자리에 신이 인간과 함께 살기 때문에 신전이 따로 없고 신의 영광이 항상 비추기 때문에 태양도 달도 등불도 필요가 없죠. 도시의 문은 밤이 없기 때문에 닫히는 일이 없습니다. 뿐인가. 죽음이 없고 슬픔도 탄식도 고생도 없으며 더러운 자 불길한 자 가식을 행하는 자도 없습니다. 이제 나의 신도는 여기 계신 두 분밖에는 남지 않았습니다. 최후의 담대한 성도들이여, 천국이 멀지 않았습니다. 지진과 대해일, 지구와 혜성의 충돌, 온갖 질병들과 기근, 핵전쟁 뒤에 나타나는 생지옥 같은 세상과 식인 인류의 등장, 온난화와 자원 고갈, 지구는 태양계의 별들과 동조 현상을 일으키며 중력과 자기장이 파괴될 것입니다. 행성들이 십자가 모양으로 정렬할 때 오만한 짐승들은 제 인간 노예들을 데리고 심판의 구덩이 맨 밑에 깔리게 될 거란 말입니다."

고재만은 백만웅에 대한 분노가 울컥, 치미는 것을 억지로 감추느라 애쓰고 있었다. 안중각은 그런 고재만이 조마조마하였다. 중각은 재만과는 입장이 아주 달랐다. 그는 백 원장이 거짓 선지자건 예수건 심지어는 예수가 몰래 낳은 아들이라고 해도 이제 와 아무 상관이 없었다. 그가 궁금했던 것은, 그를 평생 어둡게 만들었던 신의 본질이었다. 야훼의 얼굴 따위가 아니라 그 물리적, 영적 핵심. 야훼는 무엇이라는 속 시원한 단 한마디.

어슴푸레 서글픈 마음이 들어 안중각은 고재만의 어깨 너머 길래가 사라진 텅 빈 캔버스 같은 창문을 바라보았다. 밤이 있었다. 천국 같지도 않고 지옥 같지도 않은 밤. 신 같은 밤. 인간 같은 밤. 검푸른 밤…… 길래…… 백길래. 피부가 희고 몸매도 야리야리한 것이 치장만 제대로 해 놓으면 꽤 미색 소릴 들을 만한 여자였다. 전지전능한 야훼의 위대한 사자 백 원장도 제 여동생의 미친병은 고치지 못하는 모양이었다. 여인에게 달라붙은 귀신을 호통만으로 쫓아 버렸다는 예수의 권능은 대체 어디에다 팔아먹었단 말인가. 백길래는 감리교 신학 대학생이던 스무 살 무렵 불량배들에게 윤간을 당하고 돌아 버렸다고 한다. 그레고르 기도원에서의 길래는 사계절 내내 푸른색 바탕에 흰 버섯 무늬 하의 실종 원피스를 입고 그 위에 구멍이 여기저기 숭숭 뚫린 빨간 스웨터를 덮어쓴 것처럼 걸친 채 맨발로 돌아다녔다. 안중각은 한밤중에 변소에라도 갈라치면 길래가 불쑥 어둠 속에서 튀어나와, 오빠, 어디 가? 오빠? 어디 가? 오빠, 어디 가? 그러는 통에 간이 떨어진 것이 하루 열두 번이면 열두 번이 다였다. 그런 골 때리는 일은 고재만에게도 예외가 아니어서, 기겁한 고재만은 길래에게 온갖 쌍욕들을 마구 퍼붓다가는 정신 나간 여자를 상대로 그마저 부질없는 짓인지라 약이 올라서라도 이 악물듯 참고 말아 버리곤 하였다. 기실 그에게는 딴 심사가 있었는데 가끔 통통 뛰어다니는 길래를 음흉한 눈빛으로 훑어보면서 가슴이 좀 작은 게 흠이지만 배고파서 먹는데 멀쩡한 년 미친년 가릴 게 뭐 있냐고 입맛을 다시곤 하였던 것이다. 더불어 길래, 라는 예쁜 이름도 성과 붙여서 부르면 백길래, 배낄래, 뱃낄래, 벗길래, 로 발음이 자연 옮겨지게 되니 이야말로 벗겨 먹으라는 신의 뜻이 아니고 뭐냐며 낄낄대기를 잘했다.

　안중각은 동물학 박사가 아닌 고재만의 진짜 과거가 궁금했다. 그리고 그러면서도 자신의 과거에 대해서는 한마디도 묻지 않는 고재만의 깔끔한 태도가 의외였다. 안중각이 보기에 고재만은 두 가지의 얼굴을 지니고 있었다. 비굴하고 비열한 얼굴 뒤에는 언뜻언뜻 무모하리만치 폭력적인 얼굴이 숨어 있었다. 그것은 야만의 얼굴이었다. 안중각의 생각에 야만이라는 것은 사실 신성한 것과 크게 다르지 않았다. 신을 믿는 자들이 저지르는 악행들이 설명해 주는 것은 물론이고 성경을 닳도록 읽어 온 그는 신과 인간의 관계를 꿰뚫어 보고 있었다. 가령 백 원장과 유대인들이 그렇게 증오하는 바알은 풍년과 흉년 등에만 관여하는 한낱 자연신일 뿐이었다. 바알은 순수하고 담백했다. 그러나 야훼는 인간의 일에 직접 개입했다. 신의 이름으로 전해지는 인간의 역사는 대부분 야만이 아니던가. 너무 복잡해서 불가해하고 너무 변덕이 심해 낙담하고 마는 공포, 그것이 바로 야훼인 것이다.

"크도다 경건의 신비함이여. 논쟁의 여지가 없도다. 육체로 나타나셨고 성령 안에서 의롭다 하심을 얻으시고 천사들에게 보이시고 이방인들에게 선포되시고 세상에서 믿은 바 되시고 영광 가운데 솟으셨느니라. 나 야훼가 말하노라. 내 말이 불같지 아니하냐? 이분이 도대체 누구신가? 나는 하나님이라. 나 외에 다른 이가 하늘이고 땅이고 전혀 없느니라. 나는 하나님이라. 나 같은 이가 우주의 안이고 밖이고 나 말고는 도대체 없느니라. 보라. 내가 네 앞에 열린 문을 두었으니 아무도 그것을 닫지 못하리라. 이는 네가 적은 힘을 가지고도 내 말을 지키고 감히 안위를 계산해 도망치지 아니하였음이니, 야훼의 등불은 사람의 깊은 속을 살피시니라. 너희는 회개하라. 하늘의 왕국이 가까웠느니라."

백만웅이 옅은 눈물이 고인 고재만의 눈을 훔쳐보았다. 고재만은 기가 죽어 고개를 숙였다. 안중각은 손끝이 떨렸다. 마치 백만웅이 재만과 자신의 불경스러움을 들여다보고 있는 것만 같았기 때문이다. 한 번 해병은 영원한 해병이듯 한 번 고양이 앞에 쥐는 영원한 고양이 앞에 쥐인 것인가. 앵벌이들은 쇠사슬에 묶여 있지 않아도 포주를 벗어나 자신의 구역 밖으로 도망치지 못한다고 한다. 상식적으로는 이해가 가지 않는 일이지만 사실이 그렇다고 한다. 신을 믿는 일도 그러하니 신의 사도를 따라 사는 일 또한 그러하다.

7일간 백 원장이 소금 동굴 안에서 단식기도인지 지랄인지를 하는 사이 안중각과 고재만은 미친 길래를 그레고르 기도원에 혼자 남겨 두고 잠시 산을 내려갔다. 은밀히 자라나는 의심과 통증 탓에 그들이 몰래 찾아간 곳은 강릉 시내의 한 종합병원이었다. 거기서 중각은 뇌를, 재만은 간을 엑스레이 찍었다. 두 사람은 백 원장의 안수기도로 제 병이 나았다고 여기며 지난 몇 년간을 지냈던 것이다. 백 원장은 주문을 외우면서 맨손으로 안중각의 뒷목에서 암 덩이를 빼냈고 그 시뻘겋고 딱딱한 멍게 비슷한 것을 본 안중각은 그 자리에서 기절했다. 또 고재만의 경우는 무슨 약초인가를 달인 물을 기도와 함께 먹였는데 며칠이 지나지 않아 정말 거짓말처럼 몸이 가벼워지면서 불면증마저 싹 달아나 버렸던 것이다. 그러나 진단 결과에 대한 의사의 선고는 절망이었다. 둘 다 얼마 못 산다는 거였다. 특히 안중각은 뇌종양이 이미 머리 전체에 뻗어 있는데 1년 전에만 왔더라면 왼쪽 눈 안구 뒤편에 붙은 종양의 뿌리를 제거하여 왼쪽 눈을 희생해서라도 어떻게 해서든 생명을 구할 수 있었겠지만 지금은 도저히 손을 쓸 수가 없다는 거였다. 그나마 위로랍시고 고재만에게 주어진 생명의 시한은 대강 1년쯤으로서 유일한 회생의 희망은 간이식. 재만의 처지로서는 다른 인간의 간을 제 몸에 이식하는 일이나 서울대공원의 북극곰을 몰래 납치해 녀석의 간을 제 몸에 이식하는 일이나 난이도에서는 별 차이가 없었다.

"……저어, 원장님."

재만이 마른 입술에 침을 바르며 백만웅에게 뭔가를 물으려 하고 있었다. 중각은 재만이 섣부른 도발이라도 저지르는 게 아닌가 하여 움찔했다.

"저 꽃뱀으로 변하기 전 골리앗만 하던 그 바알 사탄의 뿔은 몇 개였습니까?"

백 원장의 눈이 의미심장해졌다. 재만은 기를 쓰고 백 원장을 노려보았다. 중각은 등에서 식은땀이 흘렀다.

"형제들아. 마귀의 간계를 능히 대항하고 바로 서기 위하여 하나님의 전신 갑주를 입으라. 정신 차리고 깨어 있으라. 너희 대적자 마귀가 울부짖는 사자처럼 삼킬 자를 두루 찾아다니나 너희는 믿음에 굳게 서서 그를 대적하라. 심판이 임박했다. 또 내가 한 크고 흰 보좌와 그 위에 앉으신 분을 보았는데 그분의 면전에서 땅과 하늘이 사라졌고 그들이 있을 자리도 보이지 아니하더라. 또 내가 죽은 자들이 작은 자나 큰 자나 하나님 앞에 서 있는 것을 보았는데 책들이 펴져 있으며 또 다른 책도 펴져 있는데 곧 생명의 책이라. 죽은 자들이 자기들의 행위에 따라 책 속에 기록된 것으로 인하여 심판을 받더라. 유다의 죄는 금강석 끝 철필로 기록되되 그들의 마음판과 그들의 단 뿔에 새겨졌거늘. 무엇이든지 더럽게 하는 것이나 가증한 일을 행하는 자나 거짓말하는 자는 결코 그곳으로 들어오지 못할 것이로되 다만 어린양의 생명책 안에 기록된 자들만 들어오리라. 이에 내가 그 천사의 손에서 작은 책을 가져다가 먹어 버리니 내 입안에는 꿀처럼 달았으나 먹고 난 즉시 내 배에는 쓰게 되니라. 또 내가 보니 강한 천사가 큰 음성으로 선포하기를 누가 그 책을 펴며 그 봉인들을 떼기에 합당하냐? 하늘 안에서나 땅 안에나 땅 아래서는 능히 그 책을 펼쳐서 들여다볼 수 있는 사람이 아무도 없더라. 고재만 성도."

"네? 네."

"의심은 죄의 씨앗, 사망의 씨앗이라는 것을 모르십니까?"

"아, 압니다."

"그래도 그 원수 사탄의 뿔이 몇 개였는지 궁금합니까?"

"아, 아닙니다."

"아니라뇨? 방금까진 알고 싶다고 하지 않았습니까? 영리한 사탄처럼."

"아닙니다. 저, 저는 사탄처럼 여, 영리하지 않습니다. 멍청합니다."

"그럼 영리하지 않은 사탄이 궁금한 게 생긴 모양이지요?"

"아아……."

"책망하지 아니하고 내가 알려 드리겠습니다."

"원장님, 제발."

"그 사탄의 뿔은, 모두."

그때였다.

"너넨, 다 죽을 거야! 다 죽을 거야! 깔깔깔."

백만웅과 고재만과 안중각은 느닷없이 들리는 목소리에 깜짝 놀라 창가 쪽을 일제히 쳐다보았다. 길래가 창문 너머를 왔다 갔다 하며 소리치고 있었다.

"다 죽을 거야! 다 죽을 거야!"

고재만이 달려가 창밖을 내다보았다. 초승달 아래 깡충깡충 뛰는 길래의 모습 뒤로 길래의 목소리가 온 산중에 울려 퍼졌다.

"너넨, 다 죽을 거야! 다 죽을 거야! 깔깔깔."

비극이란 우스꽝스러운 꼴을 취하면서 가장 끔찍한 폭력으로 발현되기 마련인 것, 부글부글, 부글부글, 그레고르 기도원은 서서히 비극의 비등점을 향해 다가가는 중이었다.


## 6

비록 사탄의 뿔이 전부 몇 개인지도 모르는 주제로되 대신 안중각은 사탄보다 더 영리한 신에 대해서는 속속들이 잘 알고 있었다. 그는 신을 향한 요란스런 사랑과 은밀한 증오의 혼합물이었으니까.

사랑하지 않는 것을 증오할 리가 없는 요령부득이 썩을 만치 오래 되었으니 이빨 한 개 남지 않은 자포자기에 정통하지 아니할 수가 없는 것이다.

사탄의 뿔이라. 이적 기사라는 것이 과연 무엇인지 아리송하지 만 약간의 기적이라면 안중각도 사탄의 요술 비슷한 기적을 용케 부리던 시절이 있기는 있었다. 신은 인간의 영혼을 잠식할 적에 주 로 그 인간과 가장 가까운 또 다른 인간을 사용한다. 안중각이라고 예외는 아니어서 외아들을 낳은 지 사흘째 밤에 뺑소니 교통사고 로 남편을 잃은 한 많은 어머니의 거친 손에 이끌려, 검은 물을 마 시지 않고 검은 옷은 입지 않는 안식일 계통의 어떤 음침한 교회에 어려서부터 열심히 나가게 되었던 것이다. 불편한 점이 아주 없는 것은 아니었지만 그만그만한 정신병자들끼리 모여 지낼 적에는 그 래도 큰 문제까지는 없었는데 전경으로 병역을 치르면서부터는 하 루하루가 그야말로 환란이든가 아님 환란의 그림자였다. 흰색 사제 속옷을 입지 못하게 하니 아예 속옷을 입지 않은 채 군복을 입었 다. 일요일이면 외딴곳에 무단으로 가서 저 혼자 예배를 보다가 부 대로 복귀했다. 요컨대 이런 것들이 차곡차곡 쌓이는 와중에 당연 히 강력한 학대의 대상이 되었고 결국 육군 교도소에서 2년간 복역 한 뒤 간신히 풀려났지만 중각은 그 꿈에도 기억하고 싶지 않은 지 옥 같은 소대 안에서 자신에게 틈틈이 적잖은 온정과 도움을 베풀 어 주었던 한 미대 출신의 고참만큼은 두고두고 잊을 수가 없었다.

은혜를 갚을 길 없다는 신파가 아니다. 안중각이 빚어낸 작지만 귀한 기적은 바로 그와 관련된 일화였다. 어느 날인가 그가 심한 열병을 앓고 있을 때 안중각은 어디서 그런 용기가 났는지 자기도 모르는 사이 그의 이마에 손을 얹고는 웅얼웅얼 기도를 하고 있었다. 그는 흐릿한 의식 속에서 있는 힘껏 실눈을 뜨고 어쩌지 못해 중각을 보고만 있다가는 이내 푹 꺼지는 연기처럼 잠들어 버렸는데, 다음 날 아침 일찍 말끔한 얼굴로 일어나 버젓이 걸어 다닐 수 있었다. 그는 간밤의 그 일을 고열 속에서 스쳐 지나간 헛것 정도로 여기는 듯했지만 어쨌거나 그는 안중각의 간절한 안수기도 때문에 쾌차한 것이 맞았다. 적어도 안중각과 안중각이 믿고 있던 그 검은색을 지독히 싫어하던 까칠한 신한테는. 그가 제대하던 날 안중각은 감옥에 갇혀 있은 지 이미 오래였지만 안중각은 그레고르 기도원에서조차도 가끔씩 치밀어 오르는 것처럼 궁금해했다. 지금 그는 어디서 무엇이 되어 어떻게 살고 있을까?

어찌 됐든, 신이 고독한 안중각을 아는 것처럼 안중각 역시 그 고약한 신을 알고 있었다는 뜻. 오늘의 그는 신을 저버린 자의 고집과 신을 되찾고자 하는 자의 투쟁이 만들어 낸 것이니까. 이런 부류의 공식이라는 것은 의외로 빤해서, 마르틴 루터는 번개와 천둥소리가 무서워 수도원에 들어갔다. 인간과 신의 관계라는 게 그렇게 우스꽝스러운 것이다. 안중각은 루터를 떠올릴 적마다 꼭 제 처지를 껍데기만 바꿔 놓은 것 같아 떨떠름했다. 구텐베르크의 인쇄술이 가장 먼저 찍은 것이 면죄부이고 그다음이 성서라는 사실, 그리고 겁 많은 이기주의자가 신을 섬기다가 나중에는 스스로 그 신을 리모델링하게 된다는 이야기. 성령에 불타는 수도사 루터는 악마에게 이렇게 외쳤다. 악마여, 나는 내 똥 싼 바지로 너의 아가리를 씻어내겠노라! 이토록 유치하기가 찬란한 루터가 종교개혁의 투사가 된 것은 그의 순수한 의지에서가 아니라 작센 정부의 선제후 프리드리히 현공의 정치적 간교이자 16세 연하의 수녀와 결혼하려는 핑계이기도 했다. 여자들은 엉덩이가 넓은 관계로 집 안에 조용히 들어앉아 아이들을 낳고 양육해야 한다고, 내일 노아의 방주에 관한 강의를 해야 하므로 오늘 저녁 맘껏 술을 마셔야겠다고 떠벌렸던 이 주정뱅이 뚱보의 유언 아닌 유언은 바로 이것이었다. 내가 죽게 되면 내 몸을 관에 눕히고 구더기들에게 토실토실한 루터 박사를 먹이로 내주고 싶다……. 아, 이렇듯 신은 인간에게 개입한다. 그러면 그 인간도 그 신에게 개입한다. 세계의 비참은 별것이 아닌지도 모른다. 카를 마르크스는 하나의 이론이 대중을 사로잡으면 거대한 물리력이 된다고 간파했다. 보통의 종교인들은 근본주의적 사고의 폭력성을 혐오하지만 슬프게도 대중은 극소수의 지배를 받기 마련이다. 광신도들이야말로 역사의 동력인 것이다. 아마겟돈 전쟁이 벌어지면 적그리스도들은 멸망한다는데 이러한 상상이 그리스도의 자식인 안중각에게는 샘솟는 기쁨은커녕 염치없는 고통이었다. 사탄의 100분의 1만큼이라도 영리한 인간이라면 그가 젊어서는 무신론자일지언정 죽는 순간에는 신에게 귀의할 게 분명하지 않겠는가. 왜냐. 최고로 남는 장사거든. 안중각은 진정한 광신도가 되기에는 머리가 너무 복잡한 체질이었다.

안중각은 5년 전 한여름 대구 기차역 앞에서 이글거리는 태양과 함께 자신을 내려다보던 그의 자애로운 얼굴이 여태 선연했다. 중각은 행려병자나 다름없었다. 전국을 떠돌며 노숙을 한 지 1년이 넘어가는 시기였다. 그녀와 그 지경이 됨으로 인생 전체가 망가지고 매일 처음 다다른 곳에서 헤매다 어떻게 동냥을 하면 소주를 밥 대신 사서 마시는 저승 같은 나날이었다. 그때는 폭염에 지나가는 사람들도 없었다. 영양실조에 알코올 중독자인 중각은 지난밤부터 헛구역질을 하던 끝에 그 자리에서 그대로 드러누워 죽어 갔다. 머리에 종양이 있다는 사실을 일주일 전쯤 우연히 알게 되었지만 아무리 큰 불행을 당한다 한들 그녀에게 저지른 죄를 덮지 못하는 마당에 그에게는 선한 것에 대한 어떤 의지도 있을 수 없었다. 죽으면 죽으리라. 그런 절망의 안식조차도 없었던 것 같다. 죽음이 그에게 입을 맞추려 하고 있었다.

순간. 생명수가 그의 이마로 흘러내려 목을 축였다. 중각은 오래전 자신이 안수기도를 해 줄 때 열병 속에서 흔들리던 누군가의 영혼처럼 실눈을 떴다. 태양의 역광 안에는 한 사나이가 생수병을 거꾸로 들고 있는 게 어렴풋했다. 중각은 비몽사몽 중에 그가 그리스도라고 생각했다. 예수가 말했다.

"아들아. 보라. 그분께서 구름들과 함께 오시나니, 모든 눈이 그분을 보겠으며 그분을 찌른 자들도 그분을 볼 것이요, 땅의 모든 족속들이 그분으로 인하여 애곡하리니, 진실로 그러하리로다. 너희는 세상의 빛이라. 언덕 위의 성읍이 숨겨질 수 없느니라. 두세 사람이 내 이름으로 함께 모인 곳에는 나도 그들 중에 있느니라. 술 취하지 말라. 거기에는 지나치게 하는 것이 있나니. 오직 성령으로 충만하라. 환란과 궁핍, 욕정을 이기는 자에게는 내가 하나님의 낙원 한가운데 있는 생명나무의 것을 주어 먹게 하리라. 죽은 몸들이 큰 도시의 거리에 놓이리니 그곳을 영적으로는 소돔과 애굽이라 부르며 우리 주님께서 십자가에 달리신 곳이라. 또 그가 큰 음성으로 힘 있게 외쳐 말하기를, 무너졌도다, 무너졌도다, 바빌론이여. 마귀들의 거처가 되었고, 온갖 불결한 영의 소굴이 되었고, 온갖 부정하고 가증한 새들의 새장이 되었도다. 악령들의 처소가 되었도다. 너의 그녀. 그녀의 이마 위에 한 이름이 기록되어 있으니 신비라, 창녀들의 어미라. 천사가 내게 말하기를 어찌하여 놀라느냐. 내가 그녀를 태운 일곱 머리들과 열 뿔들을 가진 그 짐승의 아름다움을 너에게 말하여 주리라. 내가 그 짐승 위에서 본바 열 뿔들이 음녀를 미워하여 그녀를 황폐하게 하고 벌거벗게 하며 그녀의 살을 먹고 그녀를 불로 태우리라. 모든 민족들이 그녀가 준 진노의 포도주에 취하였고 땅의 왕들이 그녀와 더불어 음행하였으며 또한 땅의 상인들도 그녀의 사치로 인하여 치부하였도다. 주님께서 그들에게 다른 비유를 말씀하시기를 하늘 왕국은 한 여자가 굵은 가루 세 통 속에 가져다가 숨겨 넣어 전부를 부풀게 한 누룩과 같으니라. 뱀이 여자 뒤에서 물을 홍수같이 뿜어내어 그 여자를 떠내려가게 하려 하되 땅이 그 여자를 도와 그의 입을 벌려 홍수를 삼켜 버리리라.”

그것이 안중각과 백만웅의 첫 만남이었다. 안중각은 그와 그의 야훼를 따라 산으로 올라갔고 그의 간청을 받아들인 야훼의 권능으로 뇌종양을 잊었다. 중각은 그녀와 그녀에 관한 모든 일들도 잊었다. 다만 백 원장이 일러 주는 새로운 신에 관해서만 유념했다. 그레고르 기도원에는 고재만을 포함한 서른아홉 명의 신도들과 백길래가 있었으며 소금 동굴의 끝에 금맥이 있다는 것은 불과 얼마 전까진 백 원장만의 비밀이었다. 그는 그나마 마지막까지 버티고 있는 길 잃은 양들을 지옥에서 부려먹고 있었던 것이다.


7


사막에서 사는 사람은 보이는 것을 믿을 수가 없다. 다 모래바람으로 날아가 버리니까. 모래언덕이나 모래 지평선 같은 것들이 사라지듯 이동해 버리니까. 그래서 사막에서는 죽음 외의 모든 인생은 오직 환상이다. 감각으로 나타나는 것은 실재가 아니며 부분들의 총합이 전체와 동일하지 않은 것이다. 중각은 사막에 가고 싶었다. 아니, 사막을 걷고 있었다. 사막 같은 버드나무군락지를 홀로 걷고 있었다. 어두운 강가에 놓인 어두운 숲이었다. 세계에는 아무런 소리가 없었다. 부드럽고 신비한 바람이 버드나무군락지 안에서 버드나무군락지 밖으로 불어 갔다. 문득, 중각은 멈춰 섰다. 어두운 강가의 어두운 숲이 천천히 움직이기 시작했다. 중각은 숙이고 있던 고개를 들었다. 그리고 그러한 꿈을 꾸고 있는 자신을 묘하게 쳐다봤다.

중각은 기차 창문에 얼굴을 부딪치며 잠이 깨었다. 동일한 꿈을 반복해서 꾸는 것은 무엇을 의미하는 것일까? 괴팍한 신의 조롱보다 못한 계시일까? 침울하고 불온한 무의식의 소치일까? 안중각은 다시 한 번 버드나무군락지를 생각했다. 그러다가 확 화가 치밀어 올랐다. 내 팔자에 흉몽이래도 겁 안 나고 길몽이래도 부질없다. 개꿈? 그럼 본전 이상이고.

그때 신문을 읽고 있던 고재만이 안중각의 목에 나 있는 상처를 어루만졌다.

"뭐야? 이거?"

중각은 재만의 손을 걷어 냈다.

"아냐. 아무것도."

안중각은 얼마 전 산 중턱에서 주황색 노끈으로 나무에 목을 매려다가 실패했던 것이 떠오르자 치가 떨렸다.

"모 의대 신경외과 여교수가 남자 제자를 지리산의 한 펜션에서 엽기적으로 죽였다네. 세상이 지랄이구만. 다양하게 지랄이야."

중각은 멀쩡하던 한 인간의 삶이 치정으로 인해 얼마나 끝없이 추락할 수 있는지 누구보다 잘 알고 있었다. 그 치정도 처음에는 아름다운 사랑이었을 것이다. 그러니 사랑은 사랑이 아닌 것이다. 신이 신이 아니고 인간이 인간이 아닌 것처럼. 사랑도 신도 인간도 한낱 질문일 뿐이다. 심각할 일은 애초에 없다. 완벽한 허무는 완벽한 웃음인 것이다.

중각이 재만에게 물었다.

"꼭 그 여자 만나러 가야겠어?"

"금광이 무너져 버렸으니 은행을 털기 전엔 간 이식할 방법도 이젠 없고."

"그래서 죽기 전에 얼굴이라도 보겠다는 거냐?"

"아니."

"아니라고?"

"그래."

"잘 생각했어. 이제 와 만나면 뭐하겠어. 바닷가에나 가자. 강릉으로 가자. 내가 아는 곳이 있어. 백사장이 죽여줘. 파도도 죽여주고. 비 오는 날은 더 죽여주지. 바다 위로 비가 오면 정말 멋있다. 우리 거기 가서 같이 죽자. 죽기 전에 바다나 보자."

"은희에게 갔었어."

"……"

중각은 재만이 작년 여름에 이틀간 종적을 감췄다가 나타나서는 백 원장을 위해 산삼을 캐러 돌아다녔다고 떠벌렸던 것을 기억했다.

"은희도 은희지만, 우선 수학 교사를 만나야겠어."

"수학 교사?"

"멀리 숨어서 은희를 봤어. 그런데 말이야."

"결혼했나? 웬 놈 애라도 낳았더냐?"

"오히려 그랬으면 상관 안 했을 거야. 차라리 마음이 편했을 거야."

"그럼 뭐가 문제야?"

"새 애인이 생겼는데, 수학 교사래."

"잘된 거네. 일등 신랑감이네."

"봉사지 뭐냐."

"봉사? 뭘 봉사를 해?"

"못 본다고."

"시각장애인이란 말이야?"

"도대체 내 어디가 모자라서. 그래, 날 떠난 것까지는 좋아. 그런데 내가 장님보다 못하다는 얘기야? 도저히 용서할 수가 없어."

"고 박사."

"응."

"넌 네가 지껄이기만 하면 다 말이 된다고 생각하지?"

"안 될 건 또 뭐야?"

"혀로 할 수 있는 못된 짓에는 최선을 다하는구나, 진짜."

"꼭 알아내야겠어."

"뭘?"

"은희가 왜 놈에 대한 동정을 사랑으로 착각하고 있는지."

"고 박사. 꼭 그렇게 쪽팔리는 에피소드로 막가는 인생의 막을 내리고 싶으냐?"

"그러고 싶다. 왜? 곧 죽을 놈이 무서울 게 뭐가 있을까."

"정말 용감하십니다. 안타깝다. 군인이 되지 그랬어. 장군감인데. 장군감."

"나는 확인하고 싶은 거야. 내가 도대체 뭐가 못났는지."

"이미 오래전에 증명된 걸 굳이 또 증명하게 되면 어쩔 건데?"

"아까 시장에서 칼을 샀다."

"칼? 칼!"

"죽여야지."

고재만은 칼을 꺼내 보였다. 시퍼런 칼날에서 안중각은 인간을 보았다.

"아. 기어코 지옥 화장실 청소를 하시겠다?"

"씨발. 한 명 죽이나 천 명 죽이나 뭐가 달라? 마귀들이 싸질러 놓은 똥을 혓바닥으로 치워도 나 혼자 할 거니까 걱정 마."

안중각은 더 이상 고재만을 상대하기가 싫었다. 아, 이제 헤어질 때가 되긴 된 것이로구나. 그런 막연하고도 소슬한 생각을 잠시 했을 뿐이다. 그리고 그보다는 먼저, 저런 쓰레기 같은 인간을 무시할 만큼 자신이 덜 쓰레기인 것인가에 대하여 별다른 자신감이 없었다. 선량한 한 사람 더 지옥에 데리고 간다고 해서 이제야 무슨 죄가 더 커질 것이며 피곤해할 것은 또 무엇인가. 차라리 담담해지는 것은 아마도 황량해서였을 것이다.

"그래. 잘 생각했어. 죽여."

"뭐?"

"봐서. 맘에 안 들면 죽이시라고요."

"알았어. 걱정 마. 죽일 테니까."

안중각은 고재만에게 자존심을 가장한 뗑깡이라도 남아 있다는 사실이 놀라웠다. 사랑은 유치한 만큼 끔찍한 아집이었다.

재만이 오은희는 무명 배우라고 웅얼거리는 것을 건성으로 들으며 중각은 기차 창문 위를 기어가는 작은 거미를 휴지에 싸서 버리려고 하였다. 문득 재만이 중각의 그러는 손을 꽉 잡았다.

"안 집사. 밤에 거미를 죽이지 마라."

"무슨 소리야?"

"가까운 사람이 죽는대. 밤에 거미를 죽이면."

"웃기고 있네. 난 그런 거 없어."

안중각은 거미를 휴지로 덮어 짓누르고는 그것을 앞좌석 밑에 버렸다.

고재만이 끌끌 혀를 차며 말했다.

214

"어허. 이 양반이. 물이 고요하다고 악어가 없는 게 아니라니까."

"인생이 정말 참혹하게 길구나. 작년 가을이 죽기엔 딱 좋았는데."

"심각할 필요 없어. 우린 곧 죽는다."

"고 박사. 너는 살면서 어떤 말이 가장 슬펐냐?"

"잘 자라는 말."

"어서 눈 붙이고 자라. 영원히."

"괴로워도 봐야 해. 보고 직접 인정해야 해. 안 그러면 죽을 때까지 그리워하게 돼."

"뭘?"

"오은희."

이제 백 원장은 없고 재만과 중각에게는 쓸모없이 버거운 자유만이 주어졌지만 시간은 얼마 남아 있지 않았다. 중각은 조금 전 거미를 죽인 걸 알 수 없이 후회했다.

"고 박. 나 자살할까? 신이 죽이기 전에 선수를 치는 거지. 더 아프기 전에."

"자살도 힘이 있어야 하는 거라더라."

눈을 감은 고재만이 안중각의 어깨에 무거운 머리를 기대어 왔다. 안중각은 이 세상에서 가장 슬픈 말을 들은 것처럼 눈물이 흘렀다. 내가 너희에게 새벽별을 주리라. 울부짖음이 없고 죽음도 없으니 이전 것들은 다 사라졌음이라. 내가 내 무지개를 구름 속에 두었나니 언약의 징표니라. 경건의 모양은 있으나 경건의 능력은 부인할 것이니 너는 이 같은 이들에게서 돌아서라. 오호, 나는 곤고한 사람이로다. 생명을 주는 것은 영이니 육신은 무익하니라. 내가 너희에게 이른 말들로 너희의 구원을 드러내라. 안중각은 외로울 적마다 읊던 성경 구절을 되새겼다. 오빠? 어디 가? 그렇게 묻던 한 미친 여인이 불현듯 신의 어머니처럼 여겨졌다. 사탄은 억울해서 신에게 소리칠 것이다. 나도 당신의 아랫도리에서 나온 자식이라고. 서울로 가는 밤 기차 창문에 하나의 조용한 절망 덩어리가 되어 붙어 있는 두 원숭이가 어렸다. 그리고 그 배경에는, 자세히 보니 꽃뱀의 눈이 있었다.

8

흰 늑대가 서너 발자국 앞으로 다가왔다. 권진규는 엽총을 가만히 내려놨다. 날 죽여라. 그러나 흰 늑대는 권진규를 죽이지 않고 그냥 돌아갔다. 권진규는 흰 늑대의 파란 눈동자 속에서 이승이라는 연옥을 보았다. 그리고 그날 밤 권진규는 어두운 숲에서 헤매는 꿈을 꾸다가 깨어났다. 온몸이 땀으로 흠뻑 젖어 있었다. 권진규는 자신이 처음 자살을 시도했을 때 자신을 망연히 쳐다보던 토야의 눈빛을 잊을 수가 없었다. 권진규는 목에 대고 있던 엽총의 총구를 거둬들이며 털썩 주저앉았고 토야는 계속 멍하니 서 있었다. 얼마 뒤 화덕 안 불 속으로 나무를 더 집어넣은 토야가 말을 타고 멀리 바람을 쏘이러 나간 것은 놀란 가슴을 쓸어내리기 위해서였을 것이다. 권진규는 양젖으로 만든 과자와 요구르트를 마시고 씹은 다음 제자리에서 뒤로 누워 휘파람을 불었다. 그는 게르 안에서는 휘파람을 불면 안 된다는 몽골의 금기를 어기고 싶었다. 늘 그렇게 살아왔듯이 아무 이유 없이. 멀리서 휘파람 같은 늑대 울음소리가 들렸다. 낮에 늑대 울음소리가 들리는 것은 참으로 기이한 일이었다. 무리를 저버리고 혼자 다니며 죽음에 맞서는 신령한 흰 늑대. 그는 대초원의 지배자였다. 권진규가 알고 토야가 알고 무당도 알고 사냥꾼들도 다 알고 있는 사실이었다. 몽골에서 늑대는 숭배의 대상이기도 하지만 사냥의 대상이기도 하다. 가죽도 가죽이려니와 가축들을 잡아먹기 때문이다. 이는 신에게 인간이 사랑의 대상이기도 하지만 징벌의 대상인 것과 마찬가지이다. 인간은 죄도 죄려니와 세계를 망치니 이런 치정 같은 모순에 매우 적합한 것이다. 사냥꾼들의 우두머리는 늑대 사냥에 앞서 말한다. 오늘은 사람이 많이 모였으니 내가 좋은 소리 한 번 할게. 어젯밤 꿈에 이 산에서 늑대를 봤어. 대자연이 우리에게 선물을 주셨어. 여행 중이던 남자 무당은 토야가 없는 게르 안에서 죽 한 그릇을 얻어먹고 나서 권진규에게 이렇게 말했다. 너는 도시로 돌아가지 않고 앞으로 이 대초원에서 너의 여자와 단둘이 살게 될 것이다. 그리고 죽고 사는 것은 그 둘이

셋이 되기 직전에 결정될 것이다. 나는 그것이 두렵다. 너는 그 여자를 잊어야 해. 네 등 뒤에는 불길에 활활 타 버린 여자가 서 있어. 그것이 너의 마음이다. 흰 늑대의 마음이다. 무당이 떠난 뒤 권진규는 홀로 불 앞에 한참 앉아 있었다. 오늘도 그는 그날처럼 불쑥 화덕 안으로 기어 들어가고 싶었다. 사람의 영혼이 이토록 괴로우니 신이 있기는 있는가 보다. 그런 상념에 시달리며 독한 술을 마신 그는 엽총을 들고 천막 밖으로 나왔다. 저 멀리 구름과 함께 눈보라가 다가오고 있었다. 흰 늑대가 저만치에서 인간을 사랑하지도 증오하지도 않는 신처럼 서 있었다. 권진규는 엽총을 목숨처럼 내려놨다. 권진규는 울음을 삼키듯 속삭였다. 날 죽여라. 흰 늑대는 뒤돌아 지평선 끝으로 달려갔다. 권진규는 통곡했다.


### 9


소금 동굴 안의 촛불이 흔들렸다. 고재만은 망치로 대머리 재림 그리스도의 머리를 연거푸 내리쳤다. 안중각은 그 광경을 뻔히 지켜보고 있었다. 고재만이 선언했다.

"율법에 따라 거의 모든 것들이 피로서 정결하게 되나니, 피 흘림이 없이는 죄 사면이 없느니라! 씹새끼야!"

안중각이 망치질을 멈추지 않는 고재만을 막느라고 실랑이를 벌이는 바람에 소금 가마니들이 열리며 굴러떨어졌다. 어디선가 파도 소리가 들리는 듯한데, 피범벅이 된 백 원장의 시체를 소금 더미들이 온통 덮어 버렸다. 백 원장은 스스로 신성한 사건의 제물이 되고 만 것이다. 소금 동굴 밖에서는 파란 하늘이 난데없이 비를 내리다가 이내 말끔히 개기를 세 차례나 반복했으며 그중 아주 짧은 한 번은 빗줄기가 장대 같았고 번개도 쳤다. 소금 동굴을 지탱하던 나무 기둥들이 연달아 쓰러지기 시작했다. 바다가 있을 리가 없는데? 급박한 와중에도 고재만은 그런 엉뚱한 생각을 하고 있었다. 안중각의 왼쪽 귀에서 오른쪽 귀로 파도가 쳤다. ……드디어 그분이 봉인을 떼어 내실 때에 내가 보니, 해일을 일으킨 그 오른손에는 일곱 별들이 빛나고, 태양을 쓰다듬던 그 왼손이 쥔 철 지팡이는 악의 성곽들을 산산이 바수어 버릴 것이라, 아멘…… 흙과 소금에 범벅이 된 고재만과 안중각이 와르르 무너지는 소금 동굴 밖으로 간신히 빠져나오자 백길래가 서 있었다. 길래가 무표정한 얼굴로 악을 써 댔다. 다 죽인다고. 다 죽을 거라고. 어디선가 파도 소리가 분명히 들렸다. 백길래가 깔깔댔다. 그녀가 바다였다. 해일이었다.

고재만이 천사를 본 자처럼 말했다.

"저년이 미친 것도 이유가 있었던 거야."

안중각이 천사를 부정하는 자처럼 말했다.

"윤간 당했다잖아."

고재만이 천사였던 악마처럼 말했다.

"아냐. 성도들이 일만 하다가 집단 자살하는 꼴을 보고 돌아 버린 거라고."

안중각이 악마였던 천사처럼 말했다.

"그 얘긴 하지 말자. 끔찍하다."

고재만이 악마에게 실연당한 자처럼 말했다.

"나는 억울해서 참을 수가 없다. 저년 오빠에게 당한 걸 갚아야겠다."

중각이 말리기도 전에 다가오는 재만에게서 위협을 감지한 길래가 막 웃으면서 도망쳤다. 그녀를 쫓아가는 고재만을 안중각이 쫓아갔다. 길래가 벼랑 앞에까지 이르렀다. 재만이 회심의 미소를 지으며 길래를 끌어안으려 할 때 갑자기 길래가 벼랑 너머로 쑥 떨어졌다. 안중각과 재만은 너무 놀라 서로를 멍하니 쳐다보다가 벼랑 끝으로 달려갔다. 절벽 저 위 캄캄한 밤하늘로 눈송이 같은 하얀 불꽃들이 올라가고 있었다. 천국이 무너지는 것 같은 파도 소리가 밀려오고 있었다.

## 10

놀이공원에는 버들가지가 있었다. 불교에서는 대자대비의 관세음보살이 양류관음(楊柳觀音)으로 현신할 때 오른손에 버들가지를 쥔 모습으로 나타난다. 옛 아낙네들은 먼 길을 떠나는 낭군에게 버들가지를 꺾어 주었는데 이는 여인의 젊음은 오래가지 않으므로 빨리 돌아오라는 뜻이 담겨 있다고 한다. 버들가지를 손에 쥔 안중각은 부질없는 감상과 뼈아픈 후회에 젖었다.

고재만과 안중각은 놀이공원 안으로 몰래 들어가 회전목마 밑에서 잠을 잤다. 배낭에서 담요를 꺼내 함께 덮으니 사방에는 안개가 자욱했다. 소주병을 꺼내 뚜껑을 이빨로 따 낸 재만은 한 모금 마신 뒤 그것을 안중각에게로 넘겼다. 망설이던 안중각은 오히려 길게 꿀꺽꿀꺽 삼키고는 인상을 찌푸렸다. 곧 죽을 것인데, 곧 죽는다는데, 나머지 인생을 이런 식으로 허비해도 되는 것인가. 알아듣지 못할 이야기를 나누고 알아보지 못할 세상을 보고 만나서는 안되는 사람을 만나러 가고, 우리는 이래도 되는 것인가? ……세상에, 우리라니. 안중각은 무심코 번지는 자신의 상념들이 전부 싫었다. 무심코 내뱉는 것처럼 굴러갔던, 그러나 정작 너무나 진지해서 우주의 그 어떤 검은 별보다 무거웠던 자신의 인생도.

저기 시소 아래로 커다란 쥐 한 마리가 지나갔다. 안중각은 측천무후의 고양이를 생각했다. 무자비한 성격의 측천무후는 철저히 정보에 의존하는 정치를 했다. 밀고를 장려했고 역모의 소문이 떠돌기만 해도 사실로 인정하여 죄를 묻는 공포정치를 펼쳤다. 그녀는 가족이라 할지라도 추호의 용서가 없어서 자신이 낳은 황태자 역시 예외가 아니었다. 683년 고종이 죽고 즉위한 아들 중종이 실권을 쥐려는 기미를 보이자 그녀는 그를 폐위하고 막내아들을 예종으로 세워 권력을 유지했다. 나아가 그녀는 가부장적 권위에 정면으로 도전하여 예종의 성을 무로 바꿈으로써 모계 성 사용을 공식화하기도 했다. 이러한 측천무후가 가장 싫어했던 것이 고양이다. 이유인즉슨, 그녀는 황제가 총애하던 두 비빈을 벌거벗겨 난장 100대를 친 다음 사지를 자르고 술독에 넣어 서서히 죽였다. 그러자 그들 중 하나가 이렇게 저주를 퍼부었다. 내세에 너는 쥐로 태어날 것이다. 나는 고양이로 태어나 반드시 너를 잘근잘근 씹어 먹을 테다. 아무리 측천무후라고 해도 그 저주만은 섬뜩했는지 궁정에서는 절대 고양이를 기르지 못하도록 했고 자신이 행차하는 곳에는 고양이부터 없애라는 지시를 내렸다. 이로 인해 있을 수 없는 것을 뜻하는 말로 '당나라 궁정의 고양이'라는 말이 생겨났다고 한다. 인간에게 고양이와 쥐 같은 내세와 윤회라는 것이 있다면 그것은 천국이니 지옥이니 하는 것보다 나은 것일까…….

탕, 하는 총소리에 안중각은 눈을 떴다. 모래 알갱이들이 알몸에 뿌려지는 듯한 오한이 났다. 안중각은 옆을 보았다. 담요를 뒤집어쓴 재만이 예의 드르렁드르렁 코를 골면서 자고 있었다. 안중각은 또 버드나무군락지에 대한 꿈을 꾸었던 것이다. 그러나 그가 버드나무군락지 안에서 그러한 꿈을 꾸는 자신을 쳐다보고 있지는 않았다. 그는 그저 버드나무군락지의 외부 어느 높은 곳에서, 어쩌면 공중에 둥둥 떠서 버드나무군락지를 내려다보고 있었다. 그런데 그 버드나무군락지 안에서 커다란 총성이 울리며 무언가 희뿌연 것이 쓰러지는 느낌과 동시에 안중각은 깨어난 거였다.

안중각은 텅 빈 소주병을 옆으로 치우다가 문득 안개 속에 거대한 공룡이 서 있는 것을 보았다. 처음에는 깜짝 놀랐지만 찬찬히 살피니 진짜 거대한 공룡이 아니라 거대한 공룡의 모형이라는 것을 알게 되었다. 안중각은 세계의 모든 것들이 다 환영 같았다. 그리고 이제야말로 그만 고재만을 놔두고 혼자 떠나야겠다는 참에, 저 멀리 그 안개 속 거대한 가짜 공룡의 머리 위로 무언가 언뜻 물고기 모양 같은 짙은 보랏빛 그림자가 일렁이기 시작했다. 뼈아프게 아름다운 오로라가 가사가 지워진 슬픈 노래처럼 흐르고 있었다. 온 세상의 바다를 헤엄치며 돌아다니는 영혼이 있다면, 아마도 저러한 파동과 고통을 지녔을 것이라고 안중각은 홀린 듯 생각했다.

안중각은 배낭 속에서 주황색 노끈을 꺼내 들었다. 그는 그것을 양손에 팽팽하게 당겨 잡고, 잠든 고재만의 목을 졸라 죽이려 하였다. 더 큰 죄를 짓기 전에 죽여 주는 것이 낫겠다 싶었던 것이다.

"……가자고? 아이구, 머리야. 안 집사. 나 정말 죽으려나 봐."

고재만이 일어나면서 안중각에게 말했다. 안중각은 고재만을 빤히 보았다. 자신의 그 일그러진 거울을.

"나는 그런 말 한 적 없어."

"뭐?"

"나는 그런 말 한 적 없어."

"빨랫줄은 왜 들고 있어? 놀이공원에 빤스 널 일 있어?"

안중각은 대꾸하지 않으며 다시 정면으로 고개를 돌렸다. 이상한 일이었다. 어느새 안개 속 거대한 공룡 모형 위를 떠돌던 그 빛과 그림자의 설렘은 감쪽같이 사라져 있었다. 그리고 이내 안개마저 순식간에 걷히면서 공룡은 그저 턱없이 귀여운 거대한 장난감으로 되돌아가고 있었다. 안중각의 귓가에는 아직도 총성이 선연했다.


## 11


어두운 숲을 헤매는 꿈속에서 권진규는 깨어났다. 이상한 꿈이었다. 인도를 거쳐서 몽골로 떠날 때 비행기 안에서 권진규는 이상스레 어머니 생각이 많이 났다. 권진규는 아버지의 얼굴도 몰랐다. 사진 한 장 본 적도 없었다. 권진규의 어머니 N은 1960년대의 한 시절을 풍미했던 일급 여배우였다. 그런데 그녀를 몹시 시기하는 이급 여배우 D가 있었다. 행복한 나날들을 뒤로하고 N은 골수암 때문에 왼쪽 다리를 절단했다. N은 괴로워하다가 자살도 여러 차례 시도했다. 그러던 어느 날 D가 뜬금없이 N을 찾아와 그녀가 의족을 달고 있는 것을 일부러 확인하고는 가 버리더라는 것이다. D는 자기보다 불행한 N을 가슴에 새겨 두고 싶었던 것이다. 거기서 N은 인간이라는 것의 실체를 보았다. N은 미련을 버리지 못해서 냉

동실에 맡겨 두었던 자신의 왼쪽 다리를 찾아 화장시켰다. 그리고 그날부터 다시 기운을 차려서 살기로 마음먹었다. N은 어떤 남자에게 부탁해 아이를 낳았다. 아무런 조건도 없는 그런 사이였다. 권진규는 그 남자가 누구인지 아직도 모른다. 유명 정치가일 수도 있고 원양어선의 소년 선원일 수도 있다. 다만 당연히 그는 권진규의 아버지이다. 권진규는 어머니와 사이가 좋지도 않고 나쁘지도 않았다. 아버지가 없다는 것이 다소간 상처는 되었지만 그렇다고 해서 특별히 그가 그리웠던 것도 아니다. N은 권진규가 성인이 되던 해 차 사고로 죽었는데 그것은 결국 권진규의 아버지에 대해서 권진규를 포함한 세상에 끝까지 함구했다는 것을 뜻한다. 그 점은 권진규에게 고통이 되었고 권진규의 괴팍함에도 어느 정도 영향을 준 것이 아닌가 한다. 서로 사랑한 여자는 몇 있었지만 모두들 권진규의 가슴속 어둠에 질려 버린 후로는 여지없이 떠나갔다. 어느 순간부터 그는 웃음을 가장하는 우스운 사람이 되었고 위악은 목이 마르지 않아도 맹물을 마시는 것과 같은 헛헛한 습관이 되어 버렸다. 자포자기의 심정으로 몽골에 건너오기 전 권진규는 한 번 결혼한 적이 있었다. 그녀는 신부전증을 앓고 있었다. 그런 그녀보다 자신이 더 귀찮았던 그가 그녀를 돌볼 리 없었다. 권진규는 세상이 늘 이해되지 않았고 더 엄밀히 말해 세상이 싫었다. 그는 스스로를 패배자로 여기진 않았다. 그러나 자신을 비겁자 내지는 내부 망명자라고 여기며 살아갔다. 그런데 어느 날 정신을 차려 보니 정말로 몽골이라는 이상한 나라에서 비겁한 망명자가 돼 있었다. 권진규는 황무지였다. 그리고 그것이 어머니를 닮은 것인지 아니면 아무것도 모르는, 어딘가에 아직 살아 있는지 죽었는지도 모르는 그 아버지를 닮은 것인지 궁금했다. 그것은 갈증 같은 짜증이었다. 권진규는 그녀를 잊고 싶은 것이 아니라 그녀에게 절망을 준 것을 잊고 싶었는지 모른다. 가끔 그는 상상했다. 원양어선의 선원인 아버지가 먼 이국에서 살인을 저지르고 감옥에 갇혀 사형대로 갈 날을 기다리고 있는 장면을.


## 12


수학 교사는 검은 선글라스 뒤 눈동자가 죽어 버린 눈으로 재만을 똑바로 쳐다보았다. 재만은 섬뜩했다. 그럴 리 없겠지만 수학 교사가 정말로 시력이 있어서 쳐다보는 것만 같았기 때문이다. 그 섬뜩함은 그 둘에게서 조금 떨어져 겸연스레 서 있는 중각 역시 느끼는 바였다. 중각은 재만의 저 눈먼 연적이 감히 재만 따위가 상대할 수 없는 비범한 내공의 소유자임을 첫눈에 알 수 있었고 수학 교사는 어둠 속 마음의 눈으로 중각의 그러한 마음까지 포함한 모든 것들을 환히 꿰뚫어 보고 있었다.

수학 교사가 말했다.

"친구 중에 세계적인 수학자가 있었어요. 대학교 시절 절친한 사이였죠. 기독교 봉사 단체에서 열심이던 그가 내 도우미로 결연됐거든요. 은인이죠. 은인. 나를 꼬박 4년 내내 곁에서 돌봐 주다가 졸업과 함께 미국으로 유학을 떠났습니다. 고귀한 인격은 물론이고 그 누구도 감히 부정할 수 없는 천재였어요. 현대 수학의 경향을 자극하는 논문들을 속속 발표하는 가운데 자연스레 프린스턴 대학교 교수가 되었죠. 그런데 그렇게 아주 먼 곳에서 이따금씩 희소식으로만 존재하던 그가 어느 날 느닷없이 귀국해 정신병원에 입원, 아니 감금돼 있다는 거예요."

고재만은 가래가 끓듯 발끈했다. 중각은 재만이 칼을 꺼낼까 봐 걱정스러웠다.

"……엉뚱한 수작 부리지 마라."

"그 친구가 기독교, 음, 하나님과 그리스도를 저버리고 대신 제로를 신으로 모시다가 그만 미쳐 버렸다는 겁니다."

"뭐? 뭐를?"

"0."

525년경 로마의 수도사 디오니시우스 엑시구스가 근대적인 시간 계산법을 제안했다. 예수가 태어난 해를 1년으로 정하고 이후의 해들을 1년씩 세어 나가자는 것이었다. 여기서 예수 출생 연도를 1년으로 삼은 것은 당시에는 아직 0이라는 존재 자체가 없었기 때문이다.(그 수도사의 연도 계산 방식이 현대에도 유지되고 있는 바람에 우리의 세 번째 밀레니엄은 2000년 1월 1일이 아니라 2001년 1월 1일에 시작됐다. 첫 번째 천 년에 빠져 있던 0년을 두 번째 천 년의 끝에 더해야 했던 것이다.) 그러다 인도에서 1부터 9까지 외에 0이라는 새로운 숫자가 하나 더 만들어졌다. 0을 써서 10이 될 적마다 한 자리씩 올라가는 것을 고안해 낸 이 일은 인류 역사상 가장 위대한 발견으로 꼽히고 있다. 0 덕분에 인도인들은 덧셈, 뺄셈, 곱셈, 나눗셈은 물론이요 제곱근, 세제곱근을 구하는 등 복잡한 셈까지도 감당할 수 있었다. 또한 0은 양수와 음수의 개념을 이끌어 냈고 정수의 체계를 구축했으며 오늘날 컴퓨터의 바탕인 십진법의 기능도 바로 0에서 비롯된 것이다.

"0? 0을 신으로 모셔?"

"그래요, 제로."

0은 수학에서만 중대하게 활용된 것이 아니었다. 0 즉 무(無)를 통해 철학자는 인식하려 했고 신비주의자는 꿈꾸려 했고 천문학자는 찾으려 했고 신학자는 믿으려 했다.

"이런 미친……."

수학 교사가 신이라는 단어를 내뱉자마자 재만과 중각은 동시에 모골이 송연해졌다. 언제 어디서건 신이 끝없이 모습을 달리하며 두 사람을 뒤쫓고 있어서였다.

"뭐든지 곱하면 제로가 되고 더하면 그 자신이 되고 덜어 내고 덜어 내도 아무것도 덜어지지 않는 제로. 그 제로를 신으로 영접한

228

거요."

"……."

"0을 신으로 취급하는 것은 전혀 어색한 태도가 아닙니다. 중세에 0은 스콜라 신학자들에 의해 악마로 몰렸어요. 어떤 숫자 왼쪽 옆에 0을 쓰면 아무런 의미가 없는데 그 숫자의 오른쪽 옆에 0을 쓰면 그 수의 10배가 된다고 해서 말입니다. 신이 신이라는 절대적 관념에서 출발해 멀쩡한 처녀를 마녀로 몰아 화형에 처해 버리듯 수학역시 숫자들의 놀이가 일으키는 순수 관념의 힘으로 현실을 무자비하게 해체하고 재구성합니다. 봐요. 신이라는 관념이 종교를 낳고 이교도라는 것을 분별해 살육과 전쟁을 일으키죠. 마찬가지로, 수라는 관념이 과학 문명을 낳아 욕망에 옷을 입혀 핵폭탄도 만들고 인간을 달에도 보내게 되는 겁니다. 홀로 하는 어둠 속의 분석과 기획은 태양이 쨍쨍한 광장에서 연설로 군중을 홀리는 것보다 훨씬 더 황홀하죠. 사실 과학과 신비는 궁극적으로 별 차이가 없어요. 신비를 정당화시키는 과정이 과학일 뿐이죠. 과학도 그 끝으로 가면 거대한 미신에 맞닿아요. 외계인을 조심하라고 경고하는 스티븐 호킹처럼 말입니다."

"개소리 작작."

"가만있어, 고 박사."

수학 교사의 말을 씹으려는 재만을 중각이 제지했다.

"은희가 그러더군요. 댁이 동물학 박사라고. 이런 내용에 흥미가 없을 수 없을 텐데요?"

"……씨."

"누가 뭐라든지 내 친구 앞에는 제로가 창조주로 현현했어요. 하긴 수학의 우주 전체를 다 뒤져 봐도 0 이상의 매력적인 존재는 달리 없죠. 그건 팔만대장경 전체를 다 뒤져 봐도 삼라만상 일체가 공(空)하다는 것 이상의 진리가 없는 것과 같습니다. 그는 정신병원에 면회 간 나를 매우 멀쩡히 반겼어요. 그러고는 다짜고짜, 0이 자기에게 나타나 더는 이 세계의 핵심에 접근하지 말 것과 곧 지구의 종말이 올 것이고 그때 다시 자신을 찾아와 구원해 줄 거라고 합디다."

"이런 요망한 얘기를 나한테 왜 하는 거지? 재수 없게 미친놈 얘기는 나한테 왜 하는 거냐고."

"당신이 염려돼서. 내 친구와 당신이 비슷한 거 같아서."

"주소 잘못 찾았어. 나는 숫자만 보면 골이 아픈 사람이야."

"알아요. 당신이 내 친구와 같은 천재는 아니라는 걸."

"뭐야?"

"그는 불길 속에서 죽었습니다."

"어?"

"병실에 석유 불을 지른 다음 침대 위에서 가부좌를 틀고 있었다고 해요. 그가 담당 의사에게 늘 이런 소릴 했답니다. 자신이 불타오르면 신이 자신을 찾아올 거라고. 소방 대원이 불구덩이 속에서 그를 구하려다가 그가 휘두른 칼에 하마터면 목숨을 잃을 뻔했어요. 결국 구조는 포기됐고 그는 정신병동과 함께 잿더미가 됐습니다."

고재만과 안중각은 다리가 후들거렸다. 무너지는 소금 동굴 속에서 소금 더미에 파묻히던 백 원장의 시체가 둘에게 똑같이 떠올랐던 것이다.

"그래요. 나는 당신이 못 본다고 무시하는 시각장애인이오. 하지만 나는 보지 못하기에 더 잘 볼 수 있게 된 것들이 꽤 많이 있소. 당신은 집착에 중독돼 있어요. 대단히 위험합니다. 대단히. 내 눈엔 당신이 0이라는 허깨비에게 제 몸과 영혼을 번제 드린 내 선하고 어리석은 친구처럼 보인단 말입니다."

"이, 이거 뭐라는 건데, 씨발."

재만은 물에 빠진 표정으로 중각에게 뭔가 도움 비슷한 것을 요청했다. 그러나 혼란에 휘둘리고 있기는 안중각도 매한가지였다. 머뭇거리다 못한 재만은 악으로 깡으로 치졸한 반격을 시도했다.

"자, 장님이 뭘 본다는 거야?"

"은희를 사랑하지 마세요. 사랑한다고 생각하는 그 생각을 하지 마세요."

"꼬, 꼴에 가르치지 마라."

"집착하기 전에 먼저 두 눈을 감으세요. 시각장애인. 아뇨, 당신이 원하는 단어를 써 드리죠. 장님. 그래요, 부디 장님이 되세요. 절실하고 아름다운 결핍으로 세상을 처음부터 다시 보세요. 운명은 계산하는 게 아닙니다. 개척하거나 받아들이는 거지. 수학은 산수가 아닙니다. 상상하던 것을 증명하고 난 뒤 더 크게 더 멀리 상상하는 거지. 사랑도 그렇습니다. 상상하기도 전에 증명하지 못했다고 미워하지 마세요. 선생만 점점 더 고통스러워질 뿐입니다. 죽는 그 순간까지."

"······네가 사랑을 알아? 그게 얼마나 고통스러운 건지 알아?"

"당신의 두 눈을 내게 주십시오. 그럼 내가 당신 대신 당신을 사랑하지 않게 된 그 여자를 증오해 드리겠소."

"······."

고재만은 완벽히 패배했다. 장님에게. 뚱보 장님에게. 뚱보 장님 수학자에게. 뚱보 장님 수학 교사 여목남에게. 오은희가 사랑하는 뚱보 장님 수학자 여목남에게. 게다가 이제 어쩔 것인가. 연적에게 감동까지 받고 말았는데 그 내용이 너무 비참한 것이다.

아무튼, 한 편의 부조리 연극은 역시나 허무하게 끝났다. 수학 교사는 접이식 지팡이를 언뜻 마술 도구마냥 펴더니 그것으로 아스팔트 바닥을 다독이며 자신의 우주 한가운데로 총총히 멀어져 갔다.

안중각은 고재만이 그토록 진지하게 괴로워하는 모양이 낯설었다. 아니다. 중각은 재만이 진지하게 괴로워할 줄 아는 인간이라는 것 자체가 경이로웠다. 안중각은 고재만을 자기과시적 성격 파탄과 우스꽝스러운 사이코패스의 중간 정도로만 진단하고 있었기에 그가 모종의 부끄러움을 내비친다는 사실이 마치 예수가 부르기도 전에 나사로가 무덤 속에서 막무가내로 걸어 나오는 광경 같았던 것이다.

그러나 안중각은 고재만을 도저히 위로해 줄 수가 없었다. 생각건대 이건, 도리어 고재만이 안중각을 위로해 줘야 할 상황이었기 때문이다. 아직도 고재만에게는 잃을 것이 남아 있었던 것이다. 안중각은 구차한 사랑의 미련이라도 움켜쥐고 있다가 뒤늦게 절망의 밑바닥에 드러누운 고재만의 호사가 부러웠다. 더불어 백 원장이 주장하던 그 마지막 때가 도래했음을 확신했다. 진정한 지구의 멸망은 사람들 저마다의 내면에서 빛이 꺼져 버리는 것일 테니까.

고재만은 거친 울음을 그칠 줄 몰랐다.

안중각은 묵직한 짱돌을 들고 고재만의 뒤통수로 다가갔다. 내려쳐 죽이면, 그것이 그를 돕는 길이라고 생각했다. 재만의 정수리가 꺼이꺼이 들썩이고 있었다. 중각의 눈에 어둠이 서렸다. 인간의 원죄보다 더 새까만 두 개의 눈알, 며칠 전 산장 객실을 나서는 중각과 재만을 노려보던 그 징그럽게 아름다운 꽃뱀의 눈이었다.


**13**


저녁 창가에 똑같은 무늬로 금이 가 있는 두 개의 화분처럼, 안중각과 고재만은 바람 한 점 불지 않는 버드나무군락지 언덕에 나란히 서 있었다. 이름 모를 새 떼가 뭉게구름 속에서 분열해 아득한 노을의 궁륭을 이루었다. 까닭 없이 감정이 무너지는 야릇한 유화(油畫)였다.

"안 집사…… 굉장하다. 한강 한복판에 이런 데가 다 있었네?"

"무인도나 마찬가지야."

"이렇게 기막힌 곳에 왜 사람들이 몰려들지 않는 거지?"

"힘 가진 놈이 선 하나만 그어 놓으면 제 옆의 별천지도 까맣게 잊고 지내는 게 그 잘난 사람들이야."

"힘 가진 놈?"

"국가."

"……."

"규칙과 학대가 없으면 불안해서 못 산다는 거지 인간은."

"넌 어떻게 안 거야?"

"나도 인간이니까. 규칙과 학대 없인 너처럼 불안해서 단 하루도 못 사는."

"으이 씨 ─. 아니. 여기, 버드나무군락지."

"아. 그 소리였어? 당연히 잘 알 수밖에 없지. 내가 기획했으니까."

"으잉?"

"서울시청에서 잘나가는 공무원이었거든, 내가."

"……."

"……."

"……나…… 박사 아니야."

"……."

"동물학 박사 아니라고. 구라였다고."

"네 깜찍한 거짓말이 어디 그뿐일까."

"……그럼, 내가 전과자라는 거……."

"고 박사. 왕이었든 거지였든, 과거는 무의미해. 내가 신실한 전도사가 아니라 악령에 시달리는 고시 출신 관리였던 것도. 네가 토끼의 왕성한 번식력을 연구하는 학자가 아니라 상상력이 풍부한 사기범이었다는 것도."

"……후우, 과거가 그 꼴이었으니까 앞날이 캄캄한 거겠지……."

"앞날? 현재만 한순간 있다 사라질 뿐인 거야. 무엇이든 재깍재깍 모조리. 결국 아무것도 아닌 거야."

"……아무것도. 세상이 우리를 낙담하게 했어. 뭐가 뭔지는 자세히 모르지만 아무튼 그랬던 거야."

"……."

"나무들이 무서워. 말없이 살아 있는 것들이 무섭다. 보이지 않는데 살아 있는 것들은 더 무섭고."

말없이 살아 있는 것. 보이지 않는데 살아 있는 것. 다름 아닌 신이었다. 국가라는 위세보다 천 배 만 배 위험천만한 그것, 죄와 구원의 규칙이자 천국과 지옥을 휘두르며 인간을 학대하는 그것, 신이라는 거대한 자의식이었다.

중각은 휴거를 고대하다가 집단 자살한 광신도들을 이해하지 못하는 누군가를 이해할 수는 있었다. 그러나 그 누군가가 그러한 광신도들을 경멸하는 것만큼은 절대로 용서할 수 없었다. 어차피 미쳐 돌아가는 세상 따라 분명 예외 없이 덩달아 미쳐서 연명하는 주제에 누구든 감히 광신도들을 함부로 비웃어서는 안 된다는 것이다. 종말론을 신봉하는 그 나약한 영혼들은 적어도 죄인임을 고백하고 구원을 갈망하지 않았는가. 중각은 아직도 세상에는 희망이 있다며 떠벌리는 자들이야말로 정말 비과학적일 뿐만 아니라 뻔뻔하기가 가히 무생물 수준이라고 생각했다.

"안 집사."

"……."

중각은 괜히 재만을 버드나무군락지까지 데려왔다 싶었다. 죽여 주지 못할 바에야 길 어디에선가 떼어 놓았어도 벌써 한참 전에 떼어 놓았어야 했다. 그럼에도 왜 중각은 무작정 혼자 있기가 싫었던 것일까? 중각은 자신이 다른 누구도 아닌 오직 재만에게 의지하고 있음을 불현듯 자각하고는 몰래 소스라쳤다.

"안 집사. 나무들이 강가에 몰려 있으니까, 나무들이, 우글우글, 복수하려고 독이 오른 뱀 새끼들 같아."

"……."

"안 집사. 안 집사."

"안 죽었어. 그만 불러."

"내가 신을 믿지 말라고 그랬었지?"

"……그랬지. 이제 우린 그러면 안 된다고."

"그게 말이야, 참."

"왜? 막상 저승문이 가까우니까 후회가 막급하냐? 도로 손뼉 치며 찬송가라도 불러야 될 거 같으냐?"

"외로워서 그랬던 게 아닐까?"

"넌 외로워서 손뼉 치며 찬송가 불렀냐?"

"그런 거 말고."

"그럼 뭐? 외로워서 뭐?"

"백 원장이 그랬던 거. 우리가 그랬던 거. ……전부 다."

"우리가…… 외로워서 신을 찾았고, 외로워서 사람까지 죽였다?"

"까불지 마. 백 원장은 내가 죽였지, 넌 살인자는 아니잖아."

"……."

"내가 신을 믿었던 건 나 자신이 죽도록 싫기 때문이었어. 그러니 신이 진짜로 있든 없든 여전히 내겐 신이 필요해. 산 위에서 내려오지 말았어야 했어. 우린 지금, 괴물이야."

"……겁낼 거 없다. 우리가 무슨 죄를 지었든, 우리는 이렇게 살아온 걸로 이미 처벌받았으니까."

"편하군……."

안중각이 민호정을 목 졸라 죽여 버드나무군락지 어디쯤에 암매장한 것이 어느덧 6년 전이었다. 자책이 통증을 초월하면 기억을 훼손하는가 보다. 중각은 그 여름 한낮 버드나무군락지 안에서 자행한 일들이 마치 부서지는 거울 조각들에 비치는 전생인 양 산산이 떠올랐다. 비로소 중각은 근래 버드나무군락지가 자꾸 꿈에 나타난 이유를 알 것 같았다. 또한 버드나무군락지 밖의 중각을 쳐다보던 버드나무군락지 속 중각의 그 묘한 표정과 눈빛이 무엇을 의미하는지도. 맞았다. 인생. 그것이 안중각의 유일한 지옥이었던 것이다.

이름 모를 새들이 뭉게구름 너머 밤으로 점점이 숨어들어 노을의 궁륭을 시리게 무너뜨렸다.

"……안 집사. 내 얼굴에 뭐 묻었어?"

중각은 섬뜩했다. 재만이 중각의 얼굴로 중각을 빤히 쳐다보고 있기 때문이었다. 부드럽고 신비한 바람이 버드나무군락지 안에서 버드나무군락지 밖으로 불어 갔다.

중각은 조만간 맞닥뜨리게 될 죽음을 인정하기가 숨 막혔다. 그 것은 공포에 선행하는 이기심이었다. 신을 남용하고, 악마를 깔보고, 멀어지는 사랑을 분노 안에 가두려다 살인까지 저지르고 나서도 제가 죽는 것만큼은 허수로 계산하고 싶어 하는 교활한 해충이 바로 인간이었던 것이다. 중각은 홀연, 스스로가 너무나 역겹고 가증스러워 당장 자살해 버리기로 결심했다.

지옥의 동공 속에서 티격태격 서로에게 위로를 구하던 두 오랜 친구는 마지막 작별 인사도 없이 멍하니 마주 서 있는 셈이었다.

이윽고 배낭을 집어 든 중각은 재만을 뒤에 남겨 둔 채 검푸른 숲의 저 깊은 곳으로 쑥쑥 걸어 들어갔다.

"어? 어디 가? 안 집사! 혼자 어디 가?"

시인 권진규는 몽골의 광활한 밤 한가운데 홀로 서 있었다. 별들의 바다 그 얼어 버릴 것 같은 은빛 출렁임을 따라 흰 늑대의 울음소리가 천지간에 다시금 울려 퍼졌다. 신의 입김인 듯 바람은 삶이 멈추는 지점에서 죽음이 흘러가는 방향으로 불어 갔다. 권진규는 막막한 어둠의 지도 어딘가를 가로지르고 있을 흰 늑대의 궤적이 눈에 선하였다. 무당은 슬픔에 목이 메어 전하지 않았던가. 나는 흰 늑대다. 나는 너를 알고 있다. 너의 괴로움을 알고 있다. 나는 너와 너의 괴로움을 알기에 심장이 갈라지는 것처럼 아프다. 일찍이 권진규는 무당에게 무엇 하나 털어놓은 바가 없었다. 그런데도 무당은 그 저녁 텅 빈 청동화로 곁에서 권진규에게 불쑥 태연히 말했던 것이다. 나는 흰 늑대다. 땅의 영혼이자 바람의 몸인 흰 늑대다. 나는 너와 함께 너의 황량한 마음속에서 태어난 흰 늑대다. 가여워라, 나는 너로 인해 너는 나로 인해 이 번민의 진창을 애끓는 꿈결에 잡혀 벗어나지 못하는구나. 나는 네가 상처를 주고 상처를 입은 그 시간의 잿더미를 밟으며 네 가슴속에서 길을 잃은 듯 이 끝없는 가시덤불 속을 떠돌고 있다. 나는 흰 늑대다. 너의 죽음을 대신 살고 있는 흰 늑대다. 나는 너의 흰 늑대다. 나는 너라는 흰 늑대다. 아, 그렇게 무당의 부르튼 입술을 빌려 흰 늑대는 말했건만 권진규는 감히 스스로를 용서할 수 없기에 차마 아무것도 이해할 수가 없었던 것이다. 다만 당장 죽고 싶어진 권진규는 저 지평선 너머 대초원의 끝까지, 다시 그 너머 이 세계의 낭떠러지까지 걸어가야겠다는 충동에 사로잡혔다. 은하수에서 별 하나가 탁, 쪼개져 나와 오논강 쪽으로 떨어졌다. 권진규는 양의 눈을 들여다보았다. 거기에는 한 마리 양에 관해서는 아무것도 들어 있지 않았다. 권진규는 죄책감에 치가 떨렸다. 천막 안에 있는 단 한 사람, 그녀는 기실 한 사람이 아니라 두 사람이었으니까. 권진규의 몽골인 아내 토야는 불을 등진 채 누워 잠들어 있고 그녀 배 속의 사내아이 역시 곤히 잠들어 있었으니까. 혼자이지만 어쩌면 혼자가 아닐 수도 있는 이 이상한 세계. 생명이 착란이라면 생명끼리의 인연 또한 착란이어서, 몽골인도 한국인도 아닌 그 사내아이는 세계인이었다. 죽음보다 강하면 살아남는 것이요 삶보다 나약하면 소멸되고 마는 것. 시인 권진규는 인간의 운명이 요약된 유목민의 영토와 너무 찬란해 숨이 멎을 것 같은 별들의 수화(手話) 사이에 붉은 십자가처럼 박혀 있었다. 갑자기, 양의 검고 맑은 눈동자에 그의 우스꽝스럽고 끔찍한 과거가 낱낱이 새겨져 흘러가기 시작했다. 권진규는 장해인이 어떤 식으로든 먼저 이별을 요구해 오길 간절히 바라고 있었다. 그는 자신이 인간에게 기생하는 악마인지 악마의 숙주인 인간인지 가늠하기가 어려웠다. 그는 자살하고 싶다는 소릴 그녀 앞에서 당연하다는 듯 내뱉곤 했다. 그는 그녀의 영혼이 휘청거릴 적마다 쓰라린 쾌감을 얻으며 도박도 모자라 조악한 마약에까지 손을 대기 시작했다. ……얼마 남지 않았다. 우리는 헤어진다. 헤어질 수 있다. 나는 저 여자를 버리지 않을 수 있다. 저 여자는 곧 나를 버릴 것이다……. 그러던 어느 날 밤. 그와 나란히 천장을 보고 누워 있던 그녀가 나직이 물어 왔다. 자살은 어떻게 하는 게 제일 좋대? 권진규가 심드렁하게 대답했다. 목을 매달면 말이야, 황홀해서 사정(射精)하고 죽는다더라. 안타깝게도 여자들은 못 그러겠지만 말이야. 킥킥킥. 인간과 악마가 함께 들려주는 묘책에 해인은 창백한 무표정이었다.

목을 맬 만한 아름드리나무를 고르며 중각은 버드나무군락지 안으로, 안으로 홀린 듯 빨려 들어갔다. 그는 호정을 파묻은 장소를 짐작조차 할 수가 없었다. 숲은 멀리서 바라보면 항상 그대로인 도자기인 것 같지만 안에서 헤매며 휘둘러보면 한시도 쉬지 않고 제멋대로 증식하는 악성 세균 덩어리 같았다. 게다가 6년 전 그날 한낮의 취한 그는 호정의 시체 앞에서 거진 미쳐 있었다. 그러니 지금 중각이 디디고 있는 땅 밑에 그가 그토록 사랑했던 그녀가 뼈만 남아 웅크리고 있을지도 몰랐다. 사정이 이러한지라 중각은 사랑이란 것을 조롱하지 않을 수 없었다. 사랑하지 않았다면 죽이지 않았을 것이다. 아무도 누군가를 죽이지 않았다면 신은 신이고 인간은 인간이었을 것이다. 더욱이 기가 막히는 것은, 아직도 중각은 호정을 사랑하고 있다는 사실이었다. 그가 그녀에게 지은 죄를 잊지 못하는 까닭은 그가 여전히 그녀를 잊지 못하고 있기 때문이었던 것이다. 중각은 신이 자신을 죽이기 전에 스스로 먼저 죽고 싶었다. 그것은 유치한 속죄도 옹졸한 복수도 아니었다. 인간이기를 거부하기가 너무 힘겨웠던 한 인간의 마지막 자존심이었다.

이윽고 거대한 버드나무 앞에 서게 된 중각은 이것저것 헝클어진 것들로 가득 찬 배낭 속을 한참 뒤졌다.

어? 노끈이 없네?

그때. 부드럽고 신비한 바람이 버드나무군락지 안에서 버드나무군락지 밖으로 불어 갔다. 중각은 숙이고 있던 고개를 들었다. 어두운 강가의 어두운 숲이 천천히 움직이기 시작했다.

중각은 멍해졌다. 찾고 있던 주황색 노끈 타래가 기어코 없어서가 아니었다. 불과 대여섯 발자국 앞에서, 눈보라처럼 온몸이 새하얀 늑대 한 마리가 파란 불꽃같은 눈동자로 자신을 가만히 쳐다보고 있기 때문이었다.

중각의 의식과 감각은 분명 또렷했다. 절대 꿈 따위가 아니었다.

눈보라 치는 늑대의 파랗게 타오르는 두 눈동자 사이에서는 적포도주 빛 오로라 한 줄기가 가시면류관을 쓴 예수의 이마를 적시는 피처럼 흘러내리고 있었다.

난생처음 직접 마주한 남극의 빙산같이, 부정할 수도 외면할 수도 없는 초현실적인 현실이었다.

중각은 아득히 높은 곳에서 소리 없이 떨어지듯 혼절했다.


이틀 뒤 새벽 장해인은 권진규와 살고 있는 임대 아파트 단지 지하 보일러실 천장에 스스로 목을 매 숨진 채 발견됐다. 유서 한 장이 없었다. 그제야 권진규는 자기가 얼마나 어리석은 짓을 얼마나 많은 날들에 걸쳐 정교하게 저질렀는가를 똑똑히 보았다. 흰 천이 덮인 그녀의 시신은 까끌하고 습기 찬 콘크리트 바닥에 방금 전 비바람에 뿌리가 뽑힌 묘목처럼 누워 있었다. 늙수그레한 형사는 허공에서 요동치던 해인에게서 끊어져 떨어진 것을 무슨 껌이라도 내밀듯 권진규에게 건넸다. 한 마리 작은 물고기 장식이 달린 은목걸이인 그것은, 신랑과 신부 둘밖에는 없던 그 한낮 눈 내리는 강릉 바닷가 어느 모래톱의 결혼식에서 그가 그녀의 희고 긴 목에 걸어주었던 예물이었다.

어쨌거나 그의 소원대로 그녀는 그를 떠났고 이후로 그는 그 누구에게나 그 무엇에 관해서도 진지할 자격이 없는 대단히 예외적인 분위기의 위인이 돼 버렸다. 기실 삼류 시인 권진규에게는 악인으로서의 소질마저 부족했기에 독한 새 출발은커녕 표정과 말씨는 즐겁지만 속으로는 썩는 듯 앓는 냉소로 하루하루를 견디는 것 외에는 달리 뾰족한 수가 없었다. 무대를 빼앗긴 피에로를 자처하며 자학에 멍든 혀로 아무것에나 지옥, 지옥을 파산 딱지처럼 갖다 붙이던 그에게 바야흐로 진짜 지옥이 도래했던 것이다. 한 사람 안의 아무도 없는 지옥. 지옥 안의 단 한 사람. 그렇게 죽지도 못하겠고 살지도 못하겠는, 그렇다고 남들 앞에서 대놓고 미칠 수도 없는 지경에 이르러 그는 마지막 안간힘을 다해 몽골로 도망치듯 떠났지만 나약한 양심의 그림자는 빛을 받아 내려는 악마처럼 그곳까지 따라와 겨우 잠잠해지려는 그를 종종 발작처럼 뒤흔들었다.

……정말 사막 밑에는 물고기가 헤엄치고 있을까?

상황과는 전혀 어울리지 않는 황당한 물음을 곱씹으며 권진규는 이제 그만 죽기로 결심했다. 그것은 속죄를 끌어안은 일종의 착란이었다. 죽음의 유혹이 조용한 광인의 맨가슴에 입을 맞추었던 것이다.

그때였다. 권진규는 지평선 저 끝에서 어떤 불꽃 하나가 환하게 점멸하고 있는 것을 보았다. 대초원에 불이 난 것인가? 그럴 리 없었고, 그렇지 않았다. 그럼 대체 뭐지? 그 이상한 불꽃은 점점 지평선의 둥근 각을 따라 웅크려 솟아나고 있었다. 흙의 영혼이자 바람의 몸인 흰 늑대의 울음소리가 우주 전체를 물들였다. 이 세계의 낭떠러지에서 검은 숲 같은 무언가가 바람 속 횃불처럼 일렁이고 있었다.

안중각이 깨어났을 때 흰 늑대는 종적이 없었다. 그러나 중각은 선연한 것들이 몸에 남아 있어 부르르 떨었다.

중각은 흰 늑대가 있던 자리로 가 보았다. 거기에는 피가 말라붙어 버린 흙과 능숙한 느낌이 배어 있는 사람들의 발자국들이 낭자했다. 그리고 어떤 짐승 같은 것이 오솔길 너머까지 질질 끌려간 흔적이 섬뜩하게 남아 있었다.

처음부터 끝까지가 다 괴이한 일들이었다.

그러나 수수께끼들에 저항할 만한 기력이 소진된 안중각은 일단, 고재만과 함께 있었던 지점으로 허기적 허기적 비틀거리며 되돌아왔다. 한데 고재만이 없었다. 한참 이름을 불러 댔지만 어디서도 재만은 나타나지 않았다.

그러다 중각은 그만 털썩 주저앉아 버렸다. 고재만이 육중한 버드나무 가지에 목을 맨 채 축 늘어져 있었던 것이다. 그 광경은 흡사 연옥에 걸린 종(鐘) 같았다. 공기 중에 피 냄새가 은은하게 배어 나오고 있었다. 신의 음향 같은 것이, 아니, 신이 앓는 소리가 들려왔다. 중각이 꿈에서 보았던 그 버드나무군락지의 신비롭고 부드러운 바람결에 종잇장 같은 인간의 목숨이 빛이 꺼져 가는 하늘에 못 박혀 더 이상은 움직이지 않으려는 듯 조금씩만 다시 조금씩만 흔들리고 있었다.

중각은 쇠덫에 발이 걸린 짐승처럼 울었다.

눈물과 땀에 뒤범벅이 된 중각이 재만의 시체를 버드나무 가지 밑에서 끌어내려 땅바닥에 눕혔을 때 재만의 목에는 중각의 주황색 노끈이 참담하게 조여져 있었다.

중각은 천국을 올려다보았다. 세계가 밤으로 부서져 내리고 있었다.


이예훈은 오전 2시경 화실을 나와 차를 몰고 집으로 돌아가던 중 불현듯 권진규가 뇌리에 스쳤다. 날카로운 망상처럼 다가온 그것이 과연 막연한 그리움인지 혹은 근거 있는 걱정인지 도무지 판단이 서질 않아서 그는 한참 어지러운 마음속을 서성였다. 내일 당장 몽골로 형을 찾아가 볼까? 아냐. 유치한 짓이야. 괜찮아. 그저 흔한 잡념일 뿐이야.

예훈은 스스로를 달래기라도 하듯 아예 잡념의 미로 속으로 저벅저벅 걸어 들어갔다.

……예술은 사상으로 성립되는 것이 아니다. 예술은 염려가 제거된 잡념을 도구 삼아 노동하는 것이다. 사상은 상처를 낳는다. 사랑은 상처의 집이다. 잡념은 사상과 사랑을 끌어안은 안개다. 나는 잡념을 잃어버려 오랫동안 자화상 말고는 아무런 그림도 그릴 수가 없었다. 나는 사랑을 잃고 고통 때문에 고지식해졌다. 깊은 병을 앓았고 값진 체념을 배웠으며 누가 뭐라든지 홀로 화가가 되었다. 자화상밖에는 그릴 수 없는 이상한 화가가 되었다. 도덕이란 성직자에게나 필요한 거짓말이다. 거짓말은 고뇌하는 것들이 예배하는 신

이다. 신은 고뇌가 아니라 잡념 중에 인간을 창조했다. 잡념 중에 인간이 고뇌하는 신을 창조한 것처럼. ……이러한 잡념의 어느 찰나에서부터, 소방차들의 사이렌 소리가 서울의 밤을 해일처럼 뒤덮었다. 가히 전쟁이라도 터진 것만 같아서, 이예훈은 정말로 북한이 공습을 시작한 게 아닌가 하는 의심이 일 정도였다.

예훈은 한강변에 차를 세우고 운전석 밖으로 나왔다. 그의 두 눈은 두 눈이 아니었다. 그의 왼쪽 눈은 유리와 플라스틱으로 만들어진 의안(義眼)이었다. 예훈은 외눈으로 강 건너편 이승의 것이 아닌 듯한 장관을 목도하고 있었다. 버드나무군락지. 인류 최후의 그날까지 아무런 일도 벌어지지 않을 것 같던 한강의 밤을 시뻘겋게 비추며 활활 타오르고 있는 버드나무군락지.

시간이 흐를수록 강바람이 더욱 거세져 불길은 마구 기승을 부려 댔다. 10여 대의 소방차들이 허겁지겁 한강대교를 건너오고 있었다. 서서히 흔들고 떠나 버리면서도 이내 다시 나타나 잡아먹고 토해 내기를 반복하는 강바람에 마그마 같은 버드나무군락지가 날카롭게 솟구쳐 천국을 불사르고 있었다.

예훈은 마음을 안정시키려 왼편 바지 호주머니 속에서 만지작거리고 있던 것을 문득 꺼내 보았다. 2년 전 몽골에서 권진규가 아무런 메시지도 없이 투박한 편지 봉투에 넣어 보냈던 그것은, 한 마리 작은 물고기 장식이 달린 은목걸이였다. 예훈은 그 생경한 물건은 물론이요 권진규의 그러한 행동이 과연 무엇을 뜻하는지 전혀 가늠

할 수가 없었다. 그저 알 수가 없으니 그저 알 수 없이 간직하고 있을 뿐이었다. 한편 권진규는 대초원에서 자동차로 여섯 시간 남짓 걸리는 T시의 중앙우체국에서 인간 의식의 기묘한 자기방어에 의해 해인의 목걸이를 예훈에게 보냈다는 사실 자체를 기억에서 삭제당했다. 대신 그날 그는 자신이 건네는 무언가를 우편물 창구에서 접수시켜 주면서 환하게 웃어 주는 토야를 처음 만났는데, 그는 그녀의 그러한 태도가 단순한 근무상의 습관이었는지 아니면 그가 구사한 몽골어가 깜찍해서였는지 혹은 그에 대한 개인적 호감의 표현이었는지는 그저 알 수가 없으니 그저 알 수 없이 간직할 뿐이었다.

불을 끌어안은 버드나무군락지가 비명을 내지르고 있었다.

와중에 엉뚱하게도 이예훈은 자신과 권진규에게 사막과 물고기에 관해 이야기해 주던 한 여인을 떠올리며 소리 없이 말했다.

……사막 밑에는 물고기가 있다. 화석 따위가 아니라 싱싱하게 살아 있는 물고기. 녀석을 낚으려면 모래를 깊이깊이 파 내려가야 하지. 아무리 사막이라지만 100년에 몇 번은 폭우가 있거든. 그때 빗물을 타고 지하 수맥으로 빠져 들어가 번식하게 되는 거지. 사막 아래 출렁이는 물과 헤엄치는 물고기가 있다고 하면 무조건 믿지 않겠지만 바로 그렇기 때문에 사막 한가운데서 홀연히 오아시스가 나타는 거라구. ……사막. 그녀. 물고기. 그녀. 그래, 나의 그녀는 어디서든 잘 지내고 있는 것일까? ……대체 누가, 왜 저 숲에 불을 지른 것일까?

작은 물고기 장식이 달린 은목걸이를 꼭 쥔 왼손을 바지 호주머니 속으로 다시 집어넣으며 이예훈은 낯선 감정에 사로잡혔다. 그리고 바로 그때. 강 건너편에 서서 이쪽을 보고 있는 한 사내를 보았다.

안중각은 강 건너편에 서서 자신을 보는 한 남자를 보고 있었다. 두 사람은 마치 마주 보고 있는 듯했지만 너무 멀어서 피차 상대방의 표정을 읽을 수는 없었다.

고재만의 시신은 버드나무군락지와 함께 재가 되고 있지만 안중각은 조금도 슬프지 않았다. 그는 이제 어두운 강가에 놓인 어두운 숲에 관한 꿈을 더 이상 꾸지 않으리란 걸 예감했다. 보름 뒤 강릉 바닷가의 한 여관에서 자살도 아니고 타살도 아닌 죽음을 맞이할 그는 신이라는 숲이 전소되는 것을 감상하며 낯선 감정에 사로잡혔다.


흰 늑대의 울음소리를 등진 권진규는 게르 안 불가에 누워 완강한 침묵처럼 잠들어 있는 아내 토야를 무릎 꿇고 내려다보았다. 누군가의 꿈속에서 꽃이 졌다. 흰 늑대의 울음소리가 북극성을 스치며 바람의 노래로 변하기 시작했다. 토야가 살며시 눈을 떴다. 그녀의 눈 안에는 양의 눈이 있었다. 낙타의 눈이 있었다. 북극성과 바람의 노래가 있었다. 방금 져 버린 꽃이 있었다. 초승달의 뒤편이 있었다. 그는 토야의 모래언덕 같은 배에 고운 모래가 흘러내리듯 귀를 대었다. 혼자이지만 어쩌면 혼자가 아닐 수도 있는 이 세계, 아무 소리가 없으면서도 모든 것들의 소리가 범람하는 이 난해한 세계. 생명이 착란이라면 생명끼리의 인연 또한 착란인 것. 빛의 여인 토야의 자궁 속 따뜻한 어둠에 잠겨 미소 짓고 있는 어느 사내아이의 숨소리를 들으며 그는 슬픔의 요체를 삼킨 듯 울었다. 초승달의 모래언덕이 그의 눈물로 그림자처럼 물들었다. 이제 흰 늑대의 울음소리는 완전히 스러졌다. 바람의 노래를 따라 사라진 흰 늑대도 다시는 그에게 돌아오지 않으리란 걸 그는 느낄 수 있었다. 왼쪽 눈자리가 소금 동굴 같은 어느 무명 화가의 자화상이 한 시인과 그의 아내와 그 둘의 아들을 물끄러미 바라보고 있었다. 방금 저 대초원의 지평선 끝에서 활활 타오르던 까닭 모를 불꽃이 그에게 꽃피고 있었다. 문득 그는 사랑했기 때문에 상처 입은 어떤 이들과 자신이 아주 오래전부터 간절히 연결돼 있는 것만 같았다. 그의 가슴 안에서 천국처럼 머나먼 어느 밤 강변을 태양처럼 비추며 기이한 숲이 불타오르고 있었다. 비로소 그에게서 죽음이 물러간 것이다.

아직도 나는 눈물이 맺히는 아름다운 노래 한 소절이 어떤 거대한 진리보다 강하다고 믿는다. 한심하다. 그러나 만약 그런 아무짝에도 쓸모없는 이념이 없었더라면 나는 내 괴로움을 이렇듯 국가처럼 존중하지는 못했을 것이다.

나는 법과 도덕을 따르기 한참 전에 미학의 원리를 먼저 체득했다. 슬픔이 아름다움의 근본이라는 깨달음은 엄청난 충격이었다. 잘 기억나지 않는 어느 날의 그 순간부터 나는 문득 신의 얼굴을 보고 감동한 미치광이마냥 전혀 다른 사람이 돼 버렸다.

더구나, 그렇지 않아도 기질이 극도로 탐미적인, 겨우 갓 소년티를 벗은 청년에게 스승은 단 한 번도 보통의 인생 따윈 설교하지 않았다. 요컨대, 달 뜨면 보리밭에서 애기 하나 먹고 밤새 통곡하는 문둥이처럼 시를 쓰라고 나는 배웠다. 그것이 내가 간절히 되고 싶은 예술가였고 나의 엄중한 20세기였다.

나이가 들어 가며 영악한 사회 앞에서 번번이 좌절할 적마다 어두운 허무주의자의 피를 파란 물이나 흰 구름 같은 것으로 갈아 보려고 무던히도 애썼지만 여의치가 않았다. 솔직히 요즘은 이 세계에 관해 고뇌한다는 것 자체가 대체 뭐하는 짓인가 싶게 겸연쩍고 때론 모욕감을 넘어선 패배감마저 든다. 내 사랑의 태도가 이 지경이니 지난 내 청춘이 황량했던 것은 매우 당연한 결과다.

대부분의 사람들은 죽어 있는 것과 마찬가지로 살다가 죽지만, 그럼에도 불구하고 용기 있는 누군가는 자신의 불모와 모순 속으로 뛰어들어 목숨만큼 가치 있는 것을 발견하는 법이다. 글을 쓰는 시간은 이제껏 내가 이승이라는 사막 안에서 거의 유일하게 깨어 있는 시간이었다. 내가 나를 포함한 인간이라는 것들을 눈이 멀 정도로 환멸하면서도 인간의 곁을 아주 떠나 버리지는 못하는 얄궂고 답답한 이유가 거기에 있다. 우리는 칼날에 상처 입듯 쾌락에도 상처받는다. 나는 인간에게 상처받았듯이 문학에 의해 상처 입었다. 그래서 나는 예나 지금이나 작가다.

나의 인물들은 예외 없이 약자다. 설혹 그가 절대 권력을 움켜쥔 악당이라고 해도 그렇다. 문학은 인간과 세계에 대한 표현이지 판결이 아니다. 나는 인간 이전에 천사이기도 하고 인간 이후에 악마이기도 하며 때로는 신의 개가 되거나 개 같은 신이 싫어서 직접 신이 되려는 인간을 기념하려고 시와 소설을 쓴다. 가령 내가 그리려는 신은 인간 속의 신이지 인간 밖의 신이 아니다. 그러한 신은 인간에게 전지전능한 가짜 신이 아니라 인간이라는 상처에 시달리는 진짜 신일 것이다. 상처를 타인에게로 내다 버리는 것이 타인의 상처를 끌어안는 것보다 결코 나을 리 없는 것은 바로 이 때문이다. 나중에는 그 구분조차도 모호해지는 것이 이 세상이라는 기이한 사랑이다.

나는 후회로 가득 찬 한 인간으로서 변명이 부질없는 청춘과 멀어지며 언뜻 지루해 보이는 질문들을 차마 되풀이하지 않을 수 없었다. 사랑은 무엇이었던가. 사랑하는 사람이란 무엇일까. 사람이 사랑한다는 것은 무엇인가. 정말 신기루에 불과한 악몽이거나 악몽에 가까운 신기루일 뿐이었을까. 사랑의 아픔으로 통찰하는 인간 미학과 닫힌 마음으로는 감각할 수 없는 인연의 구조를 화두로 삼은 이 연작소설집은 이 세상 모든 사람들의 빛과 어둠은 서로 은밀히 연결되어 있다는 쓸쓸한 의지와 불굴의 희망을 주장하고 있다.

하여 가장 사랑하는 이에게 상처를 주고 가장 사랑하는 이로부터 상처 입은 이들이 이 책을 읽어 주었으면 좋겠다. 위로를 받으려는 목적에서가 아니라 위로를 갈망하는 인간에 대해 숙고해 보고자 하는 이들에게 이 여섯 편의 소설들이 한 몸이 돼 화살처럼 날아가 꽂혀 영혼을 밝히는 상처가 되기를 소망한다. 어쩌면 작가로서 지낼 수 있는 날들이 얼마 남지 않았는지도 모르겠다. 예술과 학문의 시대는 가 버렸고 광대의 시간만이 남은 것은 아닌가 하여 두렵다. 어느 날 갑자기 단 한 줄의 시도 쓸 수 없는 사람이 되어 있을까 봐 불쑥불쑥 소름이 끼친다. 새로운 세계를 공부하는 것보다 새로운 세계를 즐기는 것이 훨씬 괴로운 시절이다. 이 책은 그러한 내 고달픔 속에서 전쟁터의 군인이 피 묻은 두 손을 모아 간간이 기도하듯 빚어졌다. 무식하게 말하자면 나는 문학을 포기하기 싫어서 이 책을 썼다. 앞으로 내가 얼마나 더 타락하든지 간에 문학에 있어서만큼은 언제나 그러했던 것처럼 나의 무모한 열정과 어떤 절박한 우연들의 총합인 내 운명 같은 적이 지쳐 쓰러져 있는 나를 다시 스스로 멀쩡히 일어서게 해 줄 것이다.

문인으로서의 품위를 지키며 살라고 당부하셨던 것을 줄곧 어기고만 살아왔음을 사죄드리면서 나는 이 부끄러운 책을 24년 전 나를 시인으로 만들어 주셨던 문학비평가 김시태 교수님께 드리고 싶다. 작가가 된 것을 후회하지 않았던 것은 아니지만 그것은 내가 내 안에 갇혀 있어 비천했을 뿐 그렇다고 해서 내가 흠모했던 스승과 문학이 위대하지 않았던 것은 아니다.

인생과 인생을 둘러싼 모든 것들은 뒤돌아서면 일제히 한 줌 재일 것이다. 내가 그토록 사랑해서 그토록 미워했던 일들도 다 어리석은 과거일 뿐이다. 다만 내 문학의 목표는 오늘보다 내일 단 한 걸음이라도 더 전진해 있는 것이다. 유서 깊은 탐미주의자답게 이기고 지는 것은 아예 없는 것으로 치겠다. 오로지 어떤 거대한 진리보다 아름다운 노래 한 소절을 얻기 위해 슬픔을 귀하게 여길지언정

한심한 눈물보다는 무조건 강해질 것이다. 죽는 그날 그 순간까지,
나는 죽음이 인간을 대하듯 싸우고 싶다.


2013년 여름

이응준

# 도움받은 책들

『금강경 강의』(남회근, 신원봉 옮김, 부키, 2008)

『금강경 강해』(김용옥, 통나무, 1999)

『금강경 강의』(김성규, 자우출판사, 2010)

『조계종 표준 금강경 바로 읽기』(지안 스님, 조계종 출판사, 2010)

『카프카 평전 ― 실존과 구원의 글쓰기』(이주동, 소나무, 2012)

『카프카의 프라하』(클라우스 바겐바흐, 김인순 옮김, 열린책들, 2004)

『프란츠 카프카』(편영수, 살림, 2004)

『몽골』(마이클 콘, 딘 스탄스, 편집부 옮김, 안그라픽스, 2011)

『몽골제국과 세계사의 탄생』(김호동, 돌베개, 2010)

『몽골 비사』(유원수, 사계절, 2004)

『밀레니엄맨』(김종래, 해냄, 1998)

『CEO 칭기스칸 ― 유목민에게 배우는 21세기 경영전략』(김종래, 삼성경제연구소, 2002)

『우마드 ― 여성시대의 새로운 코드』(김종래, 삼성경제연구소, 2002)

『유목민 이야기 ― 유라시아 초원에서 디지털 제국까지』(김종래, 꿈엔들, 2005)

# 토성(土星)의 문학

### 김미현(문학평론가, 이화여자대학교 국어국문학과 교수)

## 1 어둠

프랑스인들은 벤야민을 '슬픈 사람'이라고 불렀다. 스스로도 자신을 우울한 사람으로 생각하여 "나는 토성 아래 태어났다. 가장 느리게 공전하는 별, 우회와 지연의 행성……."이라고 말했다.(수전 손택, 홍한별 옮김, 『우울한 열정』, 시울, 2005, 66~67쪽 참조) 그렇다면 그는 낯선 것을 익숙하게 만드는 것보다 익숙한 것을 낯설게 만드는 것이 더 어렵다는 것을 알았을 것이다. 그로 인해서 어떻게 하면 길을 잃을 수 있는지, 즉 어떻게 헤매고 다닐 수 있는지를 아는 것이 더 중요하다는 사실도 알았을 것이다. 미로가 중요한 것은 길을 찾기 어렵다는 사실이 아니라 길을 잃어버릴 수도 있다는 사실을 알려 주기 때문임을 아는 사람에게는 기쁨이 오히려 슬픈 농담이다.

이응준은 '슬픈 작가'이다. 벤야민이 「나의 서재 공개」라는 에세이에서 책을 소유하는 가장 바람직한 방식은 그것을 쓰는 것이라고 언급한 것처럼(앞의 책, 84쪽), 이응준 또한 문학을 소유하기 위한 가장 윤리적 방법으로 문학을 쓴다. 읽는 것보다 쓰는 것이 더 문학적이라고 생각하기 때문이다. 그러나 문학을 씀으로써 오히려 문학에 대한 환멸과 오만 사이에서 느리게 공전할 수밖에 없다는 사실을 알아 버린 작가는 슬프다. 이응준에게 문학으로 인한 절망이란 "소란스러운 충격이 아니라 뼛속 깊은 조용한 피로"(「물고기 그림자」)에 더 가깝다고 볼 수 있다. 충격보다 피로가 더 느리다. 그리고 아무리 써도 문학을 소유할 수는 없어서 차라리 문학처럼 살아 버리기로 작정한 작가에게 기쁨에 찬 농담은 너무 빨라서 발설하기에 불가능한 언어다. 삶 속에서 삶처럼 슬프게 존재하는 것이 이응준에게는 문학이기 때문이다.

그렇다면 이런 '슬픈 문학'을 '어둠'이라고 바꿔 불러 보자. 실패, 어긋남, 불일치, 고통으로 인한 공백이나 구멍이 바로 어둠이기 때문이다. 어둠 속에서는 모든 것이 균열되고 사라진다. 하나의 소실점이자 막다른 골목이다. 경계이자 한계이다. 이응준은 인간을 둘러싼 혼돈과 좌절을 다루면서도 그것을 어둠 그 자체로 다룬다. 인간 자체가 악하지 않고 약하다고 생각하기 때문이다. 제대로 악할 수조차 없어서 약한 인간에게 가능한 것은 어둠뿐이다. 약한 인간에게는 아무것도 보이지 않는 것이 아니라, 어두운 것이 보인다. 어두운 것이 더 잘 보인다. 미로에 있기 때문이다.

이응준의 연작소설집 『밤의 첼로』 속 소설들의 어둠이 더욱 어두운 것은 어둠으로만 어둠을 이해할 수 있다는 진실 때문이다. "이 세계가 어둡다는 것을 설명하는 데에 어둠 말고 뭐가 더 필요하겠는가. 어둠에 잠기는 것보다 어둠을 잘 이해할 수 있는 방법이 또 어디 있겠는가."(「밤에 거미를 죽이지 마라」) 어둠의 반대말은 없다. 어둠은 다른 어떤 것과도 짝을 이루지 못한다. 고로 어둠은 빛의 부재가 아니라 밤의 건재를 의미한다. 빛이 농담이라면, 어둠은 진담이다. 정치가 빛이라면, 문학은 어둠이다. 어둠으로 인해 이 작가의 문학은 더욱더 느려졌다. 이 소설집에서 어둠이 밤과 또 다른 밤의 사이를 더욱더 느리게 공전하고 있기 때문이다.

왜 이토록 문학 혹은 어둠이 필요하고도 절실한가.


······누구에게나 제 생애에서 가장 혹독한 밤이 꼭 한 번은 찾아오고 그러면 그는 홀로 눈보라 치는 광야에서 뜨거운 무쇠 난로를 끌어안듯이 신의 이름을 부른다. 신은 기쁨이 아니다. 신은 슬픔도 아니다. 그저 아직 살아 있는 자가 죽음을 앞에 두고 부르는 조용한 노래일 뿐. 가장 절망스러운 밤의 밑바닥에서 신의 얼굴을 보고자 기도하는 인간은 신이 연주하는 첼로 소리를 듣게 된다. 단 한 번은,

꼭 한 번은, 듣게 된다. 신이 흘리는 눈물보다 더 아름다운 저 첼로
소리를.

—「밤의 첼로」

이 소설집의 모든 인물들은 "제 생애에서 가장 혹독한 밤", 즉
어둠의 심연을 겪고 있다. 그래서 저마다의 목소리로 신을 부른다.
"인간은 제 눈으로 빤히 보고도 도무지 파악되지 않는 것들을 가
장 두려워하는 법이다. 그리고 그러한 시간이 기다림보다 길어지면
그 두려움은 어느 날 문득 신이 된다."(「버드나무군락지」) 그런 신이
인간을 향해 "단 한 번" "꼭 한 번" 첼로를 연주한다. 그 첼로 소리
가 과연 신이 인간을 '위로'하는 소리인지 아니면 '심판'하는 소리인
지는 불분명하다. 세속에 대한 환멸 혹은 맹목으로 인해 보이는 어
둠을 경험한 인간들에게, 그리고 그런 어둠으로부터 벗어나기 위해
'보이는 신'을 만들어 낸 인간들에게 주어진 것은 다시, 어둠이다.

「버드나무군락지」가 바로 이런 어둠들의 집결지이다. 이 소설 안
에 이 소설집 속의 나머지 소설들의 어둠들이 모여 있다. 버드나무
군락지는 "어두운 강가에 놓인 어두운 숲"이다. 공간 전체가 어둠이
고, 그 공간 안에서 어둠이 증식된다. 이 소설의 주요 등장인물인
권진규의 "문득 그는 사랑했기 때문에 상처 입은 어떤 이들과 자신
이 아주 오래전부터 간절히 연결돼 있는 것만 같았다."라는 말이 이
사실을 증명해 준다. 「버드나무군락지」를 중심으로 이 소설집에 실

린 총 여섯 편의 소설 속 인물들을 연결시켜 주는 것은 고통으로 인한 상처이다. 고통이란 무엇인가. "인생이 송두리째 뿌리 뽑혀 사막에 내던져지는"(「유서를 쓰는 즐거움」) 것이다. 인생은 인생이기에 어디서든 지옥이다. 하지만 이응준 소설에서 특히 어둠이 군집해 있는 곳이 바로 사막이나 북극, 버드나무군락지이다.

구체적으로 살펴보면, 「물고기 그림자」에 등장하는 무명 여배우 은희와 맹인 수학 교사 목남은 「버드나무군락지」에서 고재만이 죽기 전에 꼭 만나고 싶어 하는 옛 애인과 그녀의 새 애인이다. 「유서를 쓰는 즐거움」에서 수한의 조카 보영이 병원에서 알게 된 Y라는 화가는 「버드나무군락지」에 다시 등장하며, 「낯선 감정의 연습」에서는 자화상만 그리는 주인공으로 등장하기도 한다. 또한 Y가 보영에게 이야기해 주는 군대 있을 때의 이단(異端) 신병이 바로 「버드나무군락지」의 안중각이다. 「낯선 감정의 연습」에서 '나'(이예훈)와 사귀었던 욱경의 사막에 사는 물고기 이야기는 「버드나무군락지」에서 그대로 반복되며, 「밤의 첼로」에서 병운이 그레고르수목원에서 기르던 늑대가 홀연히 사라진 곳이 바로 '버드나무군락지'이다. 「밤에 거미를 죽이지 마라」에 등장하는 지리산 펜션에서 벌어진 살인 사건이 「버드나무군락지」에서는 신문 기사로 소개되기도 하고, 여주인공 한나가 그 펜션에서 만났던 카운터의 인도 혼혈 소녀가 바로 「유서를 쓰는 즐거움」의 보영이기도 하다.

이처럼 소설 속의 모든 인물들은 마치 퍼즐이나 모자이크처럼 서로 겹쳐지거나 충돌한다. 그러면서 서로가 더욱더 어두워진다. 서로의 어둠을 나누어 가지거나 되비춰 주기 때문이다. 그래서 서로가 서로의 분신으로 존재하게 된다. "인간은 극심한 고통의 벽 앞에 홀로 서면 자기의 분신을 마주하게 된다."(「밤에 거미를 죽이지 마라」) 그리고 "죽음을 무서워하는 자들이 또 다른 자기를 그린다."(「낯선 감정의 연습」) 가장 어두운 것이 바로 죽음이다. 이미 죽지 않았다면 그냥 죽어 가는 과정일 뿐인 데서 오는 공포가 가장 강력하기 때문이다. 이 소설집에 유난히 죽음, 즉 자살 혹은 타살이 자주 등장하는 이유도 여기에 있다. 죽음을 앞둔 자아 혹은 분신들은 소멸이 아닌 불멸을 꿈꾼다. 그래서 어두운 자아라도 확장시키고 확대시키려고 한다. 어둠이 밝혀 주는 것도 자기 자신이고, 어둠을 밝힐 수 있는 것도 자기 자신밖에 없기 때문이다.

이런 어둠의 조각 혹은 파편으로서의 인물들이 이 소설집 전체를 하나의 방주(方舟)로 만들고 있다. 서로 통하면서 하나의 덩어리를 이루는, 그러면서도 서로가 고통의 극점을 드러내는 방주는 종말에 처한 세계의 축소판이자, 멸망할 운명의 피조물들을 대변하는 형태물이다. 야훼의 명령에 복종하면서도 저항하는, 파괴될 운명이면서도 그 자체로 하나의 형태를 이루는, 어둠의 부분이면서도 전체를 형성하는 방주 속의 인물들이 각각 서로 다른 어둠의 언어들을 아프게 발설하고 있다.

## 2 불화

이응준의 『밤의 첼로』에 실려 있는 소설들이 이질적인 어둠의 언어들로 채워진 방주와 같은 소설들이라면, 그들을 이어 주는 다리와 같은 언어는 존재하지 않는다. 그저 소통을 빙자한 충돌이나 침입이 가능할 뿐이다. 해결 불가능한 갈등을 숨기지 않으면서, 혹은 불통만이 가능한 소통을 노골화시키면서, 이응준은 표현할 수 없는 것들의 증인이 되려고 한다. 세계와 사랑, 신과 인간 사이에 내재되어 있는 분쟁들을 활성화시키려고 하기 때문이다. 그래서 이응준은 세계에 냉담하고, 사랑에 실패하며, 신을 모독하고, 인간을 경멸한다. 그들이 형성하는 관계의 이질성과 차이, 분열과 파열을 당연하다고 생각하기 때문이다. 그들 사이의 종합이나 화해를 표현할 수 없다는 것만을 표현할 수 있는 작가가 바로 이응준이다. 그래서 그는 모든 것들과 '불화'한다.

"나는 이 세상 모든 것들이 끔찍하기도 하고 우스꽝스럽기도 합니다. 그리고 이것이 혼란인지 환멸인지조차 의심스럽습니다. 나는 나의 진심을 의심할 뿐만 아니라 인간의 진심을 의심합니다."(「밤의 첼로」) 이런 의심의 급진화로 인해 이응준의 소설은 세계와 더욱더 불화한다. 불화가 세계와의 소통의 에필로그이자 프롤로그이다. 마지막 문장이 첫 문장을 유발시킨다. 그러나 그 첫 문장은 마지막 문장을 향해 매진하지 않는다. 모든 것에 대해 의심이 많기 때문이다.

모든 것을 의심할 수밖에 없기 때문이기도 하다. 그래서 언제나 마지막 문장은 유예되고, 첫 문장은 반복된다. 의외로 이응준의 문장들이 느리게 이행하는 것처럼 보이는 이유도 여기에 있다.

하지만 이상하게도 극과 극, 여기와 거기가 멀면 멀수록 더욱더 서로의 존재를 확인하게 되는 아이러니가 발생한다. 마지막과 시작이 서로에게 영향을 미치는 것도 같은 이치일 것이다. 삶이었던 것이 죽음이 되고(「유서를 쓰는 즐거움」), 미움이라고 믿었던 것이 사랑이었으며(「밤의 첼로」, 「밤에 거미를 죽이지 마라」), 신이었던 것이 괴물이 된다(「버드나무군락지」). 이처럼 불화는 소통 불가능한 것들을 자기 방식대로 소통시켜 준다. 조화나 균형을 통한 '최선의 최악'을 추구하는 것이 아니라, 불일치나 배리를 통한 '최악의 최선'을 추구하기 때문이다. 이것이 바로 이응준 소설이 불화를 통해 얻고자 하는 '한 줌의 도덕'이다.

이런 불화의 문학은 '의지의 실패'가 아닌 '실패의 의지'를 강조한다. 불화의 세상에서 인간의 의지를 논하는 것은 사치이고, 도덕적 책무를 강요하는 것은 허무하다. 이해가 곧 살해를 불러온다면 더욱 그렇다. 그래서 혼란을 혼란 그 자체로 인정해야 한다. 가능성의 불가능성이 아니라 불가능성의 가능성에 가깝게 다가감으로써 불화라는 '사건'은 발생할 수 있다. 사건은 '아무것도 모르겠다'가 아니라 '무엇이 일어났는지 모르겠다'에 가까운 구체적 무지(無知)와 연관된다. 혹은 '아무것도 일어나지 않았다'가 아니라 '모르는 것이 일어났다'는 능동적 기지(旣知)와 연관된다. 그래서 사건으로서의 불화는 무지(無知)와 기지(旣知)라는 기존 관념을 박탈한다. 이런 '박탈에 대한 박탈'을 통해 혼란은 가중되고 정신은 확장될 수 있다. 이것이 이응준의 소설이 불균형과 비대칭을 인정하면서 오히려 활력을 가질 수 있는 이유이기도 하다.

원래 인간은 물고기처럼 바다에서 살았다. 훗날 땅 위로 올라온 인간은 바다에서의 기억을 완전히 잃어버렸다. 대신 인간의 내면에는 물고기 모양의 그림자가 남았는데, 이 물고기 그림자는 자기의 주인이 극도의 고통에 처하게 되면 견디다 못해 멀리 떠나가 버린다. 그리고 언제든 그 극심한 고통이 자기 주인을 다 지나가고 나서야 비로소 되돌아온다. 그런데 그때 만약 그 사람의 육신이 어떤 식으로든 환란을 이겨 내지 못하고 죽거나 그래서 사라져 버리면 물고기 그림자는 온 세상을 바다 삼아 정처 없이 헤엄치며 돌아다닌다.

—「물고기 그림자」

아주 짧은 이 소설을 맨 처음에 읽고 맨 마지막에 다시 읽으면 물고기 그림자의 행방을 찾아볼 수 있다. 불화에 대한 알레고리적 인식을 대변하고 있는 소설이기 때문이다. 벤야민이 비극에 대한 인식과 연결시킨 알레고리는 파편과 폐허, 불연속성과 유한성을 통해 고난에 찬 세계사를 드러낸다. 때문에 연속성이나 총체성에 토대를

든 상징과는 정반대이다. 상징이 삶의 진행에 집중한다면, 알레고리는 타락의 과정에 익숙하다. 예문에서 드러나듯이 원래 인간의 근원은 바다여서 물고기 모양의 그림자를 내면에 각각 지니고 있다. 그러나 인간이 그런 근원의 상형문자와도 불화할 수밖에 없는 이유는 "극심한 고통" 때문이다. 삶이라는 고통이 주인의 몸으로부터 물고기 그림자를 분리시킨다. 주인을 잃어버린 물고기 그림자는 정처 없이 떠돌 수밖에 없다.

이런 상황은 「유서를 쓰는 즐거움」에서 인도 여자인 형수를 사랑했기에 죽일 수밖에 없었던 시동생 수한이 친구 K에 의해 죽임을 당했을 때 "인간의 영혼을 비추는 신의 거울"인 히말라야금강앵무새가 그의 곁에 없었던 것과 유사하다. "히말라야금강앵무새가 그의 주검 곁에 남아 있으면 그의 영혼은 윤회의 고리를 끊고 극락왕생한 것이요, 히말라야금강앵무새가 날아가 버리고 없으면 그는 무엇으로든 다시 태어나 이승을 헤매게 된다." 수한의 영혼은 물고기 그림자처럼 이승을 헤매고 다닐 것이다. 고통 없이는 사랑조차 할 수 없다면 인간들은 모두 물고기 그림자를 잃어버릴 수밖에 없다.

특히 이응준 소설 속 불화의 알레고리는 '빼기'의 전략을 구사한다. 빼기는 새로운 진리의 획득에 기여하는 '더하기'의 전략과 다르다. 빼기의 언어는 '더 이상 나아갈 수 없음'을 선언하는 데에 몰두한다. 그래서 더욱더 최악의 방향으로 치달으며 점점 더 틀리게 혹은 나쁘게 이야기한다. 잘못 본 것을 잘못 말하면서 가난해지기를 원하고 악화되기를 바란다. 말해진 것은 늘 잘못 말해진 것이다. 그래서 과거나 현재가 늘 미래와 불화한다. 이런 자발적 가난이나 적극적 소멸을 통해 오히려 사라지는 것은 진리 이외의 진리이거나 사랑 이외의 사랑, 언어 이외의 언어이다. 본질이 남고 그 이외의 것들이 오히려 사라진다. 그러니 빼기는 본질의 소멸이 아니라 본질의 강화에 이바지하는 '알맞은 침묵'과 가깝다. "영화 「새」에는 'The End'라는 자막이 없다. 재앙은 아직 끝나지 않았다는 히치콕식의 농담일까?"(「유서를 쓰는 즐거움」) 이처럼 끝도 없이 나쁘게 이야기함으로써 이응준은 질서를 교란시킨다. 그러면서 이런 무질서를 질서로 인식하게 만든다. 모든 일치를 거부하는 것이 아니라 자연스러운 불일치를 인정하기 때문이다. 이것이 바로 불화를 통해 대화하는 법을 아는 작가의 창작술이다.


## 3 숭고


알랭 바디우가 보기에 베케트는 부조리와 익명성, 주체의 소멸, 자폐적 세계관을 보여 주는 탈정치적 작가가 아니다. 오히려 바디우는 베케트를 주체나 진리, 윤리로의 복귀라는 측면에서 읽어 냄으로써 기존의 논의를 정면으로 반박한다. 베케트 문학의 궁극적 목적이 옛 질서의 무조건적인 파괴나 거부에 있는 것이 아니라, 변화시킬 수 있는 것들만을 '힘겹게' 변화시키는 것에 있다는 것을 간파했기 때문이다. 앞에서 살펴본 '더, 더, 더 나쁘게'를 추구하는 불화의 미학이 바디우의 베케트론의 핵심인 이유도 여기에 있다. 이런 맥락에서 바디우는 최후까지 남는 것은 '더 이상 나아갈 수 없음(nohow on)'을 말하는 '나아가기(say on)'라고 강조한다. 더 이상 나아갈 수 없음을 계속 말함으로써 오히려 앞으로 나아가는 것, 그것이 바로 바디우가 보는 베케트의 미학적 힘이다. 'no'는 'on'을 뒤집은 철자이기 때문이다. 이럴 때 말하기는 언제나 다시 시작될 수밖에 없게 된다. '계속 하라'가 베케트 문학의 모토인 이유이기도 하다. (윤화영, "바디우와 베케트", 《비평과 이론》, 2006년 가을/겨울호 참조)

이응준도 무능한 데에 유능한 작가이다. 무능할 수 있는 능력을 제대로 보여 주기 때문이다. 그의 무능함은 제시할 수 없는 것이 존재한다는 것을 인정한다는 데에 기인한다. 그리고 그의 유능함은 그런 제시할 수 없는 것을 제시할 수 없는 것으로 제시하는 데에 기인한다. 이처럼 제시할 수 없는 것을 제시할 수 없다고 말하는 것이 바로 '숭고'이다. 숭고란 부정성을 단순히 긍정성으로 바꾸는 것이 아니라, 부정성을 부정성 그 자체로 받아들이는 것이다. 초월이 아니라 극복이고, 극복이 아니라 긍정이다. 진리는 없고, 사랑은 가짜이며, 신은 도그마에 빠졌다. 더 이상은 없다.

이런 숭고는 어디서 시작되는가. "누군가가 목남에게 물었다. 당신은 누구입니까? 나는 어리석은 사람입니다. 그러나 지독한 슬픔에 숨을 못 쉬는 당신을 차마 버려두고 갈 수 없는 그런 사람입니다."(「물고기 그림자」) 타자의 슬픔을 간과할 수 없을 때 숭고는 시작된다. 숭고한 예술이란 무엇인가. "예술가의 조건? 만약 나무라면 잘려 나가 다른 나무들을 베어 내는 도끼의 자루가 돼야 하는 거야."(「낯선 감정의 연습」) 진정한 무(無)에 이르기 위해 한없이 자리바꿈하는 것이 숭고한 예술이다.

사막 밑에 물고기가 헤엄치고 있어요. 녀석을 낚으려면 모래를 깊이깊이 파 내려가야 해요. 사막에도 100년에 몇 번은 폭우가 있거든. 그때 빗물을 타고 지하 수맥으로 빠져 들어가 번식하게 된 거예요. 사막 아래 물이 출렁인다고 하면 안 믿기겠지만, 그렇기 때문에 사막 한가운데 홀연히 오아시스가 나타나는 거거든요.

　　　　　　　　　　　　　　　　　—「낯선 감정의 연습」

「버드나무군락지」에서도 거의 동일하게 반복되고 있는 이 예문은 숭고의 본질을 잘 알려 준다. 숭고란 사막에 사는 물고기의 존재를 믿는 것이다. 사막의 습기와 건기를 동시에 바라볼 수 있는 능력이기도 하다. 그래야 타자의 결핍을, 그로 인한 슬픔을 이해할 수 있다. 물론 타자에 대한 이해는 사상누각에 불과할 뿐이다. 그러나 모래 위에 세워진 모래로 된 누각은 다시 모래가 된다. 쓰러지는 것일 뿐 없어지는 것이 아니다. 그러니 모래를 쓰러뜨리는 것도 숭고

한 예술이 할 일이다. 쓰러지는 모래 사이로 빗물이 스며들어 물고기가 살기 위해서는 이런 모래 위의 헛된 시간을 견뎌야만 한다. 그래야 오아시스를 만날 수 있다. 오아시스를 만나는 것 자체가 중요한 것은 아니다. 그것이 사막에 존재한다는 것 자체가 중요하다.

이런 숭고에 눈 주는 소설에 유일하게 이응준 소설만 있는 것은 아니다. 어둠에 사로잡힌 묵시록적 소설들도 많다. 그러나 이응준 소설의 숭고는 절망과 희망의 경계를 확장시킨다는 데에 그 특수성이 있다. 절망의 '무한성(infini)'이 아닌 '탈경계성(illimité)'을 이야기하기 때문이다. 무한성은 말 그대로 끝이 없는 것이다. 그래서 무한한 절망은 오히려 희망과 만날 수 없다. 절망만을 추구하기 때문이다. 그러나 탈경계성은 경계선을 인정함과 동시에 그 경계선을 침범함으로써 그 영역을 넓힌다. 그러기에 절망의 탈경계성은 희망과의 경계를 지어 가면서 동시에 스스로를 제거한다. (장-뤽 낭시, 김예령 옮김, 「숭고한 봉헌」, 『숭고에 대하여』, 문학과지성사, 2005 참조) "절대 지구가 천국으로 변하지는 않는다."(「유서를 쓰는 즐거움」) 하지만 "우리는 가장 상처받았던 곳으로 되돌아가 천국을 발견한다."(『느릅나무 아래 숨긴 천국』, 2013년판 작가의 말) 그래서 이응준의 숭고는 절망과 숭고 사이를 왔다 갔다 한다. 정지 상태가 아닌 움직임의 미학을 보여 주는 것이 바로 이응준 소설의 숭고이다.

이런 숭고를 통해 이응준은 경계를 넘어 도주하지 않는다. 경계 너머에는 아무것도 없다는 것을 잘 알고 있기 때문이다. 경계에서 모든 것이 완결되는 동시에 다시 시작된다. 문학의 경계에서 일어나는 일도 그러하다. 이응준은 문학을 넘어서려고 한다. 하지만 그런 움직임 또한 문학에서 문학으로의 이동이었을 뿐임을 알 것이다. 그는 문학 안에서 문학을 다시 시작한 것이기 때문이다. 이런 '시작의 끝없음'이 바로 그의 문학을 더욱 숭고하게 만든다. 카프카의 "나는 문학에 불과하며 그리고 다른 그 무엇이 될 수도 그러하기를 바랄 수도 없다."는 말은 이응준에게도 해당하는 문학적 고백성사일 수 있다. 그래서 이응준은 문학에 아주 '오래된 질문'만을 한다. 문학이 무엇을 할 수 있는가와 같은. 이런 오래된 질문이 아직도 유효한 것은 여전히 작가 자신이 원하는 '느린 대답'을 기다리고 있는 중이기 때문이다. 그런 이응준이 작가로서 행복하다고는 차마, 말 못 하겠다.

지금까지의 모든 언어들이나 의미, 해석, 텍스트들에 대해 부정하는 '북극인' 이응준의 모습이 낯설지 않을 것이다. 특히 그에게 모든 의미는 의미로부터 괴리에 다름 아니기 쉽다. 문학이 문학과 괴리되는 비극을 목도한 작가로서 '토성의 문학'에 내재하는 '우울한 열정'을 포기하지 못해서라면 당연하다. 그럼에도 불구하고 문학 '안'에서 문학의 '경계'를 문제 삼는 고전적 작가로서의 이응준의 모습을 발견하고 확인하는 일이 과연 문학 자체나 작가 자신에게 어떤 의미가 있을 것인가를 다시 고민해 보자. 최소한 '실패에 실패한 문학'을 한 작가로 이응준을 평가하는 것은 타당해 보인다. 이 말은 찬사가 아니라 응원이다. 소설집 『밤의 첼로』에서 들려오는 작가의 첼로 소리에 귀 기울이는 독자들의 입장에서는 더욱 그렇다. 이응준의 소설을 한 편씩 읽으려면 빨리 읽을 수 있다. 그러나 전집으로 읽으려면 느리게 읽을 수밖에 없다. 이것이 바로 작가 이응준이 그의 독자들에게 봉헌한 숭고한 제물이자 선물이다.

## 이응준

서울에서 태어나 한양대학교 독어독문학과와 동 대학원 석사과정을 졸업하고 국어국문학과에서 박사과정을 수료했다. 1990년 계간 《문학과 비평》 겨울호에 「깨달음은 갑자기 찾아온다」외 9편의 시로 등단했고, 1994년 계간 《상상》 가을호에 단편소설 「그는 추억의 속도로 걸어갔다」를 발표하면서 소설가로 데뷔했다. 2013년 1월부터 2015년 1월까지 《중앙선데이》에 21편의 칼럼을 연재하면서 정치·사회·문화 비평을 시작했다. 시집 『나무들이 그 숲을 거부했다』『낙타와의 장거리 경주』『애인』『목화, 어두운 마음의 깊이』, 소설집 『달의 뒤편으로 가는 자전거 여행』『내 여자친구의 장례식』『무정한 짐승의 연애』『약혼』, 연작소설집 『소년을 위한 사랑의 해석』, 장편소설 『느릅나무 아래 숨긴 천국』『전갈자리에서 생긴 일』『국가의 사생활』『내 연애의 모든 것』, 에세이소설 『해피 붓다』, 소설선집 『그는 추억의 속도로 걸어갔다』, 논픽션 시리즈 '이응준의 문장전선' 제1권 『미리 쓰는 통일 대한민국에 대한 어두운 회고』, 산문집 『영혼의 무기』, 작가수첩 『작가는 어떻게 생각을 시작하는가』 등이 있다. 2008년 각본과 감독을 맡은 영화 「Lemon Tree」(40분)가 뉴욕아시안아메리칸국제영화제 단편경쟁부문, 파리국제단편영화제 국제경쟁부문에 초청받았다. 2013년 장편소설 『내 연애의 모든 것』이 SBS 16부작 TV드라마로 제작 방영되었다. 영국 일간지 「가디언」은 2013년 5월 27일 자와 2015년 10월 9일 자에서 장편소설 『국가의 사생활』을 각각의 특집으로 다뤄 집중 조명했으며, 특히 2015년 10월 9일 자 「한국의 통일: 소설은 한반도의 디스토피아적 미래를 상상했다」의 경우에는 작품 중 2개의 챕터(32매)를 발췌 번역 소개하였다. 문화무정부주의 조직 '문장전선'의 일원. A Writer's Bunker http://blog.naver.com/junbunker
문장전선 트위터 http://twitter.com/munjang_warrior

# 밤의
# 첼로

1판 1쇄 펴냄 2013년 7월 15일
1판 2쇄 펴냄 2019년 7월 30일

지은이  이응준
발행인  박근섭·박상준
펴낸곳  (주)민음사

출판등록  1966. 5. 19. 제16-490호
주소     서울특별시 강남구 도산대로1길 62(신사동)
         강남출판문화센터 5층 (우편번호 06027)
대표전화  02-515-2000 | 팩시밀리  02-515-2007
홈페이지  www.minumsa.com

ISBN 978-89-374-8730-9 (03810)